JN254553

The Three Taps

Ronald A. Knox

論創海外ミステリ
Ronso Kaigai MYSTERY
199

三つの栓

ロナルド・A・ノックス

中川美帆子 訳

論創社

The Three Taps
1927
by Ronald A.Knox

目次

主要登場人物

マイルズ・ブリードン……インディスクライバブル保険会社の探偵
アンジェラ・ブリードン……マイルズの妻
リーランド……ロンドン警視庁《スコットランドヤード》の警部
モットラム……資産家の老人
ブリンクマン……モットラムの秘書
シモンズ……モットラムの甥
パルトニー……教師。〈災厄の積み荷〉の泊り客
司教……プルフォード司教区の司教
イームズ……司教の秘書
デイヴィス夫人……〈災厄の積み荷〉の女主人
エメリン……〈災厄の積み荷〉の女中

三つの栓

第一章　安楽死保険

保険の原理は、アングロサクソン時代にはすでに一般に知られていたらしい。混乱と無秩序のさなか、いかなる方法により、火災、水害、盗難、その他の災害を保障する事業を営むことができたのか、歴史家にとってはいまだに謎となっている。また、この仕事に初めて数学的計算を取り入れたのが、一七世紀オランダで辣腕を振るった政治家、ヤン・デ・ウィットであるという事実も、なかなか興味深い。いずれにしても、現代では、綱渡りのような暮らしの下に各保険会社が金色の網を張りめぐらせている。人生にあたりはずれがあるとしても、賢明な人間なら、どちらに転んでも安心なように備えておくからだ。この考えが遥か昔から十分に理解されていれば、アルフレッド大王にケーキを焦がされたからといって農家のおかみさんが大騒ぎをする必要はなかったし、ジョン王がウォッシュの浅瀬で失った積み荷もすべて速やかに補償されたことだろう。人類の英知に感謝しよう。それこそがこうして、わたしたちの苦痛や悩みを押し流す水路を切り開く手段を見つけてくれたのだから。同時に、保険料は書類に指定された期日までにきちんと収めよう。身に災難が降りかかってから慌てるのでは遅いのだ。

もっとも、ある意味、インディスクライバブル社が出現するまで、保険は単なる経験科学に過ぎなかった。インディスクライバブル社の保険に入った者は、堅固な鎧を身に着けて世の中を歩くようなものである。聖者にとっては精神的糧の源となる不利な事故や屈辱が、保険加入者には物質的利益をもたらす。東風に晒されて風邪をひいても、保険金がおりるとなれば楽しいし、道端に落ちていたバナナの皮ですべっても、転んだ先に富が待っているなら文句はない。インディスクライバブル社の特許品である自動産卵記録器を鶏舎に設置した養鶏業者は、絶対に倒産しない。卵は産まれるが早いか穴から静かに落下し、その際、タクシーメーターのような機器に個数が記録される。そしてもし、月末の卵の総数が平均以下ならば、その差額を社が支払う——あるいは産み出すと言ったほうがいいかもしれない——わけである。こうして社は雌鶏役を引き受け、場合によっては同様に、蜜蜂を装うこともある。社の代理人の面前で巣箱が開けられると、空の巣室が残らず蜜でいっぱいになるという具合に。もちろん費用は会社持ちだ。医師たちは健康保険患者の超過に、弁護士たちは訴訟件数の不足に備え、保険に入る。つまり、この世ではあらゆる物事に保険をかけることができるのだ。しかし、あの世へ行く際にかけられるような保険があるとしたら、これほどすばらしいことはない。世間では、いくつかの困難さえ克服されれば、必ずやインディスクライバブル社があの世へ通じる道を開いてくれるものと信じている。また、強盗なら盗んだ宝石の山が偽物だった場合のために、牧師なら夕べの祈りの参加人数が不十分だった場合のために保険に入ることができると、社の出費をだしに軽口を叩くお調子者もいる。彼らの話によれば、ある顧客はエレベーターの昇降路に落ちたときに「ありがたや！」と呟いたそうだし、救命具をつけて漂流すると一分につき十ポンド支払われる保険に入っていた客は、遭難した際、駆けつけた救助に対してあからさまな苛立ちを示したという。つまり、インディスクライバブル社はわれわれが持つ価値観の尺度を根底から覆しているのだ。

しかし、この会社の取扱商品のうちで、重要さと人気において他の追随を許さないのが、いわゆる安楽死保険である。この商品を世に出した偉大な頭脳の持ち主は、人間のあてにならない運命を、同情の念をもって観察した。いかに実業家が汗水たらして働き、必死に努力したところで、その勤労の成果を彼自身が手にできるのか、それとも彼の気に入らない相続人の手に渡ってしまうのか、答えは定かでない。だとすると当然、保険統計的見地から、早死と予想外の長寿、両方の可能性に対処する保険が必要になってくる。もっとも、受取額が大きいのは早死した場合である。言うまでもないが、安楽死保険に加入すれば、極めて多額の保険料を支払うことになる。しかし支払いにあたっては、いささかの不安も感じることはない。もし六十五歳になる前に死亡した場合、富は直ちに相続人や受取人に譲渡される。その重要な年齢を乗り越えれば、それ以降は、自然の掟がゆるゆると発令されるまで、社から年金を受給する身となる。老衰の最後の段階においても、はかない呼吸のひと息ひと息が金となる。相続人や受取人は、解放の瞬間を無慈悲に待ち望んだりはせず、現代医学の粋を尽くして延命を試みる――そうするのが彼らの利益になるからだ。ひとつだけ、せっかくの利益を失う場合がある。それは自殺をしたときだ。わたしたち人間はとても複雑にできているので、そのような手段で生き残った身内を豊かにしようという誘惑に駆られないとも限らない。安楽死保険の契約条項の一番下に、自殺の場合は法的にいかなる利益も払い戻さないという注意書きがあり、これを不気味な黒い手のカットが指し示しているのも、そういう理由からなのだ。

インディスクライバブル社の社屋がロンドンでも有数のものであることは言を俟《ま》たない。近代的かつアメリカ式の流儀で事業を経営する立場からすると、あらゆる業務が、その大きさや壮麗さにおいてタージ・マハルにも劣らぬ大建造物の中で遂行されるのでない限り、効果は得られないということだろう。なぜそうあるべきなのか、これを説明するのは難しい。容易に物事を信じられない昨今、こんな大金がどこから出るのだろうと訝らずにいられない向きもあるかもしれない。もし社の建物がこれほど高くなければ、こちらが支払う保険料ももう少し安くなるのではないか。考えてみれば、弁護士にも粗末で薄汚い小部屋に住む者はいる。絨毯は擦り切れ、壁にはいつからとも知れぬ蜘蛛の巣が張っているが、彼らがこのみすぼらしさのために信用を失うのではと感じることがあるだろうか。答えは明らかに否《ノー》である。それでもなお、近代的な保険会社としては、宮殿のように豪華な社屋を通して、その背後には莫大な資産が蓄積されているという印象を世間に植えつけねばならないのだ。東方の専制君主がいかに贅の限りを尽くしたところで、その建築構想の壮大さにおいては、抜け目なく効率を追求するアメリカの実業家にはかなわない。このような殿堂の一室で談笑を交わすとしたら、かのアッシリア王サルダナパルスは自分の敗北に気が滅入ると抗議するだろうし、モンゴル皇帝フビライは、非の打ちどころのない建物だがくつろげないと文句をつけるだろう。

インディスクライバブル社の社屋は、細長い窓の連なるさまがエジプトの墳墓を思わせる高層ビルディングである。当然、白大理石が使われていて、あまりに荘厳な外観を呈しているため、それがただの鉄の大梁からなる巨大な枠組みでしかなかった建築途中のことなど、思い出すだけでも冒瀆に思われるほどだ。正面玄関の扉の上には等身大を超える群像の浮き彫り《レリーフ》が見える。主題は明らかに、やもめ暮らしの女の涙を拭ってやる気前のよい男と思われるが、ブリタニア（英国を擬人化した女神）からすりを働くアンクル・サム（典型的アメリカ人）の姿だと見なした不敬な輩もいる。こうした群像が外壁の装飾帯《フリーズ》に彫り込まれ、建物の四面をぐるりと取り囲んでいるのだが、見る者に、人間が遭遇せざるを得ない無数の危険を思い起こさせるよう、巧妙な工夫が凝らされている。そちらに描かれている交通事故の場面では、救急車が大勢の負傷者を運び去っている。こちらは紛れもなく難破船だ。あちらでは猛獣狩りの男が決然たる面構えのバッファローに角で突かれ、背後ではライオンまで思わせぶりに徘徊している。屋内の様子については、あまり確信をもって語ることはできない。何しろ、社の顧客として手厚くもてなされている人々ですら、五階から先には行ったことがないようなのだ。しかし噂では重役たちのためのビリヤード室があると聞く。もっとも彼らがそこに足を向けることはないらしい。暑い日などは飛行機から、屋上で社員たちがテニスをしているのが見える。彼らがテニスをしていないときに何をしているのか、あるいは、六階、七階、八階にある数えきれないほど多くの部屋がどんなふうに使われているのか、ちょっと考えただけで想像力が麻痺しそうだ。

一階にある待合室の一室で、大きな棕櫚の木の下に座り、《保険と船舶》の記事に読みふける顧客の姿があった。読者諸氏にはぜひこの人物に注意していただきたい。これから始まる物語は彼とおおいに関わりがあるからだ。その容姿、服装、態度物腰から彼を金持ちだと見抜けるのは、地方の小都市を頻繁に訪れる機会があり、そうした地域ではいかに金と教育とが無縁かを知る者のみである。幅広の長い折り襟がついた短い黒のコート、糊のきいた旧式のカラー、ダブルのチョッキ、そこからぶら下がった数々の紋章やロケット、チャーム——ようするに、ロンドンでは、まずまずの収入のある、古風な銀行の出納係といったところだ。だが実を言えば、彼は人を現在の職から二倍の給料で引き抜くことができるのだ。しかも、いとも軽々と。イングランド、中部地方《ミッドランズ》の大きな町プルフォード。よほどの用事がなければ訪れるような場所ではないが、少なくともその地においては、彼は住民の誰もが認める町一番の金満家なのである。インディスクライバブル社の待合室にいる彼は、小遣い銭をもらう順番を待つ子どものように見えるし、本人もそう感じている。しかし、そばで《保険と船舶》のバックナンバーを揃えている社員にとっては、馴染みの顔だ。なぜなら、出生の巡り合わせでモットラムと呼ばれ、両親の悪趣味によりジェフサ（旧約聖書の登場人物。請願を守り、ひとり娘を犠牲にした）と名づけられたこの男は、安楽死保険の加入者だからである。

　別の社員が近づいてきて、予約していた面会の用意ができたと告げた。こんなとき、歯医者の待合室のように、「モットラムさん、どうぞ！」などという声が派手に響き渡ることは決してない。インディスクライバブル社では、社員が客の傍らまで来て、そっと囁き、誘《いざな》うのが流儀なのだ。モットラム氏は立ち上がり、エレベーターで速やかに三階まで運ばれていった。そこにはまた別の社員が数人待ち受けていて、重要な話をする部屋に案内した。ここで彼を迎えたのは、感じのよい、どこか物憂げな雰囲気のする若手社員だった。神経の行き届いた身なりをして、ひと目で大学出だとわかるが、インディスクライバブル社における複雑な階級のなかで彼がいかなる地位にあるのかは、ここで決めるべきことではない。

「いかがですか、モットラムさん。お変わりないでしょうね」

　モットラム氏は彼の町の住人と同じ不愛想な態度で、都会風の洗練された会話に乗ろうとはしなかった。「ああ、変わらんとも」彼は言った。「あんたにとっては、わしが元気でいるのが何よりなんだろう、え？　その点では、わしとあんたで争うことはない。さて、驚かせるかもしれないが、今日、あんたと話したいのは、わしの健康のことだ。わしは病気には見えんだろう？」

「お元気そのものに見えます。わたくしでしたら、あなたの掛かり付け医よりは保険代理人になりたいですね、モットラムさん」若者は調子を合わせた。

「元気そのもの、そのとおりだ。いいかね、わしだって元気そのものだと感じておる。これ以上は無理ぐらいにな。それが残り二年だと！」

「なんとおっしゃいましたか?」

「二年だよ。そう言っておった。わしが知りたいのは、もし手の施しようがないのなら、わしがそれを知ってなんになるのかということだ。結局、何もできることはない、やつはそう抜かしおった。そのくせ、あれをしろだの、これはやめろだの――」

「申し訳ありませんが、モットラムさん。おっしゃる意味がわかりかねるのですが。あなたの主治医のことですか?」

「そうではない。プルフォードにおるわしの主治医ははっきりした診断が下せなかった。そこでロンドンの大物医師を紹介したというわけだ。今朝、診てもらってきた。二年と言われたよ。ひどい話だと思わんかね?」

「なるほど……。専門医のところにいらしたのですか。その、心から残念に思います」若者は真剣に慰めの言葉を述べたが、実のところは、悲しむというよりむしろ戸惑っていた。このいかにも健康そうな、明らかに日々の食事を楽しんでいるように見える赤ら顔の男が、あの世へ行きかけている。そう考えると空恐ろしく、どう反応すればよいのかわからないのだ。日頃の職業意識もどこかへ吹き飛んでしまった。しかしモットラム氏の態度はあくまで事務的だった。

「ふん、残念か！　そうだろうな。あんたにとっちゃ、五十万ポンドを意味するわけだからな、そうだろう?」

「はあ、しかしどうでしょう、専門医というのはよく誤診をするものですよ。いかがです、当社の専属医の診察を受けられては?　喜んで診させていただくはずです」

言うまでもなく、インディスクライバブル社にはお抱えの医師がいて、重要な保険は彼の診断を経てからでないと契約できない決まりになっている。英国でも三本の指に入る腕だという評判で、本来ならハーリー街で開業するはずだったのが、社から法外な報酬額を提示されて断念したという噂である。若者はまったくの親切心から勧めたのだが、モットラム氏はまたも疑念を露《あらわ》にした。自分の健康状態について社が強引に正確な情報を引き出そうとしているように見え、不愉快だったのだ。

「せっかくだが無駄なことだ。もう間違いはないんだから。なんなら、医者の証明書を提出してもいい。だが、わしがここへ来たのはそんなことを話すためじゃない。取り引きのためだ。あんたはわしが今どんな立場にあるかご存知か？」

若者はモットラム氏の関係書類に目を通したばかりだったので、彼については十分によく知っていた。しかし、ここで通り一遍の返答をしてはならない。顧客を不特定多数の〝生命〟と見なすのではなく、あくまで個々の人間として考えるのがインディスクライバブル社の信条なのである。「そうですね」――若者は記憶を探るようなふりをした――「あなたはもうすぐ六十三歳になられるはずです。ですからあと二年というと――おや、あなたの保険が満期になるかどうか、ぎりぎりのところのようですね」

「そのとおりだ。わしの誕生日は二週間ほど後になる。もしあの医者の診立てが正確なら、あんた方は五十万ポンド支払わねばならん。もし彼が少しばかり早い日付を言ったのなら、わしには一ポンドも入らず、あんた方は何も支払わんでいい。そういうわけだろう？」

「お気の毒ですが、そのようですね。ご理解いただけるとは思いますが、モットラムさん、こうした場合、当社としては、経験に基づいた手順で処理しなければならないのです」

「それはわかっておる。しかし、こんなふうに考えてみてくれんか。わしがあの保険に入ったとき、保険金のことはあまり考えていなかった。身内と言えば甥だけだが、あれはどうもわしに反抗するつもりらしい。だからあれには何も遺らん。もしあの五十万ポンドが入ったら、慈善に回されるだろう。わしが強く望んでおったのは、年金のほうだ。長寿の多い家系なのでな、快適な老後を送るのを楽しみにしておった。わかるだろう？　ところが、医師が語ったところによれば、もうその機会はないのだ。あの安楽死保険なるものも、わしにとってかつてほど価値はなくなった。そこでだな、あんた方に公平な提案をするためにここへ来たというわけだ」

「当社といたしましては――」若者が言いかけた。

「まあ、最後まで聞きなさい。それからあんたの言い分を言えばいい。わしは世間では金持ちでとおっておるし、自分でもそう思う。しかしわしの財産はあんた方が考えるよりずっと自由がきかんのだ。金のやりくりは厳しく、物にしたって売る気になったときに売り払えるものでもない。わしがほしいのは現金だ。医者の払いやら、外国旅行やら、療養だのなんだのに使う――。そこでひとつ相談がある――わしが掛け金を払い始めたときからの半額を払い戻してもらえないだろうか。半額だよ、え。もしわしが六十五になる前に死んでも、金はいらない。つまり、あんた方は保険金を一ポンドも支払わなくていいのだ。六十五より長生きしても、やはり金はいらん。あんた方は年金を支払わんですむ。どうだね、これは取り引きだ。この申し出に対してあんた方はどう言いなさる？」

「すみません、まことにお気の毒ですが。これまでにもそのようなお申し出をいただいたことがございます。しかし社の方針といたしまして、最初に交わした契約はいっさい変更できない決まりなのです。わたくしどもも損をすることはございます。ですから、お客様が損をなさるときも、その責任はお客様に負っていただくしかないのです。もし、おっしゃるようにわたくしどもが保険内容の変更などいたしましたら、社の信用に傷がつきます。あなたがわたくしどもに好意をお寄せくださっているのは存じております、モットラムさん。寛大なお申し出にも感謝いたします。しかし、それはできない相談というものです。どうかお察しください」

一分近くもの間、重苦しい沈黙が流れた。それからモットラム氏は痛ましいほどがっかりした様子で最後の手段を試みた。

「この件を重役たちに取り次いでもらえるだろうね。あんたがこういった申し出を彼らに断りもなく受け容れられないのは当然だ。しかし、次の役員会でこの件を報告してもらえるだろうね、え？」

「もちろん、取り次ぎは必ずいたします。ただ、申し上げにくいのですが、期待はなさらないでください。安楽死保険の掛け金は非常に高額ですので、中途で解約したいというお客様はあとを絶ちません。しかし重役たちが払い戻しに応じたことは一度としてないのです。もしわたくしの助言をお聞き入れくださるなら、モットラムさん、どうかもう一度、別の医師の診断を受け、あと一、二年、養生なさって、あの年金をお楽しみください——どうぞ、幾久しく」所詮、この若者も一介の社員に過ぎない。どちらに転んでも、自分の金が失われるわけではないのだ。

モットラム氏は立ち上がった。勧められた飲み物をすべて断り、やや憔悴した様子で、それでもまっすぐ前を向き、社員の案内で部屋を出ていった。若者はいくつかメモを取った。こうしてインディスクライバブル社の厳格な業務は続いていく。遥か遠方では、船舶が沈没し、工場に雷が落ち、穀物は虫害で全滅し、野蛮人が平和な地域を襲撃している。病床にある人々は今生の最後の闘いとして、必死に息を吸おうとあがいている。インディスクライバブル社にとっては、それらすべてがビジネスを意味するのである。しかも、そのほとんどは損害にあたる。だが損害は一瞬たりとも彼らの支払い能力を脅かすことはない。そこには常に平均の法則が存在するからだ。

第二章　不本意ながらの探偵

インディスクライバブル社がその道の権威である名医を専属に雇っている件については、すでにふれたとおりである。とは言え、決して彼ほどの腕前を必要としていたわけではない。もっと安く雇える医者でも十分に用は足りるからだ。しかし、名医中の名医を確保し、のみならず彼が社の仕事に専念するために開業を諦めたと宣伝すること、これこそがまさにインディスクライバブル社の手法だった。巨大な白亜のビル、装飾帯《フリーズ》、待合室の棕櫚の木などと同じである。要は見栄えの問題なのだ。これとはまったく違う理由でインディスクライバブル社にはお抱えの私立探偵がいる。が、こちらの事実は宣伝されていない。それどころか、社の公式書類においても、〝当社の代理人〟という呼び方しかされていない。彼は虫眼鏡もピンセットも——拳銃すら携帯しない。注射を打ったりもしないし、愚直な友もいない。それでも彼は私立探偵だった。彼を素人探偵とは呼べない。社は彼に報酬を払っているからだ。それも、読者が期待されるであろう、破格の額を。しかし、ロンドン警視庁《スコットランドヤード》とはなんの関わりもない。彼の仕事は忘れ物の傘の管理ではないからだ。

彼は社のお飾りではない。極めて実用的な目的を果たしているのだ。作り話にしか聞こえないかもしれないが、世の中には、商品を売るより店舗を焼き払ったほうが金になると考える商人がいる。また、ご婦人方のなかには——インディスクライバブル社がその名を明かすつもりは毛頭ないが——自分の宝石を質入れして、まがい物を買い求めておきながら、いざ盗難に遭うと、本物にかけておいた保険金を請求しようとする者もいる。さらに、それこそ想像を絶する話だが、別名義の会社を作り、そこへ自社製品を原価以下で売ったかたちにして、年間損失を訴える小規模会社の経営者もいる。インディスクライバブル社にはそんな人間が群がっているのだ。これほどの大企業となると、たとえ詐欺被害を受けても世間は同情しない。所得税をごまかすようなものだと言えば、なるほどと思う人もいるだろう。こうした場合、インディスクライバブル社では決して裁判沙汰になどしない。むしろ、これらの掠奪に対してはかなり余裕のある態度を示す。そのため、なかなか被害もなくならない。しかし、きな臭い感じのする場所には、いたって自然なやり方で〝当社の代理人〟がひょっこり現れ、不届き者の隙を突くように、鋭い洞察力を生かして調査を開始する。こうして詐欺を暴き、数十万ポンドの損失から社を守ったことも一度や二度ではない。

インディスクライバブル社の代理人、すなわち、われらが主人公の名は、マイルズ・ブリードンである。大柄で、快活だが、三十そこそこにしてはやや無気力なところのある人物だ。父親はまあまあの名声と成功を収めた弁護士だった。進学した時点でマイルズが自ら人生を切り開いていかねばならないことは明らかだった。ところが、その方法となると皆目見当がつかない。必ずしも怠惰というわけではないが、興味を持ったことに夢中になるあまり、絶えず気が散ってしまうのだ。たとえば、彼は非常に数字に強かったが、ひとつの計算を終わらせないまま次に取り掛かってしまうので、決してよい点数は取れなかった。クロスカントリーも得意だった。しかし走っている途中で必ず面白そうなものが目に入り、コースから三マイルほど外れてふらふらして、結局、最後にゴールする。やらなければならない物事の一番目でなく、二番目に入れ込んでしまうのが彼の性《さが》だった。しかも、ひとつおいてその次のこととなると、考えるだけでも嫌になるという始末である。進路の問題については、ちょうどその頃始まった戦争が解決してくれた。幸運にも適職が見つかったのだ。彼は情報将校になった。よく任務を果たし、周囲の評価も高まった。勲章こそ授からなかったが、殊勲報告書に名前が載るところまではいった。さらに肝心な点は、上官の大佐が、たまたまインディスクライバブル社のさる下級重役の友人だったことだ。上官はこの友人から、先にあらましを述べた職務を遂行できるような思慮深い男が必要だと聞き、ブリードンを推薦した。話は除隊と同時に持ちかけられた。彼としては気に入らない内容だったが、時勢に鑑み、下士官あがりが職を選り好みできる立場でないとわきまえるぐらいの分別はあった。そこで彼は条件付きで承知した。こうして、オフィスで時間を持て余すことなく、家に在って社が用事のあるときに電話してくるのを待つ身となったのである。

二、三年で、彼は社にとって欠くべからざる存在になった。彼なしでは業務に支障が出るとまで思われるようになったのだ。だが実のところ、その仕事ぶりはたいして熱心でも真剣でもなかった。五件の調査中、四件までが、彼には無意味なものに思われて放っておくので、ホワイト・チャペル（ロンドン東部の一地区。多様な民族が居住する）の住民たちは、彼の無能さを自分たちの神に感謝したほどだ。しかし最後の一件が彼の気まぐれな想像力をそそると見え、時間と労力を惜しみなく注いでは、インディスクライバブル社の建物の閉ざされたドアの向こうで何週間も讃えられるほどの大手柄を立てるのだった。たとえば、クロイドンの若い男の例を挙げると、この男は自分のオートバイには保険をかけているが、義母にはかけていなかった。あるとき彼女の死体がケント州の寂しい道路わきの土手の下で発見された。オートバイのサイドカーから投げ出されたことに疑問の余地はない。しかしブリードンはこれを、義母の死は前日に起きたもので、しかも自然死だったと証明したのである。また、ある名の知られた

——少なくともアメリカの警察には——酒の密輸業者の話をすると、彼は自分の船荷のすべてにインディスクライバブル社の保険をかけてから、自らを密告した。その情報により駆けつけた役人が、何百という酒箱を海中に投じたが、ボトルの中身はあらかじめ入れておいた海水だった。あるいは、さる上流社会の淑女が、いかにもまことしやかな方法で自分の宝石を盗み、パリで売り飛ばすという事件もあった。これらの不正な手段もまた、マイルズ・ブリードンの気まぐれな直観により、しかるべき筋に明らかにされたのだった。

事実、彼は自分以外の誰からも高く評価されていた。だが本人は、スパイ——彼はそれ以外の言葉を使わなかった——の職を選ばざるを得なかった身の悲劇を託《かこ》つばかりで、事あるごとに出版業に転身するだの、もっとまともな仕事に就くだのと宣言しては、友人たちを驚かせた。こうした状況にいた彼を感化した救い主が——何を隠そう、彼の妻だったのである。最終章に至る前に探偵を結婚させてはいけないことはよく承知している。しかしこれは作者の罪ではない。からかうような二つの瞳と、終戦間際、高級将校を乗せてロンドン中を走り回る車のハンドルを握っていた、有能な両の手のせいなのだ。ブリードンはそれらの魅力に降伏し、慌ただしく、しかしこれ以上望めないほど幸福な結婚をした。アンジェラ・ブリードンは祭壇で自分の傍らに立つ、軍服姿の好男子に幻想を抱きはしなかった。同世代の男女より賢い彼女は、新婚時代がそういつまでも続くわけではないことをよく理解していた。残りの人生をともに過ごすのが、この大柄で不精な、いつも上の空で、彼女が同じ部屋にいることもしばしば忘れてしまうような男だということも。彼には何にもまして看護婦とお抱え運転手が必要だが、その二つの役目を果たしていけるのは自分以外にないと思った。彼女は彼を夫に選んだ。夫というものが持つすべての短所とともに。さすがのインディスクライバブル社も、彼女の未来についてはあまり確たる保証はできなかったようだ。

ある司教だか重要人物だかにこんな逸話がある。ローマに嘆願に赴いたところ、意外にも聞き入れられた。友人がこつを尋ねると、こう答えたという。「能ある鷹は爪を隠す」。アンジェラの亭主操縦の極意もこれと同じかもしれない。探偵というのは、いかなる人物の不正も見逃すまいと常に目を光らせているわりには、妻が少しだけ自分よりも利口であり、陰で夫の幸福のために努力していることには気づかないものだ。たとえば、彼は夜、非常に時間のかかる複雑なペイシェンス《独りトランプ》をするのが習慣だった。彼が自分で考案したゲームだが、カードを四組も使うので、可能な並べ替えはほぼ無限にある。家では、アンジェラはかろうじて規則を理解しているだけで、たいした腕ではないと思われていた。実はアンジェラの腕前はもっと別のところで発揮されていたのだ。ゲームはしばしば、片が付かずにひと晩そのまま置いておかれることがある。こんなとき、彼女は朝早くこっそり階下に降りてきて、一、二枚、カードの位置を変えておくのだ。彼が早々にゲームを終わらせ、通常の仕事に専念できるように。この崇高なペテンは、喜ばしいことに、これまで一度も露見していない。

インディスクライバブル社でモットラム氏が若手社員と話し合いを持った約二週間後、この幸福な夫婦は夕食を終え、水入らずのときを過ごしていた。妻は靴下のほころびを縫っては、愛くるしいフォックステリヤの背中をかいてやるのに忙しく、夫のほうはいつ果てるとも知れないペイシェンスに熱中していた。カードの大半は正面の広いテーブルの上に並んでいるが、床の上の手の届く範囲のそこかしこにも散らばっていた。電話のベルが鳴るのを聞くと、彼は訴えるような目で妻を見上げた。今、ゲームから手を離せないのは明らかだった。つまりは彼女が繕い物を脇によけ、フォックステリヤを足からどけて、廊下に出ていかなければならないわけだ。彼女は合図を理解し、素直に従った。

この家には、妻が夫あてらしい電話に出たときは、夫は話の中身を聞く前に用件を当てなければならないという鉄則があった。探偵能力を磨くのに役立つ、というのが彼女の言い分である。

「もしもし！　ブリードンですが――どちらさまでしょうか……まあ、あなただったの……ええ、おりますよ、でも電話には出られませんの……いいえ、ただ、ちょっと……酔っぱらっているものだから……お仕事？　よかった、彼、待ちかねていたところなの……なんという方ですって？　M-o-t-t-r-a-m、モットラムね。ええ……初めて聞くわ……セント・ウィリアムズ？　ああ、中部地方《ミッドランズ》の。あの湿っぽくて憂鬱な、ミッドランズね。まあ！……ということは――なんですって？……事故かもしれないの？……まあ、だったら普通、自殺でしょう？……どこに泊まっていましたの？……それはどこ？……いいえ、かまわないわ、調べますから……宿で？　まあ、それじゃ、文字通り、客死というわけね！　宿の名前は？……なんて愉快な名前でしょう！　で、マイルズはどこへ行けば？　チルソープへ？……ええ、もちろん、朝早く発てますよ。重要な事件なんですの？　重要な事件なの？……まあ、驚いた！　マイルズも死んで五十万ポンド遺してくれればいいのに！　ええ、明日、電報を打たせます。ええ、どうもありがとう……おやすみなさい」

「さあ、説明してくださいな」アンジェラは客間に戻るなり言った。「あら、あなたったら、ずっとペイシェンスをやってらしたのね！　どうせわたしの言葉なんて、ひと言も耳に入らなかったんでしょう？」

「何度言えばわかるのかな、記憶力と注意力は反比例するってことを。きみの言ったことはすべて覚えているよ。まさに、注意を払っていなかった証拠さ。まず、電話をかけてきたのはショルトーだ。仕事の件で電話してくる人間で、なおかつきみがよく知っている相手なわけだから――少なくとも、御用聞き相手にあんな口のきき方をしてもらいたくないもんだ」

「ええ、ショルトーよ。オフィスからかけてきたの。あなたと話したがっていたわ」

「そうだと思った。ぼくが酔っぱらっていたなんて言う必要はあったのかい？」

「だって他の言い訳が思いつかなかったんですもの。あなたがペイシェンスをやっているなんて言うわけにいかないでしょう。結婚生活がうまくいっていないんじゃないかと勘ぐられてしまうわ。先を続けて、シャーロック」

「モットラムという名前の男がいて、住まいはミッドランズのきみが聞いたことのないどこかだが、今はチルソープという名の場所に滞在していて――そこで死亡した。そして彼の死は調査を必要としている。簡単さ」

「なぜ彼が死んだとわかったの？」

「きみの、まあ、という言い方からだよ。それに、客死とかなんとか言ってたじゃないか。そのうえ五十万ポンドの保険金となると――安楽死保険絡みに違いない、そうだろう？　実際、あの安楽死保険ってやつは精神分析学と同じぐらい罪作りだよ」

「ええ、おっしゃるとおりだわ。で、死因は？」

「自殺なわけだから――きみは自殺だと思ったんだろう？　古い手だが、睡眠薬かな、ベロナールとか」

「いいえ、おばかさん、ガスよ。ガス栓が開けっ放しだったの。チルソープの場所を教えてくださらない？」

「鉄道が走っているところだ。ぼくの記憶に間違いがなければ、ブルズ・クロスとローギル・ジャンクションの間にあるのが、チルソープとゴリントンだ。しかし、その男が住んでいるのは別の場所なんだろう？」

「プルフォードよ。少なくともそう聞こえたわ。ミッドランズのどこかだと言っていたけれど」

「プルフォードか。なるほど、思い出したぞ。ぞっとしない所だよ。乳母車か何か作っているんじゃなかったかな？　確か、車で一日がかりの距離だ。だが、われわれが行くのはむろん、チルソープのほうだ。すまないが地名辞典で調べてくれないか。ぼくはこの列を仕上げてしまうから」

「あなたの靴下の繕いが終わらなくても知りませんからね。ええと、ああ、あったわ、プルフォード。ここで作っているのは乳母車じゃないわ、排水管よ。公立中等学校《グラマースクール》と、それに孤児院があるのね。教区教会の建物は初期垂直様式の典型で、一八四二年に大規模な修復が行われた。いつものことね。一八五〇年よりローマ・カトリック教会の司教区となる。バプテスト派の礼拝堂は――」

「ぼくが知りたいのはチルソープだと言ったはずだよ」

「急かさないで。ええと、チルソープは――村というよりは小教区《タウンシップ》なのね。人口二千五百。教会所属の耕地についていろいろ書いてあるわ。近くにバスク川が流れていて、マスの釣り場があるそうよ」

「ああ、そのほうが都合がいい」

「どういう意味？」

「つまりさ、いかにもその男が自分のへまで事故死したように聞こえるじゃないか。彼は釣りが目的でそこへ行った。自殺をするために見知らぬ土地に出向くやつはいないからな」

「自分の家では電灯を使っているけど、ガス自殺がしたい、という場合を除いてね」

「なるほど。ところで、宿の名はなんといったかな？」

「〈災厄の積み荷〉よ。またずいぶんとたいそうな名前だこと」

「じゃあ、地図で見てみよう」

「今、見ているところよ。ほら、バスク川があるわ。あら、面白い、バスク川のそばにモットラムという場所があるのよ」

「チルソープの近くにかい？」

「チルソープはまだ見つからないの。ああ、ここにあったわ。四マイルぐらい離れたところ。因みに、プルフォードからはほんの二十マイルぐらいよ。さあ、どうします？　車で行くの？」

「もちろん。ロールスの調子は上々だ。調査には二、三日かかるだろうな。運がよければ、〈災厄の積み荷〉に泊まれる。フランシスは一日二日、乳母に預けたほうがかえっていいだろう。きみが小麦で育てるものだから、手に負えなくなってきているよ」

「あなたには息子を持つ資格がないのよ。でも、反対はしないわ。そんな片田舎にあなたをひとりで行かせるのは気が進まないもの。人口二千五百といっても、何人かは女の人でしょうからね。ねえ、マイルズ、今度の事件では、とてもいい結果が出そうね」

「それどころか、さっそく重役どもに、死亡した紳士はガス中毒という不幸な事故に遭ったのだから、潔く保険金を支払うべきだと報告するつもりさ。もうひとつ、スパイを雇うなんて無駄遣いにもほどがあると指摘してやる」

「けっこうよ、そうなったらあなたと離婚しますから。わたしは先に寝させていただくわ。その二列目が終わったら切り上げてね。わたしたち、明日の朝は早く出発しなければならないんですからね」

第三章　〈災厄の積み荷〉にて

翌朝になるとブリードンの機嫌も直っていた。早朝受け取った社からの機密書類には、モットラム氏の奇抜な提案と、彼の健康状態からすると自殺と考えるのが妥当であるとの旨が記されていた。よく晴れた朝で、車は飛ぶように走り、選んだ道も上々の状態だった。その快適な道から平凡な脇道に入ったのは、まだ夕方のお茶の時間にもならない頃だった。しかし道は格段に悪くなり、車は這うように進まなければならなかった。道標は、英国の標識の例に漏れず、チルソープ、チルソープ、チルソープと、それがよほどの名所ででもあるかのように書き立てていたかと思えば、ぱたりと途絶え、今度はリトル・スタビリーまで五ハロン（約一キロ）以内の距離であることをしきりに訴え始めた。おまけに車は予期せぬ曲がり角や険しい勾配のある丘陵地帯にさしかかっていた。道は何度も曲がりくねりながら、バスク川の荒涼たる谷間を進んでいく。川は荒れ果てた両岸の間のなめらかな丸石の上を渦巻いて流れていた。リトル・スタビリーへの五度目の誘いを拒絶した直後、彼らは州議会の取り決めに混乱する羽目になった。道が二手に分かれているのだが、彼らの選択を導く標識がいっさい見当たらないのだ。が、ちょうどそのとき、二十ヤードほど離れた場所で釣竿を振っている老紳士の姿が目に入り、二人は大声で呼びかけた。

「チルソープですと？」老紳士は言った。「世界中の人間がチルソープに押しかけているようですな。

州議会もここがこんな流行の中心になるとは思わなかっただろう。景色を楽しみたいのなら、左の道を行きなされ。丘を越えていく道だ。お茶の時間に間に合いたければ、右の谷間の道を行きなさるがいい。〈災厄の積み荷〉のお茶の時間は五時ですからな、あまりのんびりはしておられませんぞ」

老紳士の口調はどこか信頼が置けるように感じられた。「ご親切にありがとうございます」ブリードンは礼を述べた。「宿泊ができるのは〈災厄の積み荷〉一軒だけでしょうか？」

「〈白鳥亭〉という、まずまずの宿がある。だが今日は〈災厄の積み荷〉が差をつけているようだ。自殺死体と壁一枚隔てて寝るなんて経験は、どこでもできるものじゃありませんからな。おまけに警察までひとつ屋根の下にいるんだから、これほどぞくぞくすることはない」

「警察が？　いつ来たのですか？」

「昼時でしたかな。どうも手掛かりを摑んでいるようだ。わしが唯一恐れているのは、連中が川を浚いたがるんじゃないかということでね。警察というのはいつも他にやるべきことを思いつかんと川を浚いますからな」

「あなたもその宿にお泊りなのですか？」

「なんとか生き延びておりますわい。あんたも、あそこの朝のコーヒーを味わってみれば、自殺したくなる客の気持ちがおわかりになるだろう。幸い、わしはここまで耐えてこられたが。あんたは故人のお身内じゃないだろうね」

「いえ、ぼくはインディスクライバブル社から派遣された者です。故人はわが社の保険に入っていましたので」

「そうした恵まれた条件のもとで死ねるのもひとつの特権に違いない。いや、どうやらお喋りが過ぎたようだ。先程わしは、哀れなモットラムが自殺したと言ったが、あれは仮説であって、事実ではない」

「仮説というと、警察の？」

「とんでもない。わしは連中が到着する前に宿を出て来たんだ。これは宿の女主人の立てた仮説だよ。彼女をよく知れば、逆らわんほうがよいと悟るだろう。論議を呼び起こすことになりますからな」

「こんなことになって、女主人もずいぶんと頭が痛いでしょうね」

「これ以上ないほど落ち込んでおる。今にも腰が抜けそうだと言っておった。どうしたって客離れは避けられないというわけさ。実際のところ、事件が起きてから来た泊り客は、あんた方でやっと二組目だ。宿の酒場《バー》のほうもひどいありさまだった。愚連隊が押し寄せ、昼間からビールをがぶ飲みしておるのだよ。おおかた、事件の噂話でも拾い集めようという腹だろうが」

「ぼくたちの前に来たのは故人の身内の方ですか？」

「いやいや、警察のお人だよ。それもロンドンから来た、正真正銘の警察官だ。わしのにらんだところでは、モットラムの秘書が泡を食って、事を大きくしてしまったらしい。ああ、この秘書の話をするのを忘れていた。ブリンクマンという名の小男でしてな。彼も〈災厄の積み荷〉に泊まっておるのです。さて、恐縮だが、魚が喰いつくのが見えた。ここではめったにない事なのでな、見に行かなきゃならん」老紳士は上機嫌で頷きながら、再び岸辺に去った。

チルソープはだらだらと細長くのびた村で、商業地域（らしきもの）は南端に集中していた。教会や、〈災厄の積み荷〉、それに数軒の店がある。また、村を流れるバスク川には広い石橋がかかっていて、昼夜を問わず、地元の観光名所となっていた。家々は灰色の石造りで、屋根は青いスレートぶき。

村の他の部分はすべて、谷間をのぼる一本の道沿いにあった。どの家も険しい斜面に建っている。険しすぎるため果樹の栽培には不向きで、いくばくかのスグリやアカスグリの茂みが不安定な足場を保っているに過ぎなかった。ただし景色には魅力があった。秋に霧でおおわれるときや、静かな夏の夕方に煙突の煙が気怠げにたなびくときなど、英国とは思えない神秘的で風変わりな趣きを見せるのだった。

ワイン、酒、煙草の販売許可を受けている、J・デイヴィスと思しき女主人が宿の玄関口でブリードン夫妻を迎えた。口の達者な女だが、明らかに意気消沈している。泊り客に自殺されるとは、これ以上の災難はないと考えているようだった。ブリードンはまともに相手をする気になれず、会話の舵取りをアンジェラに任せた。アンジェラの気配りは如才なく細やかで、ここぞというところで同情の意を示したので、十分も経たないうちに、彼らの到着は天の賜りものとして迎えられた。デイヴィス夫人は女中にお茶の用意ができたらすぐに持ってくるようにと指図しながら、夫妻を応接間へ招き入れ、準備が整い次第、二階の客室に通すと告げた。一日中、次から次に厄介事が持ち上がるんですからね、もうどうしたらいいか、見当もつきませんよ、これまで、いたってまともにやってきたっていうのに。夫人はこぼした。彼女によれば、主要道路からかなり離れているせいか、チルソープにはあまり多くの常連客は来ないようだった。これが旅行案内に載っているようなホテルなら、客が自殺するのも珍しい話ではないだろうし、経営側も対処の仕方を心得ている。ところが、デイヴィス夫人の手助けと言えば若い女中と下男だけで、しかもその下男は片腕がないのだ。おまけに例の不良どもがやって来ては正面の窓から中を覗き込むのだから、こんなに体裁の悪いことはない。警察にしたって、彼らをとめられないのなら、なんのためにここにいるかわからないではないか。夫人はそう息巻いた。

それにあの記者連中、今日だって六人も追い払ってやったが、次々に押しかけてきては、自分たちに関係のないことを嗅ぎ回るのだ。痛快にも、連中は彼女からひと言も聞き出せなかった。

とは言うものの、デイヴィス夫人以上にあの気の毒なモットラム氏のことを知る者がいないのは確かである。毎年決まって釣りに来ていた、哀れな紳士。非常に物静かな紳士で、こちらを困らせたことなど一度もなかった。それがこんな結果になろうとは、想像もできなかった。あれがガス漏れであるはずはない。ガス管には注意に注意を重ねてきたし、苦情を言われたこともついぞなかった。もしどこか悪いところがあったら、パルトニー氏が黙っているはずがない。彼はすべて自分の思いどおりにしないと気のすまない人だから。それにしても過失でないとすると……。ひょっとすると、パルトニー氏の仕業かもしれない。釣りの腕前はたいしたものだが、かなりの変わり者でもあり、いつも人の話を遮ってばかりいる。そう言えば、昨日の朝、夜の間に起きた出来事を告げたとき、彼の反応は冷静そのものだった。「それなら、ミセス・デイヴィス、今朝はロング・プールに釣りに行くとしよう」そんなようなことを言ったきりだった。一方、秘書のブリンクマン氏のほうはすっかり気が動転してしまい、自分でも何を言い、何をしているのか、わかっていない様子だった。なかでも頭の痛いのは、無駄になったガス代だ。何しろ、ひと晩中だったのだから。誰がその料金を支払ってくれるというのだろう。ようするにデイヴィス夫人の心境としては、この世は哀しみに満ちていて、人は必ず花のように散るもの、というところらしい。

延々と続く恨みつらみに対して、ブリードンはあまり熱心な聞き手とは言えなかった。デイヴィス夫人のようなタイプを知り抜いていたので、いくら質問をしたところでろくな結果は得られないとわかっていたからだ。アンジェラのほうはやさしく囁いたり、ため息をついたり、ここぞというときに目頭を押さえたりして、話し好きの女主人から高い評価を受けた。ところが、女主人と入れ違いに女中が茶道具を持って部屋に入ってくるなり、周囲の空気は一変した。女中は無言で道具を乱暴に置き、ふてぶてしく顎を突き出した。その素振りはまるで、誰に陰口を叩かれようとまったく意に介すつもりはないと告げているようだった。大柄な娘で、器量よしには違いない。片方の目が軽いやぶにらみなのが惜しいが、ラテン民族に言わせれば、かえって魅力が増すというところだろう。これといった競争相手がいない結果、村一番の美人と目されていることは容易に想像できた。それにしても、いつまでも貝のように口をつぐんだままなので、たとえ石からでも秘密を引き出せると自負するアンジェラでさえ、本能的に、彼女にものを尋ねるのはあとでのほうがよいと判断した。そこでティーポットの次にミルク差しが出てくるまでの永久とも思える長い時間を、古風な感想帳のページをめくりながらつぶすことにした。ハリソン姉妹は親切で思いやりのある女主人から心づくしのもてなしを受けたようだ。プルフォード・サイクリング・クラブは毎年恒例の自転車旅行のために集まり、「めいっぱい楽しんだ、来年また来るぞ」と宣言している。明らかに新婚らしいカップルはこの界隈を非常に静かなところだと評しているが、これには別の客が「自分はそう思わない」という注釈をいくつもの感嘆符とともに付け加えていた。大家族のウォザースプン一家はこの昔ながらの宿で実にすばらしいときを過ごしたと証言した。アーサー・スタンプ牧師夫妻はチルソープとその周辺の楽しい思い出をたくさん持ち帰ったらしい。

　マイルズは部屋の中をぶらぶら歩きまわりながら、小さな田舎宿の最上等の部屋に必ずといってよいほど備わっている、数々の名品に目をとめていた。まず、ひどく調子外れのピアノがあり、その上には非国教派の讃美歌集と流行遅れのダンスの楽譜が漫然と積まれている。次に、乗馬服姿の恋人たちの諍いと和解を描いた二枚の絵画。小さな本棚は日曜学校の賞品で溢れ、そこに一、二冊、廉価版の小説がまじっているが、これは昔の客が置き忘れていったものに違いない。趣味の悪い貝殻細工の額に入れられたボーンマス（イングランド南部の海浜保養地）の風景画。馬に乗った地元の名士か誰かの写真。亡きデイヴィス氏の記憶を留めるための数枚の肖像画もあった。恰幅のよい紳士だが、身に着けた衣服は、とりわけカラーが、彼にはきつ過ぎるように見えた。炉棚の上には軍服を着た二人の若者の写真が飾られている。その横にはひとりの水夫の写真。予備机の下のアルバムに貼ってある珍しい絵葉書を集めたのは彼だろう。他に三組の結婚写真があるが、どれも同じ家族のものであることは一目瞭然だった。ひと言で言えば、こうした問題に興味のある探偵なら、まさにこの写真のなかに、貧しい人々の信じがたいほど長く複雑な年代記を読みとったことだろう。

　しかし、ブリードンにとって、それらはすべて苛立ちの種でしかなかった。なんらかの犯罪や問題の起きた現場を訪れたとき、家具調度の類をくまなく見てまわっては、本や身の回りの品から、関係人物の性格についての手掛かりを拾い上げるのが、彼のやり方だった。証拠は得られないまでも、少なくともその雰囲気から必ず何かを摑むことができるというのが彼の言い分である。田舎宿で死んだとき、モットラムはあまり人目につく行動を取っていなかった。当然、周囲の人々に彼の性質を印象付けるところまではいたっていない。この宿の応接間にしても他の宿の応接間と違ったところは何もなく、ただ階上の遺骸のみが、別次元の存在として孤立しているのだ。十中八九、モットラムの部屋の洗面台の上には聖句が掲げられ、大きな簞笥には普段着と虫除け玉が吊り下がり、『魂の目覚め』の安手の印刷物が貼られていることだろう。そこはただの宿の寝室に過ぎず、モットラムらしさを示すものは何もない。

「ねえ」アンジェラが突然声を上げた。「モットラムさんはけっこう頻繁にここを訪れていたみたいよ。それも釣りのシーズンに限ってね。彼の署名がいくつかあるもの。最後のは二日前に書かれたばかりだわ」

「え？　どういうことだ？」ブリードンは言った。「彼の署名がすでに書き込まれているのか？　日付は書いてあるのかい？」

「ええ、ほら、ここよ、J・W・モットラムとあるわ。六月十三日から——その先は空白よ。どのぐらい滞在するかはわからなかったみたいね」

「どれどれ……。なんだか辻褄が合わないな。これはホテルの宿泊者名簿じゃない、ただの感想帳じゃないか。宿の感想帳っていうのは、帰る日に初めて書き込むものだよ」

「必ず？」

「そうとも。ここを見てごらん、アーサー・スタンプとあるだろう。字体と筆跡から実に几帳面な男だとわかる。ええと、彼は五月二十一日にここへ来て、五月二十六日まで滞在した。ウィルキンソン夫妻は一日遅れの二十二日に来て、二十四日に帰った。しかし記入した順番はウィルキンソン夫妻が先だ。それは帰ったのが先だからだよ。そしてこっちのヴァイオレット・ハリスも同じことをしている。サンデマン一行の前に名前を書いているよ。去年のモットラムの記載をごらん。このときは、出発日を空白にしてあとから書き入れるようなことはしていない。その場合、字間や行間が不自然になるからすぐわかる。六月十三日と到着日だけ書くなんて、まったくモットラムらしくないやり方だったんだ。そもそも、誰だってそんな書き方はしないものだ」

「あなたって、ときどき些細なことに気がつくのね。いいえ、こちらに来てテーブルにつくまでお茶は飲まないで。そこらじゅうに跳ねを散らすのはやめていただきたいわ。それにしても、どうしてまたそんな書き方をしたのかしら。彼がここにいた証拠なんて誰もほしがらないでしょうに。もしかして、去年の署名を真似た偽筆かしら。そうなると、もちろん書いたのは階上《うえ》にいたモットラムさんではないということになるわね」

「それはじきにわかるだろうが……。いや、合理的に見える答えがひとつだけある。彼は決して生きて帰らないと知ってこの場へ来た。従って、感想帳には、これがいつもと同じただの旅行で、生きて帰るつもりでいると見せかけられるような書き方をしたかった。人間というものは、そうした類のことをするとき、やりすぎてかえってしくじるということに決して気づかないんだ。そんなあやふやな暗示に頼るなんてばかげているよ。しかしぼくが推測する限りでは、モットラムは自殺をするつもりだった。しかも自殺ではないように見せかけるつもりだった」

「でも、日付は合っているのよね？」

「それは確かだ。勘定書きを見れば確認できることをごまかしても意味がない。宿の女主人なら客がいつの夜着くか承知しているだろうしね」

「それじゃやっぱり、彼は十三日に到着したわけね。そして死体で発見されたのが昨日の朝、火曜日。十三日は月曜日だから――ここにはひと晩しかいなかったのね」

「まあ、その辺りはすべて秘書から聞き出せると思うよ。ぼくはミセス・デイヴィスにはもう一刻も我慢できない。それより、そのティーポットのお茶はもう残っていないかな。喉が渇いてからからなんだ」

第四章　モットラムの部屋

ブリードンの願いもむなしく、デイヴィス夫人はすぐにまた姿を現した。彼女は二階の広い部屋に支度ができたと告げ、先に立って階段を上がりながら、天井がとても低いので頭に気をつけるようにと注意した。確かにこの建物は田舎宿にありがちなように四方八方にまとまりなく広がっていて、床の高さも場所によってまちまちだった。従ってどこかの部屋から別の部屋に行き着くには、上がり下がりを何度か繰り返さないことには不可能ではと思えるほどだった。階段を上がりきると、デイヴィス夫人は大仰に振り返り、『5』と記されたドアを指さした。「あの中ですよ！」彼女は言った。その声にひそむ複雑な感情が、部屋の中にあるものの正体を明確に語っていた。このとき不意にドアが開き、彼女を慌てさせた。出て来たのは背の低い陰気な男で、どうも故人の秘書らしく見えたが、のちにやはりそうだとわかった。彼に続いてもうひとり、男が出て来たが、こちらはどう見ても私服の警察官に間違いなかった。ブリードンの調査は通常は公《おおやけ》の正義の番人とは無関係に行われ、しかも大部分は知られないままに終わる。だが今回に限っては、運命の意志が優先したようだ。「こいつは驚いた」ブリードンは思わず叫んだ。「リーランドじゃないか！」

それに続いた驚きの声や質問、思い出話、説明についてくどくど述べて読者をうんざりさせるつもりはない。リーランドは戦時中、二年以上もの間、士官としてブリードンと同じ大隊に属していた。

当時、当局は国内の優秀な若者の不足を見越していたので、すでに有能という評判を取っていた警部である彼は、容易にその階級につくことができたのだ。除隊したときも同じ容易さで元の地位に復帰した。旧友同士の思い出話は尽きそうもなく、傍で聞く者には疲れるだけなので、ブリンクマンは階下に降りていき、アンジェラも早々に自室に引き上げてしまった。デイヴィス夫人だけはひとしきりまくし立てていたが、これもやがては厨房へ引っ込んだ。

「しかし奇遇だな」リーランドはようやく本題に入った。「事件解決の目処がつくまで、二、三日、ここに残らねばならないのは確かなんだがね。もしきみが同じ件を扱っているのなら、二人が競う理由はない。もっとも、きみの社がなんのためにきみをここに送り込んだのか、よく飲み込めないんだが」

「実は、故人はかなり高額の保険に入っていたんだ。そしていくつかの理由により、社としては自殺を疑う方向に傾いている。もちろん自殺なら、保険金は支払われない」

「だったら、二、三日泊まって、のんびりしていくといい。ちょっとした休暇を取るのは、きみにとっても奥さんにとってもよいことだ。だが、もちろん、自殺という見方は完全に的外れだよ」

「しかし、ガス自殺というのは珍しい話じゃないだろう？」

「ああ、だが起き上がってガス栓を閉めてからまたベッドに戻って死んだりする人間はいない。ましてや窓を開け、そのままにして――」

「ガス栓が閉まっていた？　窓が開いていた？　きみはまさか――」

「つまり、もしこれが自殺なら、極めて奇妙な自殺だということになる。事故なら、これまた極めて奇妙な事故だ。いいかい、これからおれがする話はよそには漏らさないでくれよ。この宿には事件について必要以上に知っている者がいるかもしれないんでね。他言は無用だ」

「ああ、わかった。ところで、この宿には誰がいた？　例の秘書、ぼくが川で見かけた老紳士、それからミセス・デイヴィスに女中と下男――これまでにぼくが耳にしたのはそれだけだ。一応、彼ら全員を容疑者としておこう。すまないが、部屋を見せてもらえないか？　興味深い点がいくつかあるに違いないと思うんでね」

「だったら、今のうちに見ておくほうがいいだろう。遺体も今夜には然るべき処置が施されるだろうから。今なら現状はほとんど維持されている。ひと渡り見るにはまだ十分明るいしね」

この宿にも一時は景気のよい頃があったに違いない。と言うのも、問題の部屋はブリードンの自室のようにゆったりとしていて、明らかに寝室兼居間として通用するものだったからだ。しかし壁紙はずいぶん前に張り替えたままのようだし、装飾はみすぼらしく、家具も古ぼけていた。本来なら、プルフォードの金持ちを惹きつけるような宿ではなかったが、近くに評判の釣り場があったことと、商売敵になるような宿がなかったことが幸いした。チルソープは、土地柄、水力による発電が見込めるにもかかわらず、電灯が引かれていなかった。しかし司祭館や信徒会館のためにアセチレンガスを供給する装置があり、そのおこぼれで、この宿でも近隣の数軒とともに、ランプをともすことができた。二日経った今もなお周囲に漂っている不快な臭気は、いかにもベッドの上の不幸な亡骸《なきがら》に対して責任があるように思われた。

最後の点については、ブリードンはほとんど注意を払わなかった。彼には医療の専門知識はなかったし、そもそも死因に疑問の余地はなかったからだ。地元の医師も、警察が呼んだ医師も、ガス中毒に間違いなく、他の症状はいっさい認められないと断言した。暴行を受けた跡はおろか、もがいた様子さえない。まるで就寝中に麻酔薬の過剰摂取で死んだように見えた。ベッドの脇には、かすかに白っぽい混ぜ物のあとの残るグラスが置いてあった。ブリードンはリーランドを振り返り、目顔で問いかけた。

「そいつは違う」リーランドは言った。「分析をしてみたが、ごく穏やかな種類の睡眠薬だった。モットラムは普段から寝つきが悪く、特に枕が変わったときはひどいので、時折服用していたらしい。しかし、薬自体、毒ではないし、どんなに大量に飲んだところで死ぬようなものではない。医者がそう言っていた」

「なるほど。それなら、ぐっすり眠り込んで、ガス漏れに気づかなかったのも頷ける」

「そうだとも。だが、そうなると、ちょっと引っかかることがある。つまり、これを殺しと考えるなら、モットラムの習慣をよく知る者の仕業に見えるんだ」

「もし殺しなら、そうだ。しかし自殺だとしても、苦しまずに死ねるように睡眠薬を飲んでおくというのは理解できない話ではない。唯一、不自然に見えるのが、事故の場合だ。たまたまガスが漏れていたその夜に、睡眠薬を飲んで寝たなんて、偶然すぎるからね。とりあえず、そのガスを見ておきたいな」

壁の、ドアからそう遠くない位置にガス管が突き出ていた。もとはここの壁掛け式ランプが部屋で唯一の灯りだったようだが、寝室兼居間の目的を果たすため、あとから特別な器具が取り付けられ、二番目のガス口が設けてあった。新しいガス口は長いゴム管で窓際の書き物机の上にあるスタンドランプに繋がっていた。ようするに、部屋には全部で三つのガス栓が存在し、それらはすべて壁のガス管に集中していた。ひとつは壁掛け式ランプのところ、ひとつはスタンドランプに繋がるゴム管のはまっているところ、最後のひとつが最も古く、壁に一番近いところにあり、これを閉めると二つのガス口へのガスが同時にとまるようになっていた。この元栓は今は閉まっている。他の二つを見ると、壁掛け式ランプの栓は閉まり、スタンドランプに繋がる栓は開いていた。

「死体が発見されたとき、栓はどれもこの状態だったのかい？」ブリードンは尋ねた。

「ああ、間違いない。もちろん、正常に機能しているか確かめるため、開け閉めはしてみたがね。両方とも異常はなかった。それから、ガス栓の指紋を検出しようと試みた——例の粉でね」

「結果は？」

「元栓のところにだけ、開けたときの位置に見つかった。右側に親指を押しつけたあとがあったんだ。だが栓を閉めた際の指紋は検出できなかった」

「そいつはずいぶんと妙な話だな」

「手袋をしていたのかもしれない」

「なるほど、きみはこの件を他殺と考えているんだな。だが、仮に殺しだとすれば、栓を開けて、また閉めたのは犯人だということになる。そいつはなぜ、一方の指紋の跡を隠しながら、もう一方はそのままにしておいたんだろう」

「いや、種を明かせば、ガス栓を開けたのはモットラムなんだ。元栓のことだがね。スタンドランプの栓は開けっ放しだったようだ——少なくとも、そっちには指紋は見つからなかった。これも奇妙な点だ」

「ああ、もし彼が自殺したことを知られたがっていたのならね。しかし、そうでなければ、いいかい、この出来事の何もかもが芝居なのかもしれない」

「読めたぞ——きみはこれを事故を装った自殺だと言いたいんだな。おれのほうは自殺に見せかけた他殺だと言いたいね。きみの言い分の難点は、どうやってガス栓が閉められたかにあるようだ」

「きみのほうは？」

「隠し立てする気はない。ドアには鍵が掛かっていた。内側に鍵がささっていたのさ」

「それじゃ、死体を発見したときはどうやって入ったんだ？」

「ドアをぶち壊したのさ。もう腐りかけていたからね。この宿は至るところがそうなんだよ。ほら、蝶番のねじが外れてしまったんで、新しいねじをはめておいたんだ」

「ドアは内側から鍵が掛かっていた。で、窓は？」ブリードンは部屋の奥に進んだ。「格子がはまっているのか」それは旧式の格子窓で、内側の鉄格子が外部からの侵入を阻んでいた。外側に向かって開いた窓は四十五度まで自由に動き、その角度に達すると、掛け金が作動して固定される仕組みになっている。今はしっかり固定されているので、ブリードンは念入りに調べた。

「この窓も？」ブリードンは尋ねた。「やっぱりこうなっていたのかい？」

「そうだ。大きく開け放してあった。だから、たとえガス漏れがあったとしても、すぐにそこから出ていくはずなんだ。ブリンクマンの話では、月曜の夜には強い風が吹いていた。そのうえ、窓には格子がはまっている。誰であれ、あの格子をすり抜けて入ってくるのは不可能だよ」

「となると、きみの他殺説には無理があるようだな」

「きみの自殺説だって同じだよ、ブリードン。あそこにあるワイシャツを見てみろ。前の晩のうちにきちんとカフスボタンがつけられていた。ボタン穴の状態からすると、シャツは新品だし。これから自殺しようっていう人間が、ベッドに入る前にカフスボタンをつけるような面倒な真似をすると思うか？」

「だったら、糊付けしたシャツを着込んで釣りに出かける男の説明はつくのか？」

「ああ、もしそれが成功した製造業者ならな。運動するときに特別な服を着るという発想は、上流社会のものだ。おれは農夫が正装のシャツを着て乾草の中に入っていくのを見たことがある。自分が農場主であって、そこで雇われている労働者ではないことを示すだけのためにね」

「なるほど。だが、それならば、自殺をもくろんでいる男が、そうではないと見せかけるために、シャツにカフスボタンをつけるということもありうるじゃないか。いいかい、相続人に五十万ポンド遺せるかどうかがかかっているんだ。額を考えれば、たいした手間じゃないだろう」

「きみは自殺と確信しているようだな。それじゃ、言い争っても仕方ない。ところで、彼が腕時計のねじを巻いていたことを伝えるのを忘れていたよ」

「誰でもやることだろう。几帳面な男なら、巻かずにいるほうが苦痛なものだ。彼は煙草は喫ったのか？」

「ブリンクマンの話ではノーだ。それにどこにも喫った形跡はない」

「法律で喫煙を強制するべきだな。特にベッドの中での――もし彼がベッドで煙草を喫っていたなら、本当はどうするつもりだったのか、絶好のヒントを得られただろうに。しかし、どのみち彼に寝煙草の習慣はなかったようだ。暖炉に一本だけマッチが捨ててあるが、ガスに火をつけるためにしか使っていない。燃えてるのはほんの先っぽだけだからね」

「そのマッチも悩みの種なんだ。炉棚の上にマッチ箱があるんだが、普通のマッチでね。だが、こっちのはもっと短いんだ。彼のポケットには同じ種類のは一本もないし」

「先に女中が部屋に入り、ガスに火をつけたのかもしれない」

「それはない。少なくとも、ミセス・デイヴィスによれば、ありえないという話だ」

「彼が床に就いたのは暗くなってからか？」

「十時頃だったとブリンクマンは言っている。その時分だと、歩くぐらいはできても、それ以上細かいことをするのは無理だ。そこでガスに火をつけたに違いない。シャツにカフスボタンをつけるためにね。他にも、彼はある書き物を残している。書いたのはおそらく、死亡前夜の遅くだろう。証明はできんが」

「書き物だって！　何か重要なものか？」

「プルフォードの三流紙にあてた、ただの投書さ。ほら、読みたければここにある」リーランドはテーブルの上の吸取紙から一通の手紙を取り上げ、ブリードンに手渡した。それにはこう綴られていた。

《プルフォード・エグザミナー》編集部御中

拝啓、貴紙の寄稿者『ブルータス』氏が、モットラム遊園の午後七時の閉園に対する苦情のなかで、この土地は、貧者のポケットから搾り取った金で町に寄贈されたものだと述べておられます。遊園地の開園及び閉園については、わたくしは市議会の決定にいっさい関わっておりません。プルフォードの市民のために最善を尽くしてきた一市民として、なぜわたくしの名がこの論議に引きずり込まれ、しかも、あのようなひどい中傷を受けねばならないのか知りたく思い、一筆差し上げる次第であります。この遊園地は十二年前、わたくしがプルフォードの市民に寄贈したものですが、これが「非道に搾取した金銭の代償」であるなどというのはまったくの誤解で、市民、とりわけ子どもたちに、折にふれ、神の恵みである野外の空気を吸ってほしいと望んだからに他なりません。『ブルータス』氏が、いかなる根拠により、わたくしが雇用する労働者たちが、本来受けとるべき額より少ない賃金を受け取っていると考えられたのか、お示しくだされば——

手紙はこの箇所で唐突に終わっていた。

「彼はあまり筆の立つほうじゃなかったんだな」ブリードンは言った。「これじゃ、朝になったらブリンクマンが手を加えて体裁を整えなければならなかったと思うよ。ああ、きみの言いたいことはわかる。死ぬとわかっている人間なら、普通はわざわざ手紙を書こうとなどしないか、あるいはなんとかして書き終えてしまうものだろう。それにしても、この手紙は気に入らないね。さて、そろそろ夕食をとりに階下《した》に行かなければ。ここであまり長々と嗅ぎ回っているのを見つかったら、怪しまれてしまう。心配するな、リーランド、きみの意気込みに水を差すつもりはないから。自殺か他殺か——五ポンド賭けるってのはどうだい？」

「おれはかまわんよ。お互いに調査のはかどり具合を報告しようか？」

「その辺は柔軟に対処すればいいさ。しかし双方、毎日メモを取り、疑わしいことやその理由を書き留めて、あとで見比べることにしよう。おや、あれはミセス・デイヴィスの声かな？　やれやれ、今、行きますよ」

第五章　秘書、ブリンクマン

デイヴィス夫人の料理の腕前は、老紳士の皮肉が正しいことを見事に証明している、とまでは言わないが、かなりそれに近いものだった。彼女のような階級の者にありがちなこととして、量については常に控えめで、大きな深皿を指して「ひと滴のスープ」と呼んだりする一方、質については妙に強気で、客に供する夕食を毎回「一流料理」だと仄めかす。確かに必ず肉は出た。これが上等な肉だったら、（老紳士も指摘したように）心躍る気晴らしとなっただろう。朝食に例外なくベーコンエッグが出るように、夕食には判で押したように肉料理が出る。「食後においしい果物でも」となると、へこんだブラマンジェ（デイヴィス夫人は型物菓子と称しているが）と冷たい西洋スモモが登場するのがお決まりのコースだった。どこから調達してくるのか、それらは年がら年中、食卓に現れた。もしアンジェラがここに二週間も滞在するのであれば、デイヴィス夫人に力を貸し、もっと豊かな発想ができるようにしてやっただろう。しかしそうもいかないので、今回はやりすごすことにした。宿での自殺事件だけで十分動揺している夫人を、それ以上混乱させることもあるまいという気持ちもあった。〈災厄の積み荷〉の喫茶室には、客が別々のテーブルにつくだけの広さがなかったので、彼らは低い声で会話を交わしながら、隣の客を胡散臭そうにじろじろと見ていた。とは言え、全員でひとつの長テーブルについている以上、表向きだけでも愛想よくせざるを得ない。ブリードンとリーランドは二人とも、二階の部屋の秘密を解き明かそうと、深く考え込んでいた。ブリンクマンは明らかに神経を尖らせ、この悲劇について語るのを頑なに避けている。アンジェラは経験から、こうした状況における沈黙の価値をわきまえていた。唯一、老紳士だけがいかにも気楽そうにしていた。悠々と落ち着き払い、彼の性格と切り離せない皮肉な調子で、会話にモットラムの話題を強引にはさみ込んでくる。ブリンクマンはこうした話題を如才なくかわしながら、自分が見聞の広い、知的な男であることを示そうとしたが、ユーモアの才に欠けていることは隠せなかった。

話の接ぎ穂にその日の釣果を問われ、老紳士はこう答えた。「いやいや、あれではとても釣れたうちに入りませんよ。ま、何匹かは冷やりとさせてやったはずだが。モットラムのようなお大尽が、こんな見込みのない場所にわざわざ釣りをしに来るとは、とても信じられませんな。なにせ一匹釣れるたびに、地元新聞の記事になるほどですから。もしわしがそのぐらいの金持ちだったら、スコットランドか、あるいはノルウェーのようなところにでも行きますな。正直、スカンジナビア人は好きませんが。会ったことは一度もないが、子ども時分に読んだ地理の本であまりにも誉めそやされていたので、わしにとってはかえって嫌悪すべき存在になってしまったのです」

「ひょっとすると」ブリンクマンが言った。「いつかはスウェーデン人の欠点が発見されるかもしれませんね。しかし、モットラム氏がここを選んだのは単純な理由からです。彼はこの土地の出身だったのです。チルソープは彼の故郷なのです」

「なるほど」老紳士はやや鼻白んで言った。

「ええ、そうでしたわ」アンジェラが口をはさんだ。「地図にモットラムという場所がありました。では、彼は地主さんでいらしたのですか？」

「そういったものではありません」ブリンクマンは答えた。「モットラム氏の一族は土地の名前をとって自分たちにつけたのです。その逆ではなく。氏はまず、ここチルソープで大きな店を始めました。その店は、プルフォードで成功を収めたとき、身内に譲りました。その後、身内と諍いを起こしたのですが、この土地には常に感傷的な気持ちを抱いていました。英国に今でも同じ名前の集団がどれほど多く残っているかを考えると、驚くばかりです。なぜかを説明する術はありませんが、それでも確か、この土地の十軒に一軒はピロックという名字なのです」

「それこそ生まれ合わせだ」老紳士は認めた。「選べるものではないからな。で、気の毒なモットラム氏の一族は、この土地の出身というわけだね？」

「代々、この土地の住人だったはずです。しかし土地から名前をつけるこの習慣は妙に英国的ですね。ほとんどの民は祖先の名に因んでつけるものでしょう。ウェールズ人しかり、ロシア人しかり、です。しかしわれわれの場合は、新しい土地へ移住すると、チルソープのジョンということになり、子孫たちも代々、チルソープを名乗ることになるのです」

「それにしても、変わった趣味だよ」老紳士は誰からも歓迎されない話題をくどくどと繰り返した。「わざわざやって来て、祖先の間に骨を埋めたがるとは。そんなことをすれば騒動の種にはなるし、醜聞を招くことにもなりかねん。わしなら、自分の人生を終わらせる決心をしたときは、どこか気に入らない場所へ行く――たとえば、マーゲイト（イングランド南東部の海浜保養地）のような――そして埠頭の真下にでも打ち上げられて、そこに悪評を立ててやる」

「それはうまくいかないでしょうね」ブリンクマンが異を唱えた。「いや、つまり、悪評を立てる、という点に関してですが。今日では、評判に好いも悪いもありません。どちらにしても、宣伝になるだけです。これは本気で言うのですが、もし煙草会社が自社製品をひどいものだと宣伝すれば、好奇心の強い大衆からたんまり金を引き出せますよ」

「好奇心の強い大衆と言えば、今日も相当な野次馬連中が宿に押し寄せておりますな。と言うのも、今朝わしが出かけたとき、かなりの距離まで小僧の集団がつけてきおったのです。おおかた、わしが川を浚うとでも思ったのだろう。ところで、もし警察が本当に川を浚えば、さぞかし面白い見ものになるでしょうな。いくらかでも魚がいるのかどうかわかるわけですから。どうでしょう、そのときはわしも立ち会わせてもらえますかな」老紳士はそう言うと、リーランドのほうに向き直った。リーランドがその訴えに明らかに苛立った様子を見せたので、アンジェラは気を利かせ、ある物語で、年中、友人に池を浚いに来てくれと頼んでいる人物がいたが、あれは誰だっただろうと茶々を入れた。こうしてちぐはぐな会話がぎこちなく進んだ。パルトニー氏が隙あらば一同の頭を占める例の問題を蒸し返そうとするので、残りの者はそうさせないようにするのに必死だった。ブリードンはあえて沈黙を守っていた。彼はこのあとブリンクマンに話を聞くつもりだったので、その前に彼に自分の能力を判断する機会を与えてはならないと決心していたのだ。

機会は夕食後、労せずしてやって来た。ブリンクマンは一本の葉巻にたちまちつられ、夏の夜の澄んだ空気の中での散歩を承知した。ブリードンは橋の上に座ろうと提案していたが、夜の散歩に最適な時間帯とあって、腰を下ろせそうな場所はもう残っていなかった。それならロング・プールまで歩こうというブリンクマンの誘いを、ブリードンは遠すぎるからと断った。丘へのびる道を少しだけのぼると、あまりひと気のないところにベンチがひとつ見つかった。それはまるで、息を切らせてのぼってくる散歩者を呼んでいるかのようだった。ここで二人は誰にも邪魔されずに腰を据え、消えゆく陽の光の中で雲が次々に紫に染まり、丘の頂を包む影が次第に濃くなっていくのを眺めていた。

「ミセス・デイヴィスからお聞き及びとは思いますが、ぼくはインディスクライバブル社から派遣されてきた者です。お疑いのないよう、身分証明書をお見せしましょう。つまり、この種の事件が起きると、社はぼくを調査に寄越すのです。念には念を、というわけでして」(「このブリンクマンというやつには」ブリードンはその前にアンジェラに語っていた。「ぼくのことをちょっと足りないように思わせておかないと。できれば実際よりも」)

「おっしゃることがよくわかりませんが――」ブリンクマンが言いかけた。

「いや、自殺というのはよくある話ですからね。社としても、自殺がすべて、保険金支払いの対象外になると言っているわけではないのです。本人が明らかに常軌を逸していた場合は全額支払われるでしょう。しかし、やはり規則では許されないことになっているのです。つまり、自殺するほどの度胸があるなら、保険などかけずに出直すべきではないかと。いや、こうした話はどれも、あなたをおおいにうんざりさせることでしょうね、ブリックマンさん――」

「ブリンクマンです」

「失礼、どうも人の名前を覚えるのが苦手なもので。実際、こう大勢の人間に嗅ぎ回られては、あなたもかなわんでしょう。しかし、こちらとしても、そこは避けられないところでして。そして、話をお聞きするにはあなたが最適な人物だと思えるのです。あなたは、故人にどこかおかしなところがあったと思いますか?」

「あの方はあなたやわたしと同じぐらい正常でした。あんなに冷静な頭脳の持ち主は見たことがありません」

「ああ、それは重要な点です。少しメモを取ってもかまいませんか？　何しろ記憶力が悪いもので。もうひとつ、伺わせてください。ご老人に悩み事はありましたか？　たとえば、健康面などで」

あるかなしかの間があいた。だが、その間は運命を決する一瞬だった。なぜなら、それは、ひとりの人間が言うべきことを決める一瞬だったからだ。ブリンクマンは口を開いた。「その点なら疑問の余地はありません。氏自ら御社に出向いて、社員の方にお話ししたと思いますが。彼はロンドンの医者に診てもらい、余命わずかに二年との宣告を受けたのです」

「ということは、つまり――」

「彼はその話をしばらくわたしに伏せていました。とにかく自分の健康については神経質な人でした。首のできものひとつにも大騒ぎするほどの。だからといって、神経症ではないかと思うほどこだわっていたわけではありません。ただ、あまり病気の経験がなくやってきたので、些細なことまで怖かったのではないでしょうか。わたしにロンドンの専門医と面談した件を打ち明けてくれたときは、あまりに意気消沈しているようだったので、あれこれ質問する気になれませんでした。そもそも、それはわたしの役割ではありませんでしたし。彼が誰にも口外していないことは、お調べになればわかるでしょう」

「医者に話を聞けるかもしれません。しかし、あの連中は恐ろしく口が堅いですからね、そうでしょう？」

「まず、名前から見つけなければならないでしょう。モットラム氏はそれをひた隠しにしていました。予約の手紙を送っていたとしても、わたしを通してではありませんでした。ハーリー街に回状を配っても、探し当てるのは至難の業ですよ」

「でしたら、プルフォードの医者をあたりましょう。おそらく、その医者が専門医を推薦したんでしょうから」

「プルフォードのなんという医者ですか？　この五年間というもの、モットラム氏は医者にはかかっていないはずです。わたしはこの数ヶ月、しょっちゅう彼に医者に行くように勧めていました。身体のことで気掛かりなことがあると聞かされていましたから。もっとも、症状に関しては彼はひと言も口にしませんでした。彼を知らない人に、その秘密主義について説明するのはとても難しいことなのです。しかしですね、もしあなたが専門医のところへ行ったという彼の話をまったくのでたらめだと考えるなら、見当違いというものですよ」

「じゃあ、あなたは確かに行ったと思うんですね？」

「ええ、間違いなく。彼の立場を考えてごらんなさい。二年経てば、生きている限り、あなたの会社からとんでもない額の年金を受け取ることになっているんですよ。それなのに、もし会社が保険料の半額を払い戻してくれるなら、年金の権利を捨てるつもりだった。その件はあなたもお聞き及びでしょう。自らの死を予期していたのでなければ、説明のつかない行動です」

「彼が自殺を望む理由を他に考えつきませんか？　ただ人生に飽きたとか、そのようなことを」

「よろしいですか、ブリードンさん。あなたもよくご存知でしょうが、およそ自殺の原因というものは、金銭上のトラブルか、失恋、そして単なる気鬱に尽きます。モットラム氏には金銭問題はありませんでした。それについては彼の弁護士がご説明するでしょう。恋で分別を失う年齢でもありませんでした。独身でしたが、これまで女性と浮名を流したことはないのです。そして鬱病に関しては、彼の知り合いでそう考える者はひとりもおりません」

「あくまで自殺だったと確信しておられるようですね。事故か、あるいは暴漢に襲われた可能性はありませんか？　彼のようなお金持ちには敵が付き物でしょう？」

「物語の中ではね。しかし、実際にモットラム氏を手にかけるような人物がいたとは思えません。また、事故となると、例の専門医の件はどこへ行ってしまうのでしょう。それに、彼が死んだとき、部屋のドアに鍵が掛かっていたのはなぜですか？　プルフォードの屋敷の使用人に訊いてもらえばわかることですが、彼は自宅では一度も部屋に鍵を掛けたことがなかったのです。しかも、ここの下男は朝一番に髭剃り用の水を持ってくるように言いつけられていたのですよ」

「ほう、モットラムさんの部屋のドアには鍵が掛かっていたのですか。実を言うと、事件が発覚したときの状況はほとんど聞いていないのです。あなたも遺体を発見したうちのおひとりなんですね？」

「そうです。とても忘れられないと思います。わたしは何も自殺がいけないと言っているのではありません。それどころか、悪くない行為だと思うこともしばしばです。キリスト教では自殺を非難しますが、その根拠となると、聖アウグスティヌスが異端者と交わした口論からまったく進歩していないのですから。しかし、前の晩に『おやすみ』と挨拶した相手がガス中毒で死んでいるのを見れば、これはもう平静ではいられません。でも、あなたは詳しいことをお知りになりたいんですよね。下男は髭剃り用の水を持って部屋に入ろうとして、ドアに鍵が掛かっていることに気づきました。鍵穴から中を覗こうとしましたが、何も見えなかったので、わたしのところに来て、その件を報告しました。わたしは何か悪いことが起きたに違いないと思いましたが、下男に手伝わせて二人だけでドアを押し破るのは気が進みませんでした。で、窓の外に目をやると、フェラーズという医師が朝の散歩をしている姿が見えたので、下男をやって連れて来させました。部屋の中に入るにはドアを破るしかあるまいということで彼も同意しました。ドアを破るのは考えていたよりはるかに容易でした。もちろん、強烈なガスの臭いがして、廊下にまで漂っていました。医師がガス栓のところに向かいましたが、栓は閉まっていたそうです。どうしてそういうことになったのか、わたしにはわかりません。栓が非常にゆるくて、医師が無意識のうちに閉めたのかもしれません。それから彼はベッドに向かいましたが、あの哀れなモットラム老人が死んでいるのを、そして、その死因を発見するのに二分とかかりませんでした。鍵はドアの内側からささって、しっかり施錠してありました。ここだけの話ですが、リーランドさんはあのガス栓に不審を抱いたようです。しかし、誰も部屋に入れなかったのは確かですし、死人に栓を閉められるわけがありません。自殺でなければ、説明がつかないんです。ひょっとしてわたしは、あなたの会社の証人として喚問されることになるのでしょうか」

「むろん、証言していただければ、社としては大変ありがたいのですが。保険金の支払いを渋るわけではありませんが、原則は守らなければなりませんからね。自殺を奨励するような結果になるのは避けたいのです。ところで、相続人はどなたか教えていただけますか？　と言うのも、誰に大金を相続させるか決めないうちに、生命保険に入ったり自殺したりする人間はいないでしょうから」

「相続人は、夕食の席で申しました地元の方々です。正確に言えば、たったひとりの甥御さんということになりますが――あのときはあれ以上お話ししたくなかったのです。なぜなら、内密に願いますが、例のパルトニー氏があまりに好奇心をむき出しになさるものですから。しかし、モットラム氏はこの若い甥御さんとなんらかの理由で仲違いしてしまいました――この土地で大きな店を経営していますが、遺書の中で言及されていないのはまず確かでしょう」

「では、あなたはその幸運な人物が誰なのかはご存知ないのですね」

「複数の慈善団体に寄付されるのだと思います。モットラム氏とその件で話し合ったことは一度もありません。しかし事務弁護士に訊けばわかるでしょう。いずれにしろ、遠からず、公共の財産になるはずです」

ブリードンは手帳のリストを調べた。正確には、調べるふりをした。「いや、ご親切にありがとうございました。これでお尋ねしたかったことは全部すんだようです。さぞうるさいやつだと思われたでしょうね。ああ、あともうひとつだけ――あなたの部屋はモットラム氏の部屋の近くでしたか？夜間、何か物音をお聞きにならなかったでしょうか。つまり、彼の部屋で異常な出来事が起きているような音を」

「わたしの部屋はちょうど真上でした。窓も確かに開いていました。ですから、もし殺人の疑いがあるとしても、激しい格闘の気配などいっさいなかったと、はっきり証言できます。と言うのも、わたしはかなり眠りの浅いたちでして、あの夜も十二時過ぎまで寝付けなかったのです。わたしたちが彼を発見したのは朝の七時でしたが、医師の診立てでは、亡くなったのはその数時間前だったようです。しかし階下からはまったく何も聞こえませんでした」

「いや、ご協力いただいて、本当に感謝します。では、そろそろ戻るとしましょうか。あなたは独身ですから、夜に外で長居をしても大騒ぎされることはないと思いますが」ブリードンはこの滑稽な親交に気をよくしながら、同宿の友を促して帰途についた。ブリンクマンが、ナポレオンのような頭脳の持ち主と夜のひと時を過ごしたことに気づかなかったのも、無理からぬことと思われる。

第六章　盗み聞き

二人が宿の喫茶室に戻ると、パルトニー氏がひとり、ぽつんと座っていた。何やら真剣な表情で、三週間も前の新聞のクロスワードパズルを埋めている。リーランドは村人の噂話を集めに酒場《バー》へ出かけていた。ブリードンが階上の自室に引き上げると、アンジェラも戻っていた。ベッドに入るためではなく、クロスワードに飽きたから、というのが理由らしい。「さあ」さっそく彼女は尋ねてきた。「ブリンクマンさんをどう思って？」

「なかなか抜け目のないやつだと思う。この件については、もっと多くのことを知っている気がするんだ。まあ、喋るだけ喋らせて、あとはせいぜいぼくをばか者だと思わせておいたよ」

「わたし、まさにそれと同じことをパルトニーさん相手にしていたのよ。ともかく、〝純情娘〟の役を演じたわ。彼に『可愛いお嬢さん』と呼ばせるつもりでね。そう呼ばれると、悪い気はしないもの。一、二度、もう少しで言いそうになったんだから」

「腹黒いやつに見えたかい？」

「そんなことなかったわ。マイルズ、パルトニーさんを疑うのは禁止よ。彼はわたしのお気に入りなんだから。あの人ったら、自殺というのは若い淑女が到着したあとに起こるもので、その前に起こるものじゃない、なんて言うのよ。おかしくて笑ってしまったわ」

「あんなやつ、川にでも身を投げればいい。まったく、持て余すよ。彼なしでも十分ややこしいっていうのに」

「わたしにワトソン役をお望み？」

「まだ寝なくていいならね」ワトソン役というのは、アンジェラが慎重に愚か者を装いながら、夫に新しい見方を示唆することを意味している。「いいかい、これはどう考えても自殺だ。ぼくの本能が自殺だと告げているんだよ。その匂いがそこかしこにぷんぷんする」

「わたしにはアセチレンの臭いしかしないけど。なぜ、よりによって自殺なの？」

「だって、ドアには鍵が掛かっていたじゃないか。この件ではこれから下男に会って、ブリンクマンの話の裏をとらなきゃならないが。しかし、ドアの内側から鍵が掛かっていて、窓には鉄格子がはまっていたことを考えれば、リーランドの説はナンセンスだよ」

「でも、犯人なら、時間稼ぎにドアに鍵を掛けるかもしれないわ」

「なるほど。だが、それなら外側から掛けるだろう。ぼくにはやはり自殺に見える。なぜなら、ブリンクマンの言葉が嘘でない限り、モットラムにはドアに鍵を掛ける習慣はなかったからだ。おまけに、下男には朝、髭剃り用の水を部屋に持ってくるように言いつけているし」

「でも、どうして下男なの？　なぜ女中に言いつけなかったの？」

「アンジェラ、きみはあまりに当世風すぎるよ。田舎宿の女中は部屋に入ったりしないものだ。戸口に生温い水を置いたら、かすかに衣擦れの音をさせて、忍び足で引き返していくのさ。いや、きっとモットラムが鍵を掛けたんだ、自殺の真っ最中にブリンクマンが入って来ないように――あるいは、パルトニーが部屋を間違える可能性もあるしね。誰にも邪魔されずに放っておいてほしかったのさ」

「でも、必ずしも自殺をするためではないんじゃなくて？」

「何か別のことをしている途中で、寝入ってしまったと言うのかい？　たとえば、《プルフォード・エグザミナー》に出す手紙を書きながら、とか。しかし、もしそうなら、ベッドで横になってはいないだろう。事故によるガス中毒で死ぬとしたら、眠っているとき以外ありえないよ。もうひとつある――ガス栓に残された指紋だ。当然、リーランドも、ガス栓を開けたときにつく指紋と閉めたときにつく指紋が違うことは承知していた。となると、彼の望む結論にはたどり着けない。もしこの件が殺人か事故だったとしても、モットラムが普段どおりにベッドに入っていたのなら、彼がガス栓を開けたときの指紋同様、閉めたときの指紋も見つかるはずだ。ようするに、モットラムはまったく灯りをつけなかったのさ。彼は薄暗がりの中をベッドまで行き、睡眠薬を飲んでから、ガス栓を開けたんだ」

「でも、あなた、薄暗い中でどうやってプルフォードの新聞社に出す長い手紙が書けるの？　小説だって読めやしないでしょう？　リーランドさんになったつもりで考えてみましょうよ、あちらの立場は警察だけど」

「その答えはあとで言うよ。まず、モットラムは一度もガスに火をつけていないと思う。ガスに火をつけるには、二箇所つける必要があるんだが、彼が使ったマッチ、部屋で見つかった唯一のマッチには、ほとんど燃えた跡がなかった」

「それじゃ、どうして彼はマッチを擦ったりしたの？」

「それもあとで話す。最後に、ガス栓の問題がある。もし殺人なら、犯人は自分の仕事を迅速にすませたがるはずだ。そのためには、壁掛け式ランプについているほうと、窓際のスタンドランプについているほうの、両方の噴出口から確実にガスが漏れるようにするだろう。だが、これが自殺で、しかも眠っている間に死ぬのが望みであれば、なにも急ぐ必要はない。むしろ、ガスの不快な臭いがしてくる前に、しっかり睡眠薬が効くようにしておくんじゃないか？　そこで彼は二つある噴出口の片方だけを開ける。それも自分のいる位置から遠いほうの口を。どうだい？」

「あなたってときどき驚くほど頭が切れるのね。マイルズ。いつかわたしの悪事もばれるんじゃないかと思うと怖くなるわ。さあ、さっきからあとで話すと言っていたことを聞かせてちょうだい」

「いいかい、これは単純な自殺とは違う。なぜかって？　安楽死保険に入っている人間は、そこらの連中に――とりわけこのマイルズ・ブリードンには――自殺だってことを知られたくないのさ。ぼくの経験から言うと、やつらはいつだって小細工をしてぼくの調査の邪魔をするんだ。許しがたいよ、まったく」

「そんなに腹を立てるべきじゃないわ、マイルズ。だって、そういう人たちがいなかったら、インディスクライバブル社はあなたをお払い箱にするかもしれないじゃないの。そうなったら、フランシス坊やに新しいタモシャンタン帽を買ってあげるお金はどうするの？」

「話の腰を折らないでほしいね、奥さん。これは手の込んだ自殺事件だ、しかも極めて巧妙な。初《しょ》っ端《ぱな》、われわれは感想帳のあの記載に気づいた。あれは、彼が眠りにつく瞬間までここに長逗留するつもりでいたと見せかけるためのものだ。実際は、ウィルキンソン夫妻の記入を参考にしなかったために、やりすぎてしまったがね。策士策に溺れる、だよ。これでわれわれを騙せると思ったんだろうが、こっちは一枚上手だったたってわけさ」

「ちょっと言わせていただきますけど、あの書き込みに気づいたのはわたしですからね。では、どうぞ先を続けて」

「それから彼は二つの相容れない行動を取った。睡眠薬を服用しながら、朝早く起こすように言いつけたんだ。ほら、休暇に来て、不眠に悩んでいる男が、朝早く起こしてくれと頼むなんて不自然だろう。彼が睡眠薬を飲んだのは、苦痛を感じずに死ぬためだ。早朝呼びに来させようとしたのは、彼の死が自殺なんかじゃないという印象を与えるためだろう。同じ理由で他にもいくつか策を弄している」

「たとえば、どんな?」

「時計のねじを巻いているのさ。リーランドはそこに注目した。しかし彼はそれが八日巻き時計だったことを見落としている。几帳面な人間なら八日巻き時計は日曜に巻くものだ。ここでも、モットラムはほんの少しやりすぎた。さらに彼はシャツにカフスボタンをつけた。休暇中にそんな面倒なことをする人間はめったにいない。だがモットラムはやった。翌朝も普段どおりに起きるつもりだったと見せかけるためだ」

「で、お次はなんなの?」

「窓だよ。殺人犯ともなれば、無駄な危険は冒さない。ガス栓をひねる前に窓を閉めるか、あるいはすでに閉まっているか確かめるはずだ。一方、これから普通に寝ようっていう人間なら、完全に閉めるか、あるいは掛け金でとまる位置ぎりぎりまで開けるかのどっちかだ。そうしておけば、どちらにしても夜間ばたばた音を立てることはないからな。モットラムはガスがあまり漏れていかないように窓を半開きにしておいた。しかし彼は朝には必ずドアが叩き破られると予想していた。そのとき部屋に空気が流れ込んだ勢いで、窓が大きく開くことも。これが真相だよ」

「まるで前もって彼から筋書きを聞いたみたいね」

「茶化すなよ。彼は枕元に三文小説を置いた。ごく安らかに眠りについたと思わせるために。現実には、睡眠薬を飲んでから床の中で本を読む人間なんていないよ。そもそも、ベッドで本が読みたければ、スタンドランプをベッド脇まで持ってくるだろう。そうすれば眠る前に手を伸ばして消せるんだから。さらに彼は、書いてあった、というより、半分まで書いておいた手紙を吸取紙の上に置いた。だが、彼がそれを書いたのはあの部屋じゃない――階下《した》で書いたんだ。食堂にある吸取紙に、彼が手紙を押さえたところがあった。これもまた、彼がやりかけの仕事を残して何事もなく眠りについたと思わせるための策略だ。それから、マッチの件も忘れちゃいけない」

「つまり、彼がマッチを擦ったのは、ガスに点火したという印象を与えるためで、実際には灯りをつけなかったということ？　わたし、謎解きのこつが飲み込めてきたみたいよ。ところで、彼が別のマッチに火をつけて、窓から投げ捨てたとは考えられないかしら」

「その考えには無理があるな。喫煙者で、そのうえ、よほどきれい好きなやつでない限り、わざわざ窓からマッチを捨てたりしないよ。彼のポケットには一本しか残っていなかったか、あるいはブリンクマンから一本借りたかのどっちかだ。しかし彼はそれを使わなかった。自殺者は暗闇が好きなのさ。他にひとつ、些細だが気になる点がある。わかるかい？」ブリードンはこの部屋の枕元に立ててある安物の大きな聖書を手に取った。「こういうのを配布する団体があるんだ。もちろん、この宿でも各部屋に一冊ずつある。モットラムはそれを枕元から取り去り、引き出しの中にしまったんだ。結局はわれわれ人間がいかに迷信深いかがわかって面白いよ」

「それはちょっとばかりぞっとする話ね。で、あなたはいつ十字路にお墓を掘って、地元の大工さんから杭を借りるつもり？」

「ところがだよ、例の、ガス栓が閉められていた点に関しては、少しばかり説明が難しいんだ。死人はそんなことをしない、というリーランドの言い分はもっともだからね」

「ブリンキーはなんて説明したの？」

「きみがほんの三時間前に紹介されたばかりのブリンクマン氏はだね、医者がうっかり閉めたんだろうと考えている。むろん、ありえない話だ。その説だと、栓はかなりゆるんでいたことになる。だが、実際はそうじゃない——リーランドがわざとゆるめたんだ。ひねるとき、指紋が消えないようにね。もとからゆるかったのなら、指紋はまったく残らなかったはずだ。で、ここで三つのガス栓が問題になってくるというわけだ、ハドソン夫人」

アンジェラは役柄に似つかわしく、額にしわを寄せた。「問題は二つあるわ、お気の毒なレストレードさん。まず、栓はどうやって閉められたのか。そしてなぜブリンキーはわたしたちにそれが誤って閉められたと思わせたいのか。わたし、あなたには常にいろんな推測をしてほしいのよ。頭の働きが活発になるようにね。でも、例の女の直感から言わせてもらえば、論点は単純なんじゃないかしら。つまり、ドアに鍵が掛かっていたということは自殺を意味するし、ガス栓が閉まっていたということは他殺を意味するのよね。確か、あなたはこの件でリーランドさんと五ポンド賭けているんじゃなかったかしら」

「ああ、そのとおりだ。まったくきみは地獄耳だな」

「そうね、あなたが五ポンド賭けたのなら、もちろん自殺でなくてはならないわ。妻としてはそう考えるのが当然だもの。逆だったらいいんだけど。もしわたしがお金に困っていたら、あのドアの説明ならきっとできると思うの。でも、しないわ。絶対にしません。リーランドさんのほうはどうなのかしら」

「彼はわれわれより不利だよ。鍵の掛かったドアの問題を解決しなければならないうえに、殺人の動機と、その犯人まで見つけなければならないんだから。そこはこっちのほうが有利だ。自殺なら、犯人は誰かなんてことに頭を悩ませずにすむからな！　そしてぼくたちは動機を知っている——ともかく、ある程度は。遺産受取人に例の五十万ポンドを確実に遺すためだ。受取人が誰なのかは、すぐにわかるだろう。唯一、解せないのはブリンクマンのことだ。どうして彼はあんなに自殺説に執着するんだろう。多分遺書を読めばその点もはっきりするんだろうが……。今のぼくには解き明かせない」

ブリードンは大股で部屋を行ったり来たりし始めた。「ドアの施錠については完全に自信がある。こんな旧式の宿屋で、ドアにばね錠がついているなんてことはありえないからね」彼はドアに歩み寄り、錠を調べるために屈み込んだ。それから、ぎょっとするほど突然取っ手を回し、ドアを開けた。「アンジェラ、来てくれ……。廊下に掛かっている絵が見えるだろう？　風もないのにあんなに揺れている」

「つまり、誰かがここにいたと……」

「ドアの前で屈んだとき、そっと遠ざかっていく足音が確かに聞こえたんだ。誰かが鍵穴で耳をすませていたに違いない」

「なぜ飛び出していかなかったの？」

「盗み聞きの現場を見つけて捕まえるには、そんなやり方じゃだめだ。考えようによっては、誰かが聞いていたのをこっちが知っているってことを、向こうには知られずにいたほうがずっといい。どちらにしても困った事態だが」

「ここが片田舎の宿だってことを忘れていたなんて、わたしたち、なんて迂闊だったのかしら。田舎宿の使用人というのは今でも鍵穴から立ち聞きするものなのに」

「使用人？　ううむ、そうだな。しかしパルトニーの部屋だって、つい角を曲がったところにあるんだよ」

「マイルズ、気の毒なエドワードさんのことをそんなふうに言うのは許さないわよ」

「彼の名前がエドワードだと誰が言ったんだ？」

「そうに違いないわ。見ればわかるもの。ともかく、わたしはこれからエドワードと呼ぶわ。でも彼には鍵穴から立ち聞きなんてできやしないわよ。『いささか異例の行動ですな』（この部分はパルトニー氏の声音を見事に真似てみせた）とでものたまうんじゃないかしら。そもそも、まだほとんどあのクロスワードを完成させていないでしょうからね。わたしが手伝ってあげないと、手も足も出ないのよ。三文字の鳥っていうと必ず、ＥＭＵ《エミュー》（オーストラリアに生息するダチョウに似た大鳥）にしてしまうんだから」

「まあ、どのみち、ブリンクマンの部屋だってすぐ上だしな。きみの言うとおり、使用人か、それともミセス・デイヴィス当人かもしれない。しかし、そこのところははっきりさせておきたいな。ぼくたちの会話はどの程度まで聞かれたんだろう」

「ねえ、マイルズ、先走っちゃだめよ。ほら、思い出さない？　ソロモン老人のお宅の台所のドアで、あなたが聞き耳を立てていたときのこと。男の声を聞いたと思い込んでいたけれど、結局、ただの拡声器だったじゃない」

「やれやれ、どうして人は結婚なんかするんだろう。さて、ぼくはちょっとリーランドのところへ行って、近くに怪しいやつがうろついていることを警告してくるよ」

「そうね、彼もあまり独り言を言わないように用心しないと」

「またばかなことを。きみはもう寝る時間だよ。ぼくは半時間かそこらは戻らないから」

「言いかえれば、閉店時間過ぎまでは、ってことでしょ。男の人ってこれだから！　さあ、あまり足音を立てないで、エドワードを起こさないようにね」

リーランドはまだ酒場《バー》にいて、ブリードンが見つけたときは、村の長老のいつ果てるともつかない御託に辛抱強く耳を傾けていた。「つまり、こういうわけじゃよ、いいかね。ガースを閉めだつもりで完全には閉めんかった。そういうこったよ。自分で命を縮めようなんぞと考えたはずがない。そんな考えは道理に合わんからな。なんのために自殺なんぞする必要がある？　あんな大金持ちが。いいかね、わしはモットラムをよう知っとった、あいつの背丈があそこの椅子にも届かなかった頃からな。あいつがほんの小僧だった時分から知っとるんじゃ。いやいや、まだ酔っちゃおらんぞ。人が自殺するところだって見たことがある。料金所におった、哀れなジョニー・ピロックを思い出すよ。やつは気が狂って自殺した。木で首をくくったんじゃ。あすこの天井と同じぐらいの高さの木で。そうじゃ！　あの時分はガースなんてものはなかった。おやすみ、ウォーレンさん。楽しい夢を見なされ。おまえさんちの前庭の階段に気をつけてな。そうとも、とんでもない大金持ちじゃった、モットラムというやつは……」そうした言葉が容赦なく延々と続いた。ブリードンは閉店間際になってようやくリーランドを連れ出すと、彼らの他にも階上の部屋の秘密に興味を持つ者がいる（らしい）と警告した。

第七章　リーランドの覚え書き

　ブリードンと五ポンドの賭けをしてから、おれは自分の結論に疑いを抱くようになった。〝信ずる意志〟を持ったが故の尋常ならざる効果だ。事件に対してなんの先入観もなく、維持すべき責任もないのであれば、ある仮説を組み立て、そこに数学的な確実性まで感じることができる。ところが、なんらかの理由により、ある事柄を事実だと信じたくなったとたん、その同じ仮説がどこもかしこも穴だらけに見えてくるのだ。というよりむしろ、仮説全体が絵空事に思えてくるのである――あまりにも不十分な証拠に頼り過ぎていたというわけだ。昨日、おれは自らの存在を信じるのと同じぐらいの確かさで、この事件を他殺だと信じていた。それが今日になって、心の内に疑念がわいてきた。ともかく、ここにすべてを書き留めておこう。そうすれば、捜査の経過をのちのちブリードンに見せることができる。たとえいかなる結末になろうとも。

　ひとつだけ、見落としてはならない重要な手掛かりがある。それはガス栓が閉められていたという事実だ。どんな仮説を立てようと、この点を無視することはできない。この行為の意味するところを、容易に説明できるとは言わない。しかし、行為には必ずそれを行った人間がいるはずだ。ガス栓がいじられていたという事実は、おれには殺人の確かな証に思われる。たとえ他に直接的な手掛かりがないにしても。しかも、他の手掛かりもあることはあるのだ。

まず第一に、窓だ。もし窓がひと晩中、翌朝発見されたときの状態のとおり、大きく開いて掛け金でとまっていたのなら、あの死はありえない。パルトニー氏の話では、ほぼひと晩中、強い東風が吹いていたそうだ。こうした問題の正確さについては、釣り人の証言は信頼できる。となると窓は、ガス栓と同じく、モットラムが死んでから救援隊が到着するまでの間に、誰かに故意に開けられたことになる。もしこれが事故死なら、窓はひと晩中閉まったままだっただろう。風の強い日に、半開きにしたまま眠る人間などいないからだ。自殺だとしたら、この場合も明らかに、ひと晩中閉まっていたはずだ。ガス自殺をもくろむような者が、窓が風に吹かれて開き、半死半生の状態に陥るような危険は冒すまい。ガス栓の場合と同じく、開いていた窓に対する説明はひとつしかない。これには未知の人物、あるいは人物たちが不当に関与しているのだ。

もうひとつの直接的な手掛かりは、暖炉で発見されたマッチだ。ブリードンは夕方の早い時刻に女中が使ったのではと言っていたが、おれはありえないと思う。炉棚の上にマッチ箱があったが、それは日中ならはっきり目に入ったはずだ。しかも使用されたのはそのマッチではない。もっと短く、ごくごく平凡な種類のものだった。ブリンクマンがあいうマッチを使っているし、パルトニーも同様である。おそらく近隣の喫煙者のすべてが使っているだろう。ところで、マッチはガスに点火するために使われたのではない。ガスなら二箇所に点火しなければならないから、もう少し先のほうまで燃えているはずだ。ところがこのマッチはつけてほとんどすぐに消されている。おれの考えでは、これは外の廊下の灯りをつけるのに使われたのではないだろうか。しかしこの点に関しては確信は持てない。マッチは暖炉に無造作に投げ捨てられていた。夜間の訪問者は、当然、どのマッチも同じように暖炉に捨てられていると思い込んだのだろう。実際は、モットラムがガスに火をつけたマッチは窓から投げ捨てたに違いない。それはまだ発見されていないが。

　さまざまな点から観て、モットラムが己の死を予見していなかったのは明らかだ。その最たる理由は、翌朝早く起こしに来るようにという指示を出していたことだ。もちろん、芝居かもしれない。しかしもしそうなら、なんとも無神経な話だ。朝食後でもよいものを、夜明け頃から、悲報で宿中を騒がせる結果になったのだから。そして、どうもブリードンは見逃しているらしいが、この件はまた別の重大な点につながっている。朝早く起こしてもらおうと思っている男が、前夜に睡眠薬を服用するはずがない。つまり、モットラムは実際は睡眠薬を飲まなかったわけだ。すると、睡眠薬の入っていたグラスは人目を欺くために故意にベッドのそばに置かれたことになる。彼が実際にそれを服用したかどうかについては、医学的確証は得られまい。そこでおれの推測を述べると、夜間忍び込んだ男――しかも二度にわたり――がごくわずかな睡眠薬の入ったグラスをベッドのそばに置いたのではないだろうか。モットラムが自殺したという印象を与えるために。

　この考えを思いついたとき、たちまち事件の全貌が明らかになった気がした。われわれが相手にしなければならない殺人犯は、被害者が自殺したという印象を生み出そうとしているのだ。モットラムの書きかけの手紙――実際は階下で書かれたものだが――をテーブルに残したのはそのためだ。こうすれば、傍目には、書きかけの書類を残すことによって自殺であることを隠そうとする、自殺者がよく考える手段に見える。ブリードンのように、これで一気に自殺説に傾く者もいるのだ。また、故人は床に入る前に八日巻き時計のねじを巻いたことになっているが、この滑稽なまでの気配りについても同じことが言える。ひとつのごまかしだが、これで自殺だと考える人間はまず、いないだろう。しかし、ここには裏の裏をかこうという思惑があり、ブリードンはそこに引っかかったのだ。彼は至るところに自殺者がそれをごまかそうとしたしるしを見つけるだろうが、それは正確には殺人犯が彼に見せようと意図したものなのだ。

　事態がおれの頭の中で次のように形を取り始めた。犯人は被害者が寝入ったのを確信すると、忍び足で部屋に入った。グラスをベッドの脇に、手紙をテーブルの上に置く。そして時計（非常に音の静かなもの）のねじを巻く。それからガス栓のあるところへ行くと、モットラムが栓を閉めたときの指紋をぼろ布で拭い、同じ布で再び慎重に開ける。窓はすでに閉まっている。彼は爪先歩きで部屋を出て、ガスがその残酷な仕事を終えるまで、一、二時間待つ。そのあと、なんらかの理由で部屋に戻る。いかなる理由かは、現時点ではわからない。彼にしてみれば、これだけ念を入れたからには、当然、自殺という判断が下されるものと考えたに違いない。しかし、犯行現場に戻ってきてその成果をすべて台無しにしてしまうとは――考えようによっては罪の意識に駆られての行動とも取れるが――愚かな殺人犯だ。もちろん、おれとしては自説を確証する前に、この理由を明らかにしなければならない。殺人犯の身元や動機についての疑問はひとまず脇に置いておこう。

　実際、問題は二つある。なぜ《ホワイ》と、どうやって《ハウ》の問題だ。なぜ《ホワイ》殺人者はガス栓を閉めたのか？　そしてどうやって《ハウ》内側からドアの鍵を掛けたのか？　第一の問いに対する答えは、前述の如く、単なる心理的なものではないかと推測される。瞬間的に虚勢本能が頭をもたげたのか、それとも良心が咎めたのか、あるいは完全な錯乱状態に陥ったのか……。二番目の問いに対する答えはさらに複雑なものになるに違いない。理論的には、針金かその種の道具を使い、鍵穴にささった鍵を反対側から回すことは可能だ。しかし鍵に引っかき傷を残さずにこんなことができるとは思えない。おれは念入りに鍵を調べたが、それにはなんの傷もなかった。どうやらブリードンは、証拠に関しては違った結論を下そうとしているようだ。つまり、誰かが嘘をついていると考えているのだ。しかし、ブリンクマンと医師のフェラーズ、下男らはみな、同時に部屋に駆け込んだのだ。フェラーズは正直な男だ。ガス栓は閉まっていた、という彼の言葉は真実に違いない。彼はすぐにガス栓のある場所に飛んでいったので、他の二人がそれを邪魔する暇はなかった。ドアの内側に鍵がささっているのを見つけたのは下男だが、この下男は殺人犯には不向きだろう。片腕の男に錠を使った手品のようなトリックはできまい。ブリンクマン自身の証言も極めてまともなもので、他の二人の証言とも一致している。彼にはどこか秘密めいたところがあるが、それはこの男の癖なのだろう。現時点では、彼がモットラムを亡き者にしたくなるような動機はいっさい見当たらない。二人は親密な関係にあったようだし、諍いがあったという証言もないのだ。

おれはパルトニーは容疑からはずそうと思う。彼はあれこれよく知っていて、事件にも並々ならぬ興味を示しているが、おれが知る限り、モットラムとは赤の他人だ。怪しいのは内部の人間ばかりとは限らない。宿のドアにはみな鍵が掛かっていたとは言え、一階には開閉できる窓があり、それは夜間常に閉まっているわけではないからだ。モットラムはチルソープでは知られた顔で、若い時分は暮らしてもいた。となれば、地元の宿怨という線も考えられる。プルフォードもここからほんの二十マイルかそこらの距離だ。そこに敵がいた可能性も高い。『ブルータス』なる人物からの投書がそれを暗示している。しかしモットラムに関する最も顕著な事実は彼が金満家である点なので、第一に解決されるべき問題が遺言による財産譲渡の件であることは明白に思われる。おれは明日、これらに関してあらゆる情報を得るためにロンドンに電報を打ち、その間に地元での聞き込みを進めなければならない。この土地で故人と濃い血縁関係にあるのは、ここで大きな店を経営している若者ただひとりである。彼はモットラムの甥だ。店は遥か昔にモットラム自身が始め、その後、姉夫婦に譲った。二人ともすでに亡くなっている。若者にとって不幸なことに、彼はいわゆる急進主義者《ラディカル》であるらしく、モットラムが独立議会派の候補者として立とうとしたとき、分別のないスピーチをした。そのことで諍いが起き、デイヴィス夫人の見たところでは、それ以来二人は顔を合わせていないらしい。

　これらはみな、おれの第一印象に過ぎない。事件の進展次第では、根本から修正する必要があるだろう。しかしひとつだけ、自信を持って言えることがある――これは確かに他殺であり、いくら自殺に見せかけようとしても、所詮は失敗に終わる運命なのだ。

第八章　プルフォードの司教

翌日、ブリードン夫妻は遅い朝食をとっていた。二人が食べ終えた頃、リーランドが勢い込んだ様子でやって来た。

「ミセス・デイヴィスから聞いたんだが」彼はそう切り出した。

「あまり相手になさらないことね」アンジェラは言った。「とにかく喋り好きな人ですから」

「ええ、しかし、ミセス・デイヴィスは耳寄りな話をしてくれたんです」

「それはまた珍しい」ブリードンが声を上げた。「詳しく聞こうじゃないか。アンジェラ、きみは……」

「ミセス・ブリードンは」アンジェラはきっぱりと言い、夫の口調を真似て続けた。「ぼくが手がけた多くの事件で協力してくれている。彼女の前では自由に話してくれていいんだ。お願いですから、教えてくださいな、リーランドさん。わたくしだけ仲間外れだなんて、我慢できませんわ」

「いやいや、この件で特に秘密にしておくことなどないんですよ。むしろ、奥さんには力になってもらえるかもしれない。ミセス・デイヴィスの話だと、モットラムはあの朝、客が訪ねて来ることになっていると言っていたそうです。その男と釣りに出かけるつもりだと」

「謎の人物のご登場というわけね」アンジェラが口をはさんだ。「釣竿を担いだ？」

「いや、実を言うと、その人物というのはプルフォードの司教なのです。プルフォードはよくご存知ですか？」

「わたくしたちには知らないことなんてありませんのよ、リーランドさん。そこでは排水管が作られているんですの。なかには乳母車なんて言う人もいますけどね。教区教会の建物は初期垂直様式の典型で、ローマ・カトリック教会の司教区となったのは——あら、じゃあ、そちらの司教様が？」

「ミセス・デイヴィスはそう言っていました。非常に親しみ深い方で、ああいう人にありがちな偉ぶったところもないそうですよ。ブリードン、司教は当日、始発列車でプルフォードを発ち、ここへは十時頃着く予定になっていたらしい。モットラムが宿の者に朝早く起こすよう言いつけたのは、釣りに行きたかったからだ。そして司教には、自分はロング・プールにいるから、宿に着いたらそこへ来るようにという伝言を残した。司教は以前にもここを訪れたことがある。明らかにモットラムの誘いでね。そんなわけだから、司教にはぜひとも経緯《いきさつ》を聞いておきたい。本来なら、おれが自ら出向くところだが、こう何もかも（ここで彼は声を落とした）目鼻がつかないうちは、チルソープを離れたくないんだ。それに、今ちょうど、遺書の詳細を電報でロンドンに問い合わせている最中でね、その返事を直接知りたいんだよ。おまけに四時から検死審問が行われる予定で、万にひとつもそれに遅れるようなことがあってはならない。そこでだ、きみと奥さんにプルフォードまでご足労願えないだろうか。車で一時間とはかかるまいし、インディスクライバブル社の代表として行くなら、先方もそう堅苦しくはとらないだろう。そのあとで夜、情報交換をしようじゃないか」

「どう思う、アンジー？」

「わたしは司教様にお会いするのは気が進まないわ。なんだか後ろめたいんですもの。でも、プルフォードまで車を運転していってあげるのはかまわないわ。あなたを待っている間、ホテルで昼食でもいただきながら、時間をつぶしていましょう。帰りはあなたが車で拾ってくだされればいいわ」

「わかった。ところで」ブリードンは哀れっぽく付け加えた。「ぼくは着替えて行かなきゃならないかな」

「今回はかまわないでしょう。司教様には、よそ行きのズボンは質に入れてあるとご説明すればいいわ。もし本当にお優しい方なら、理解してくださるはずよ。それに、あのツイードのスーツを着ると、あなた、気のいいロバさんに見えるから、狙いどおりじゃなくて？　もし昼食にお呼ばれするとしても、まわりは独身の殿方だけでしょうし」

「けっこうだ、それじゃ、出かけるとしよう。ぼくはちょうどチルソープが気に入りかけてきたところなんだがな。ところで、リーランド、きみはぼくに司教を召喚させるつもりじゃないだろうな。あるいは手錠をはめさせるとかなんとか。もしそうなら、ご免こうむるよ」

「いやいや、おれは司教を疑ってなぞいないよ――特にはね。ただ、死ぬ直前のモットラムの行動について聞きたいだけなんだ。彼がどんな人間だったのかも。もしかしたら遺書のことも何か知っているかもしれないな。だが、その話題は無理に持ち出す必要はない。電報が届けばすべてわかるはずだ。恩に着るよ。あとでまた、一日の情報を持ち寄るとしよう」

「了解。それはそうと、司教には電報を打っておいたほうがいいな。彼がよそに出かけず、さまよえるスパイを受け容れる用意をしてくれるように。出発は十一時頃にしよう」

　ブリードンが電報を打って戻ってくると、驚いたことに、玄関ホールでリール付きの釣竿とその他の釣り道具を持ったパルトニー氏に呼び止められた。「ひとつ、あんたに聞いてもらいたいことがありましてな、ブリードンさん」彼は言った。「自分でも意志の弱さに嫌気がさすんだが、あんたならわかってくださるだろう。人は誰でも、心の中では自分もよい探偵になれると思っておるのですよ。年甲斐のない話だが、悪魔めがわしをしつこく急き立ててやめんのです。あんたにあることを指摘しろと」

ブリードンは老紳士の大仰な口上に笑顔で応えた。「それはぜひ拝聴したいものです。結局、探偵の仕事というのは常識と専門知識を混ぜ合わせたものに過ぎませんからね。ポットに何か放り込んで悪いということはないでしょう」

「まさにその専門知識というやつですよ、ここで問題なのは。さもなければ、あえて声をかけたりなぞしません。そこに立ててある釣竿が見えますかな？　まぎれもなくモットラムのものです。あの運命の朝、彼が持っていこうとしていたものだ。それについている毛鉤をごらんなされ」

それらはブリードンの目には他の毛鉤となんら変わるところがないように見えたので、彼はそう言った。

「そうだろうとも。そこで専門知識の登場となるわけだ。わしはこの川のことはあまりよく知らんです。しかし、この川で、あんな特殊な毛鉤を使って釣りをしようというのがばかげた話だということはわかる。とりわけ、一年でもこの時季に、しかも、こんな天気が続いたあとで。モットラムのように長年この川で釣りをしてきた男なら、あんな毛鉤がロング・プールで役に立つと考えるわけがない。こんなことをあんたに申し上げるのは、モットラムがここへ来たのは、本当に釣りが目的だったのだろうかと疑問に思うからですよ。さてと、わしは川に出かけねばならん。釣果は期待できずとも、いまだ、望みを捨てきることができませんのでな。ではごきげんよう」老紳士はそれだけ言うと、唐突に立ち去った。

電報はちょうどよいタイミングで届いた。それによると、司教は喜んでブリードンに会ってくれるとのことだった。車が宿を出て走り出したのは、十一時を少し回った頃だった。今回、彼らが選んだのはバスク川沿いの道で、行く手には極めて興味深く見事な眺望が広がっている。眼下では細い峡谷が口を開けており、深い淵を覗き込むと、底の部分を水に削り取られた、なめらかな岩が突き出ているのが見えた。滝こそなかったが、川の流れは相当早く、行く手を阻む巨岩の周囲をクツクツと笑うような音を立てながら下方へと走っていく。「パルトニーは川が浚われるのを心配しているが、取り越し苦労だな」ブリードンは言った。「あんな所を浚おうなんて無理な話だよ。それに、ああ岩棚があるんだ、死体が引っかかれば、何日もそのままで、結局発見されずじまいだろう。死因がガス中毒でよかったよ、溺死じゃかなわない」

道は今や荒れ野にさしかかり、彼らは徐々に、いわゆる文明から取り残された地へと近づいていた。水力の需要が高まった時代に突如現れた小さな工場町が、不毛の斜面に点在しながら細々とした営みを続けている。しかし蒸気が水力に取って代わった今となっては、もはや道標代わりでしかなかった。道は舗装が悪く、がたがたと揺れた。煙霧で空気は仄暗くなり、荒れ野は人里に近づくにつれ、黒土に変わった。ついに路面電車の軌道が現れ、プルフォードの郊外に来たことがわかった。「どうもこの面会には腰が引けてきたよ」ブリードンは本音を吐いた。「カトリックの司教さんに気に入られるには、どうすればいいいんだ？」彼は修道院育ちのアンジェラに助言を求めた。

「そうね、正式な方法としては、片膝をついて、司教様の指輪にキスするんだけど。あなたにはとてもそんな芸当はこなせないでしょうね。チルソープを発つ前に二人で練習するべきだったわ。でも、司教様だって何もあなたを取って食いやしないわよ」

　ブリードンは司教全般に対する自らの見解を整理し直すことにした。まず、学校で受けた堅信式を思い出した。長く退屈な儀式で、うんざりするような説教が果てしなく続き、そこで彼は五十人の仲間たちと堅信の誓いを立てさせられた。次に思い出したのは、オックスフォード大学に在学中、友人の部屋で出会った司教のことだ。ブリードンの肩に手をかけ、居たたまれないほど真剣な声で、司祭になろうと考えたことは一度もないのかと尋ねてきた。今度もそんなことになるのだろうか？　あるいは、紫の上等なリンネルに身を包んだ、二枚舌のご機嫌取りが現れ、高級なリキュールで乾杯しながら誓約をさせたり（広告に出てくるように）、あるいはまことしやかな嘘をついたり（小説に出てくるように）するのだろうか。ブリードン自身、いかにも敬虔ぶってまごつきはしまいか。それとも手練れの策略家に丸め込まれてしまうのだろうか。いずれにしても、ろくな目に遭わないだろう。夫妻は町の中心にある、煤けた大きなホテルの前で車をとめたが、どう見てもそこに居心地のよさを求めるのは無理なようだった。ブリードンはカトリック大聖堂への道順を尋ねたあと、ベルモットを一杯飲んで気分を落ち着かせ、面会に臨むべく出発した。

　大聖堂は、自治都市によく見られる典型的なゴシック式建造物だった。その凝った造りは、一八五〇年に建てられたすべての建物からすれば、さぞ羨望の的だろう。ガイドブックでは絶賛されるものの、居住者からは最悪だとけなされる類の建物である。ブリードンが案内された大きな部屋も、やはり陰気な雰囲気がした。壁の下半分を覆った松材の鏡板からはヤニがしみ出ているのが見えるし、置いてある椅子はあまりに重厚過ぎて、聖職者ならぬ身としては恐れ多くてとうてい座る気になれなかった。空の暖炉の中にはガスストーブが押し込んである。壁にはプルフォードの歴代司教たちのお粗末極まりない肖像画がずらりと並んでいた。石膏の聖母に至っては、教会から聖具保管室へ、聖具保管室から司祭館へとたらい回しにされてきたような代物で、見たとたん、目を背けたくなった。実際のところ、その部屋が使われるのは、プルフォード司教区の参事会員らがミサのために法衣に着替えるときと、階下の待合室で待たせておくのは少々はばかられる訪問客を待たせるときだけのようだ。

部屋の奥の扉が開き、赤みがかった黒衣に身を包んだ背の高い男が入ってきた。彼の歓迎ぶりはたちまちブリードンに応接室のよそよそしさを忘れさせた。顔立ちは力強く決然としていて、それでいながら、見せかけでない心からのやさしさを湛えている。相手をまっすぐ見つめ、決して思わせぶりな目つきはしない。態度物腰はこちらがまごつくほど威厳があるが、偉ぶったところは微塵もなかった。聖職に就くつもりかと問われる危険はいっさいなさそうだ。謀《はかりごと》や聖職者ならではの策略とも無縁のようだった。ブリードンはアンジェラの例の不愉快な指示を実行しかけた。しかし司教の手を取ったのも束の間、すぐに自己嫌悪に襲われ、思い直した。彼はここへスパイとしてやって来た。逆にスパイされることを危惧しながらも。ところが、気づいてみれば、初めて来たこの場所に、いつの間にか古くからの友人のような親しみを覚えている。

「お待たせしてまことに申し訳ありませんでした、ブレンダンさん」(チルソープの郵便局は名前を正確に綴ることにかけてはいささか怠慢らしい)。「どうぞこちらの部屋へお入りください。気の毒なモットラム老人のお話でいらしたのですね。あの方はわたくしどもとは長いお付き合いがあり、近しい隣人でもありました。今朝はドライブには最適の日和だったことでしょう。さあ、どうぞ中へ」ブリードンが通された部屋は先程のよりずっと小さかった。ここは明らかに、独身男の聖域とも呼ぶべき書斎である。パイプやその掃除道具があちこちに転がり、テーブルには思わず笑みがもれるほど豪快に書類が散らばっている。ピアノは蓋が開けっ放しになっていて、人々が普段から気軽に弾いて楽しんでいることをうかがわせた。片隅には拡声器がでんと置いてある。そして勧められるままに腰掛けた椅子は、ゆったりとして抜群に心地よかった。びくびくと端っこに座るなど、やろうとしても無理な話だ。そんな部屋では、無意識のうちに煙草入れに手が伸びてしまう。ブレンダンさんは食事の前に何か召し上がりますかな？　食事はあと一時間足らずで始まりますので。ええ、モットラム氏のことは非常に悲しい出来事でした。町の人々も心から悼んでいます。

「わたしに司教様の――閣下の貴重なお時間の邪魔をする権利がないことは重々承知しておりますが」ブリードンは増してくる親近感をぐっと抑え、口を開いた。「ただ、今朝、宿の女主人から、モットラム氏が亡くなった日の朝、司教様がチルソープで氏と合流なさる予定になっていたと聞いたものですから。そこでわたしたちとしましては、氏の行動や計画について司教様が何かご存知かもしれないと考えたわけです。『わたしたち』と申しましたのは、多かれ少なかれ、わたしが警察と協力関係にあるという意味です。担当の警部とたまたま知り合いなものですから」（まいったな、どうしておれはこんなふうに相手に手の内をさらけ出しているんだ？）

「なるほど。もちろん、お役に立てればこれ以上うれしいことはありません。新聞では事故死らしいとしかふれていませんでしたが、こちらの司祭の話によりますと、町では気の毒な友は自殺だったという噂があるそうです。いや、もちろん、そんなことは決してありえないと思いますが」

「つまり、最後にお会いになったときは、まったく元気だったということですか？」

「そうですね、元気だったとまでは言えませんが。何しろ、常に憂鬱そうなところのある人でしたから。しかしある夜、あれから一週間と経っていませんが、ここに来たときは、休暇に出かけるのをとても喜んでいて、釣りの計画で頭がいっぱいのようでした。そのときわたしに、一日だけ出かけてきて一緒に釣りをやらないかと誘ったのです。幸い、その日は予定があいていましたし、チルソープに行くのに都合のよい朝の列車もありましたので、わたしは行くと約束しました。ところが、前夜遅くになって司教総代理から電話があり、彼が内々に手配していた、ある教育関係者との重要な会合について知らされたのです。そこでわたしは釣りを諦めました——人には果たすべき役目がありますから——で、朝になったらモットラム氏に電報を打つつもりでおりました。しかしそうする間もないうちに、あの悲しい知らせが舞い込んだのです」

「おや、知らせはそんなに早く届いたのですか？」

「ええ、彼の秘書のブリンクマンがわたしあてに電報を打ってくれたのです。わたしのことを気遣ってくれたとは親切な人です。彼とはほとんど面識がないのですから。電文は正確には覚えていませんが、『イカンナガラ　サクヤモットラムシシス　オイデハムヨウ』とまあ、そのような内容でした」

「モットラム氏はチルソープには長逗留するつもりだったのでしょうか？」

「その点はブリンクマンにお尋ねになったほうがいいでしょう。しかし彼らは毎年あの地で二週間ほど過ごしていたようです。ご存知かと思いますが、モットラム氏はあの土地の出身でした。わたしが知る限りでは、今回も毎年恒例の訪問になるはずでした。正直、もし彼に自殺の意志があったのなら、なぜわざわたしを誘ったのか、理由がわかりません。もちろん、精神に異常でもあったのなら、事情は違ってきます。しかし、彼にはそれを疑わせるようなところは皆無だったのです」

「モットラム氏はこちらの——彼はカトリック教徒だったと理解してよろしいのでしょうか」

「いいえ、それは違います。彼が教会に通うようなことはありませんでした。全能の神は信じていたでしょうが。若い頃、たいした教育を受けられなかったとは言え、彼は極めて知的な人でした。しかし彼がわたしどもと交情を深めるようになったのは、ほんの偶然と——そして彼の家がこのすぐ近くにあったことからなのです。彼はいつでも非常に親切に接してくれました。どこか変わった人でしたよ、ブレンダンさん。また、ある意味、かなり頑固な人でした。彼は道理に合わないことが嫌いでした。そして自分の道理が通っているのを証明するのが好きでした。しかし信仰の問題に関しては寛大でした、ことのほか」

「自殺を恐れていなかったという意味ですか？　つまり、道徳上の理由からは」

「過日交わした会話のなかで、彼は自殺を強く擁護しました。自殺が唯一の解決策だとまで思いつめた人間に、腰を据えてその是非を論じるような余裕はないでしょう。少なくとも、そう願いたいものです。わたしには理論上自殺を擁護する人物がそのために自殺を実行するとは思えません。逆もまた然りです。むろん、正しい行いではありません。しかし問題は動機の欠如でしょう、ブレンダンさん。なぜモットラム氏は自ら命を絶たなければならないのですか」

「その点ですが、司教様。残念なことに、わたしはこの出来事を事務的な立場から判断しなければなりません。と申しますのも、わたしの仕事は保険と関わりがありまして、モットラム氏は弊社の保険に加入しておられたのです。それもかなり高額の」

「なるほど。すると、こういうわけですね。あなたには経験がおありだが、このわたしにはない。しかし、いくら相続人の利益になるからといって——それが誰であろうと——日々の食事を普通にとり、特に悩みもない、健康な男が自殺を犯すなど、奇妙だとは思いませんか？　しかも、彼に家族はいなかったのですよ。それを忘れてはいけません」

「健康な？　では……では彼は自分の健康状態について、あなたに何も語らなかったのですね？」

「ええ、別に。しかし彼は常に健康を謳歌しているように見えましたよ。なぜですか、どこか悪いところがあったのですか？」

「司教様、できることなら、この件は伏せておくべきでしょう。しかし司教様は彼とは懇意でいらっしゃいましたので、モットラム氏が健康に不安を感じていたことをお伝えするのが正しいと考えます」そしてブリードンはインディスクライバブル社におけるモットラム氏の奇妙な相談の件について語った。聞き終えた司教の顔には深刻な表情が浮かんでいた。

「いやはや、それには気づきませんでした。まったく知らなかった。お話を伺った今でさえ、思い当たるふしがないのです。もちろん、それなら話は変わってきます。たちの悪い病に苦しむ人々にとっては、自殺は大きな誘惑となるでしょう。痛みを伴うとなれば尚更です。痛みは理性を曇らせますからな。彼がそんな苦境にあることに気づいてやれなかったとは残念です。人にできることはいくらもないとは言え……。それにしても、彼らしい話ではあります。彼には常に超然としたところがありましたから。多少無骨ではありましたが、立派な人物でした。〝取り越し苦労にろくなことはない〟、よくそう口にしていたものです。いや、金は万能ではないということですな」

「彼にはさぞ莫大な財産があったのでしょうね」

「そこまでではないと思います。何不自由なく暮らしてはいましたが。やがて誰かが思いがけない遺産を受け取るのでしょうね」

「財産をどうするつもりか、あなたにお話ししたことはなかったのですね」

「ああ、もちろん冗談半分で、よくわたしたちに遺してくれると言っていました。でも、わたしたちがそれを真に受けると考えていたとは思えません。彼には宗教に対する憧れのようなものがありました。しかし、信心深い人々とは概してうまくいきませんでした。国教徒はみなの意見がばらばらだから、そんな信念のない教会はまっぴらだと言っていました。非国教徒については、ろくに町の役に立っていない、あちこちに立派な教会があっても、日曜の朝、そこに集っているのは三、四十人だけだ、と。非国教徒に対する彼の見方は少し不公平だったと思います。中には非常に多くの善行を積む人もいますから。そして、救世軍に対しては極めて辛辣な意見を持っていました。ですから、よく言ったものです。自分の金は他のどこでもなく、わたしたちに遺すつもりだと。しかし、それは彼独特の皮肉に過ぎなかったと思います。大金を稼いだ人というのは、それをどうするかについて話すのが好きなものなのです。もちろん、そんなことになれば、こちらにとっては大きな違いになりますが。しかし、やはり本気で言った言葉ではないでしょう」

「いや、司教様、まことにありがとうございました。わたしはこれでそろそろ……」

「なんですと、午餐の用意をあとにして帰ると言われるのですか？　いやいや、ブレンダンさん、それはプルフォードで客をもてなす流儀に反します。さあ、おいでなさい、司祭たちを紹介しましょう。わたしは〈災厄の積み荷〉の食事をよく知っていますよ、あの肉料理ときたら！　さあ、どうぞ。そうすれば、お迎えしたときよりも気持ちよくお見送りできるでしょう」こうなっては、どうしようもない。アンジェラには待ってもらうしかなさそうだ。

第九章　モットラム邸訪問

午餐が上の空で過ぎていったのは、ブリードンがいつものように同席の人物を観察しては、彼らについて感じたことを分析するのに忙しかったからだろう。膳立てには難があり、アンジェラなら見咎めて、直ちに並べ直してしまうところだ。ひと目で独身の男所帯だということがわかる。しかし料理そのものはすばらしい出来だったし、そこでブリードンが受けた歓迎は、彼が主賓であることを実感するのに十分すぎるほど熱烈なものだった。部屋は司祭でいっぱいに見えたが、実際は、司教の他にいるのは五人ぐらいだっただろう。その立ち居振る舞いのひとつひとつが、彼らが形式や束縛といった堅苦しさとはいっさい無縁であることを示していた。それでいて、客の存在は決して忘れてはいないという気遣いを、さりげなくだが絶えず見せてくれるのだ。ブリードンが後々まで最もよく覚えていた話題は、司教と一番若い司祭の間で交わされた地元サッカーチームの来季の予想についてで、技術面にまで及んだかなり専門的なものだった。どういうわけか、会話はいっこうに彼の思う方向に進んでいかない。たとえば、オショーネシー神父。彼は生まれも育ちもプルフォードで、一歩もよそに出たことがないらしい。それから、エドワーズ神父。こちらはひどいアイルランド訛りの持ち主だった。向かいの絶対禁酒主義者だという神父に至っては、ひっきりなしに白ワインを勧めてくる。

司教の真向かいでブリードンと隣り合わせに座った男が、この場で他に唯一の平信徒であったのは、細やかな心配りの結果だろう。司教の秘書だと紹介されたが、ここで唯一、聖職者らしく見えるのが彼だった。齢は五十がらみ、無口なたちらしいが、時折にこりともせずに飛ばす冗談がみなを喜ばせた。いかなる理由で、このような男がこの齢でこうした職に就くに至ったのかと、ブリードンは訝らずにいられなかった。話し方を聞けば大学で教育を受けたことは明白だし、有能であることも確実だった。それでいて明らかに、自らをこの屋根の下では余分な人間と考えているようだ。その謎が解けたのは、ブリードンがチルソープへの旅についての質問に答えるなかで、ロンドンからではなく、バーリントンというサリー州の村から来たのだと説明したときだった。「なんですって」イームズ氏は声を上げた。「ヒプリーの近くのバーリントンではないでしょうな?」そして、ブリードンがヒプリーを知っているのかと尋ねると、こう答えた。「知っているも何も、わたしはあそこで十年間も主任司祭を務めていたのですよ」

ブリードンの脳裏にヒプリーの司祭館の光景が浮かび上がった。大通りから見ると、手前には古風な芝のテニスコートが広がり、周囲に多くのばらが咲き誇っている。アン女王朝様式の館には落ち着いた威厳が漂い、庭園は抜かりなく手入れされていた。そう、この男に聖職者の服を着せたら、あの広々とした庭園に見事に溶け込むことだろう。ゆったりした白い法衣をそよ風にひるがえしながら、晩鐘を鳴らしに、教会の小径を歩いていく。彼にはそんな雰囲気があった。それが自らの意志により法衣を脱ぎ、この荒涼とした館の陰気な部屋で、ほぼ無給に近い使用人として日々を送っている……。こうなると彼の寡黙さも物憂げな口調も、さほど不思議に思えなくなってきた。

見知らぬ者どうしが互いの経歴に共通点を見出だしたときほど親しみを感じることはない。どうやら彼らは同じ大学の、同じ学寮の出身らしかった。在籍した時期こそかけ離れているが、短い学生生活の記憶の道しるべとして、幾人かの学監や用務員のことが思い出され、彼らの癖や特徴について懐かしく語り合った。やがて食事も終わり、司教が立ち上がって、ある会合に出席しなければならないと丁重に詫びると、イームズがブリードンをホテルへ送っていく役を買って出た。「モットラムさんのお宅に少しだけ寄ってもかまわないでしょうか、司教様。ブリードンさんには興味がおありでしょうから。そちらの家政婦が」あとの言葉はブリードンに向かって言った。「ここの信者なのです」

司教は喜んでその提案に同意した。そして一同と口々に別れの挨拶を交わしながら、二人はともに大聖堂をあとにした。

「実に」ブリードンは連れに話しかけた。「あなた方の司教様はすばらしい方ですね」

「おっしゃるとおりです」イームズは答えた。「あの方のことを考えるだけで、心は喜びに溢れます。これほどまでに人から称賛される方はそういないでしょう」

「今まで耳にしてきたモットラムさんの印象が、どうもあの場所には馴染まないのですが」

「それはあなたが地方の方ではないからですよ。われわれの共通の根はオックスフォードやロンドンにあります。しかしこのような場所では、隣どうしだというだけで人々は知り合いになるのです」

「聖職者であってもですか?」

「ともかく、カトリックの聖職者であれば。ご存知でしょうが、わたしどもの司祭は教区から教区へ転々とすることはありません。その土地に居つくのです。従って、彼らはほとんどが地元の人間ということになります。で、地元の人のほうでも彼らに親しみを感じるわけです」

「それでも……特に宗教を持たない者からすると……そのようにしてあなた方の信仰と対峙させられるのを挑戦と受け取りませんか? なんとかして反抗すると思いますが」

「必ずしもそうとは限りません。人が信仰にあれほど理論的興味を持ちながら、実際にはそこから程遠い距離にいることについては驚くばかりです。あのモットラムさんも、三週間ほど前、〝目的は手段を正当化する〟という古くからの問題を持ち出して、わたしどもを悩ませてくれました。むろん、一抗議者としての視点から、悪を以って善を為すという意味で言ったのでしょうが。それが完璧に正しいことを証明しようと、もっともらしい理屈を振りかざして司教様を心底困らせていました。彼には、結果にかかわらず悪しき行いは許されないのだと主張なさる司教様のお心が、理解できなかったのです。それでいて奇妙にも、この件に関しては自分をわれわれの誰よりもカトリック教徒らしいと考えているようでした。しかし、こんな話はどれもあなたには退屈でしょうね」

「いいえ、決して。モットラム氏に関することならどんなことでも知りたいのです。それなのに宗教をないがしろにするわけにはいきません。彼にはカトリック教徒になる気があったのでしょうか？」

イームズは肩をすくめた。「わたしにはわかりかねます。そうした意向を漏らしたことは一度もありませんでした。しかしむろん、彼には彼なりの信心があり、いわゆる無神論者とは一線を画していました。たとえばブリンクマンのような。ブリンクマンには会われましたか？」

「ええ、同じ宿に泊まっているものですから。何を隠そう、彼にも興味があるのです。彼をどう思われますか？　どこの何者で、どういう経緯でモットラム氏に雇われたのでしょう」

「存じません。どうもあの小男には好感が持てません。国籍さえ不明ですし。長い間パリで暮らしていたようですが、まあ、英国人でないのは確かです。彼のほうでもわれわれを忌み嫌っておりました。わたしの考えでは、かつてはパリの新聞社の通信員だったのではないでしょうか。ともかく、評判のよろしくない反教権主義者たちとの付き合いが広く、そのせいでパリを離れるよう命じられたのではないかとわたしは睨んでいます。モットラム氏は友人の推薦で彼を雇ったようです。氏にはある考えがあったのです。町の歴史をまとめるというね。そうなると、ブリンクマンは筆の立つ男ですから。しかし、ブリンクマンはここへはめったにやって来ませんでした。来てもヘビに取り囲まれた犬のようにしていました。きっと教会にはあちこちに秘密の土牢があると思っていたのでしょう。大陸の反教権主義に染まりきっていたのです。さあ、着きましたよ」

道を折れた先に車道が現れた。車道はどっしりした塀に囲まれた広い庭園を抜け、いかにもヴィクトリア朝中期らしい大邸宅の正面玄関に続いていた。それは普通の家とはまるで違う、まさに大邸宅《マンション》と呼ぶしかない代物だった。ゴシック、ビザンチン、オリエンタルなど、さまざまな様式を連想させる奇妙な趣味が、一連の工法により、一八七〇年代初期のいやらしい赤煉瓦造りに置き換えられている。壁にはクリーム色とスレート色のタイルが脈絡のない模様を繰り広げていた。一階部分のゆうに半分がガラス張りになっているのは、このあとの使い道にぴったりだと思われた。おおかた、市の博物館にでもなるのだろう。ここにあるようなプルフォードの歴史的お宝が陳列され、退屈な日曜の午後には訪れる者があるかもしれない。

「どうです」イームズが言った。「モットラムらしさを感じますか?」

「とんでもない」ブリードンは答えた。

「では、豊かすぎる富の報いをごらんください。巨万の富をもってしても、住む環境で自己を表現できるのは千人にひとりでしょう。むろん、この邸宅を造ったのはモットラムではありません。しかし、彼と同類の前の持ち主から引き継がなかったとしても、いずれはこの手の恐ろしいものを自分で建てていたことでしょう。部屋もみな、外見同様、実にひどいのですよ」

イームズの最後の台詞はもっともだった。邸内は成金趣味の品で溢れていたからだ。壁に掛かった地元画家たちのあかぬけない作品や、高値で摑まされた太った女神像の数々。ベルベット、色褪せた金めっき、さまざまな色の大理石板などが、巨大な駅の食堂を彷彿させる。代々伝わる家宝や、大切にしていた骨董品の類はなさそうだ。邸は彼の個性ではなく、富の産物だった。すべてを建築家の裁量に任せてこの野蛮でけばけばしい家を造らせ、その真っ只中に住みながら、精神は寄る辺ない流浪の日々を送っていたのだ。

家政婦はブリードンがすでに知っていること以外はあまり知らなかった。主《あるじ》はたいてい一年のこの時期に休暇旅行に出かける。そのさいは常にブリンクマン氏が同行する。二週間、ことによれば三週間、家をあける予定だった。とにかく、使用人たちにはふさぎ込んだり、思い悩んでいる様子はいっさい見せなかった。長く留守にすることを仄めかすような別れの言葉も残さなかった。手紙はいつもどおり、〈災厄の積み荷〉に転送することになっていた。実際は、数通の請求書やちらしを除いては一通も来なかったが。モットラム氏がプルフォードの医者に診てもらいに行ったことはない。少なくとも、定期的に通っていたことはないはずだ。ロンドンの専門医のもとを訪れたという話も初耳だ。風邪ぐらいはひくこともあったが、そもそも病気になったという記憶がない。ときどき睡眠薬は飲んでいたけれども。

「確かにそのとおりです」邸宅を辞しながらイームズは言った。「われわれの目にも、モットラム氏に悩み事があるようには見えませんでした。しかし、これはよく覚えているのですが、少し前のある晩、わたしどもと団欒をともにしていたとき、ひどく興奮している様子だったのです。あるいは、わたしの思い過ごしでしょうか？　記憶と想像の境目は曖昧ですからね。しかし、司教様をチルソープ滞在にお誘いしていたときの彼が、異様なまでにしつこかったのは確かです。むろん、司教様に好意は持っていたでしょうが、あれほどとは思いませんでした。彼の話を聞いていると、司教様が休暇に付き合ってくださるか否かが、自分の運命の分かれ道だとでも思っているようでした」

「なるほど……。それはいったい何を意味しているのでしょう？」

「何かを意味しているかもしれませんし、何も意味していないかもしれません。もちろん、事情を考えれば、彼が気鬱に悩んでいた可能性はあります。落ち込んだとき、そばにいるのがブリンクマンでは心細く、それ以上の救いを求めたのかもしれません。あるいは……わたしにはわかりません。彼には常に秘密主義なところがありました。司教様に車を寄進したことがあるのですが、そのときも、どんな種類の車が司教様のお役に立つか、事前にたいそう骨を折って調べておきながら、最後の最後までそのことをいっさい口にしませんでした。そしてまた別の晩など——いや、そのとき彼が心に何か隠し持っているような気がしたのですが、果たして、わたしは本当にそう感じたのでしょうか。どうもはっきりしません」

「しかし、概ね、自殺説を支持なさると？」

「そうは申しません。非業の最期を予感した男が、チルソープのような寂しい土地に行くにあたり、連れがほしくなったということも考えられますから」

「プルフォードに敵はいたとお思いですか？」

「それはいましたとも。しかし、その類の敵ではありません。彼は労働者たちに対しては、古い流儀で、かなり厳しく接していたようです。アメリカでは、長年に渡り不満を募らせた使用人が、猟銃を使って主に腹いせすることがあるというではありませんか。しかしこの英国においては、いかなる階級であろうと人殺しは許されません。強盗ですら、武器を持たずに押し入るのを原則としているそうですよ。撃ちたくなる誘惑に駆られるのを恐れてね。プルフォードにもざっと二、三百人は、モットラムの成功に不平を言い、彼を吸血鬼と呼ぶ連中がいるでしょうが、もし彼にひと気のない小径で出会ったとしても、鉛管を振りかざして襲いかかる者などひとりもいないでしょう」

「いや、わざわざホテルまでお送りいただきまして、本当にありがとうございました。もしお時間があれば、一両日中にチルソープまでご足労いただき、事件解決にご協力願いたいのですが。それとも、そこまでお頼みするのはあまりに厚かましいでしょうか」

「いいえ、ちっとも。司教様は明日は堅信式にお出かけになるので、わたしにも自由になる時間があるはずです。もしわたしで何かのお役に立つのでしたら、喜んで伺いましょう。わたしはチルソープが好きです。どちらを向いてもすばらしい眺めですから。例の肉料理だけが玉に瑕ですが。いいえ、せっかくですが、ここで失礼します。もう戻らなければなりませんので」

アンジェラは夫の帰りが長引いたことに嫌味のひとつも言ってやりたい気がした。しかし時間はかなりうまくつぶしていた。無理をして初期垂直様式の教会の周りをうろつく必要もなかった。チルソープまで飛んで帰ってくると、宿の玄関口でリーランドが彼らを待ち構えていた。

「どうだい」リーランドはさっそく訊いてきた。「モットラムについて何かわかったかい?」

「正直、あまりたいした収穫はなかったよ。ただひとつ、あちらには相当すぐれた観察眼を持つ男がいてね、先週モットラムに会ったとき、ずいぶんと興奮していることに気づいたと言っていた。司教に滞在をせがむ様子が尋常ではなかったらしい。彼はまた、モットラムが何か隠し事をしているような印象を受けたそうだ。ぼくはモットラムの家を見てきたがね、まったくひどい所だった。もちろん、電灯は引かれていたよ。家政婦にも会ったが、アイルランド系の、まるで無害な女だった。ぼくが知っている以上のことは何も知らなかったし、彼女の話では、プルフォードにはモットラムの掛かり付けの医師はいないそうだ」

「なるほど。で、司教のほうはどうだった？」

「うむ、問題はそっちだったな。彼の雰囲気を伝えるのは難しいな。とても親切で、ぼくのこともすごく歓待してくれた。偉人特有の他を圧倒するような態度はなく、それでいて、ごく自然な威厳が備わっている。まったく気取ったところのない人だった。まず正直者と見て間違いないと思う」

「そいつは」リーランドは言った。「けっこうなことだ」

「どういう意味だ？　きみが打った電報の返事は来たのか？」

「来たとも、それも極めて詳細なのが。事務弁護士は文句ひとつ言わず、すべて明かしてくれた。モットラムは十五年ほど前に遺書を作成したんだが、それはおもに彼の甥の利益になるような内容だった。数年後、モットラムはその遺書を完全に破棄して、別の遺書を作った。それによると、財産はある公の目的に遺贈されることになっている――うんざりするほど役に立たないものにだ。金の有り余っている連中がやりがちなことだよ。とても全部は覚えていないが、屋敷はくだらない博物館にするつもりだ。それと市立美術館だったか――そんなようなものも設立するらしい。しかし、ここが重要な点だが、安楽死保険についていては、新しい遺書ではいっさいふれられていないんだ。ところが三週間前、彼は遺言補足書を提出し、インディスクライバブル社から受け取る見込みの金をどう処理すべきか、指示している」

「つまり、どんなふうにだ？」

「五十万ポンド全額、プルフォード司教区に遺贈するので、司教とその後任者らは然るべくこれを管理するように、とのことだ」

第十章　水車小屋の密談

この予期せぬ知らせが暗示するものについて話し合う暇はなかった。今しも検死審問が始まるところだったので、リーランドもブリードンもそれを逃すわけにいかなかったからだ。〈災厄の積み荷〉に隣接して、朽ちかけた離れ家があった。宿がもっと繁盛していた時分には農夫相手の定食屋だったらしい。ここで善良なる陪審員諸氏が評決を下し、検死官がお決まりの所見を述べることになっていた。

ブリンクマンの証言をここで繰り返す必要はないだろう。われわれがすでに知っている内容とそっくり同じだからだ。死体の発見に関する限りは、地元の医師と下男が彼の説明を裏付けた。当然ながら、注目はガス栓と鍵の掛かったドアに集まった。医師は自分が駆け付けたとき、ガス栓は確かに閉まっていたと主張した。その時点ではガスの臭いはだいぶ消えていたので、彼は何より先に、マッチを擦って順番に両方の噴出口に近づけてみた。スタンドランプのほうの栓は開いたままだったが、火のつく気配はまったくなかった。ということは、明らかに元栓が閉まっていたのだ。試しに元栓をひねったかどうかを問われた医師は、「ノー」と答えてその慎重さを検死官に喜ばれた。もし人々が現場を発見したときのままに残しておいてくれたら、警察の仕事はずっとすらすら運ぶだろう、というわけである。ガスを調べてから医師が次に取った行動は、患者を診ることだった。この点に関しては医学的立場から詳しい報告がなされたが、目新しい結果は何ひとつ得られなかった。ガスが仮死状態を引き起こすまでどのぐらい時間がかかったか尋ねられ、医師は特定できないと答えた。すべて窓の開き具合にかかっているが、問題の窓は風により明らかにある時点で元の位置より大きく開いていた。被害者が死に至ったのは午前一時頃だろうというのが医師の診立てだった。しかし、正確な死亡時刻を決定できる検査というものは存在しないのだ。

下男のほうは、本人の説明によれば、医師のすぐあとに続いて部屋に入った。部屋のドアは押し破られたときに外れて、床すれすれにぶら下がっていた。完全に落ちなかったのは、かろうじて下の蝶番で繋がっていたからだ。下男はそのドアを乗り越え、医師にマッチを渡して、彼の仕事を手伝った。医師が部屋の奥のベッドに向かうと、下男は窓辺に行き、そこからマッチの燃えさしを投げ捨てた。ベッドではブリンクマン氏にフェラーズ医師が加わったので、下男は壊れたドアを仔細に調べ、なんとか持ち上げようとした。鍵は内側からささったまま、しっかり施錠された状態だった。彼が朝方、客を起こしにいくことはまれだが、今回は依頼があったので、そのつもりで準備していた。ガスの臭いはドアの外にいるときからしていたが、ドアを開けようとして鍵が掛かっているのに気づいて初めて、これは只事ではないと思った。この宿で客がドアに鍵を掛けることはあまりない。確かに鍵はそのために渡してあるわけだが……。そこで彼は屈んで鍵穴から中を覗き込んだ。しかし真っ暗で何も見えない。当然だ、そこには鍵がささっていたのだから。彼はブリンクマン氏のもとに行き、どうすべきか指示を仰いだ。勝手なことをして咎められたくなかったのだ。

女中には述べるほどのことは何もなかった。部屋に入ったのは月曜日の夕方六時――もしかしたら六時半かもしれない――が最後で、整理整頓をするためだった。その内容を明らかにするように命じられ、女中はベッドカバーの角を折り返すことだと説明した。マッチは擦らなかった。まだ十分に明るかったので。この三月に配管工が点検に来て以来、あの部屋でガス漏れに気づいたことはない。窓の掛け金にも異常はなかったはずだ。夜になって止まり方がゆるいと苦情を言う客もいなかった。六時に、あるいは六時半かもしれないが、部屋へ入ったとき、聖書はベッドの脇にあったと思う。自分はそれを動かさなかったし、部屋の配置にはいっさい手を加えていない。

デイヴィス夫人は自信満々で証言した。モットラムから、早朝訪ねて来る客に言伝を頼まれたのは彼女だった。彼はごく自然な調子で話しかけてきて、就寝の挨拶をしたときも上機嫌だった。

パルトニー氏の証言はまったく取るに足りないものだった。前日の夜に気づいたことは何もなく、夜中には何も聞こえなかったし、悲劇が起きてからも部屋には一歩も足を踏み入れていない。

検死官は訓示でも垂れるが如く、陪審員たちに自己の見解を述べ立てた。曰く、ガス漏れは神の御業《みわざ》ではない、これだけ死因がはっきりしている以上、原因不明という答申を行うことは不可能である。もし、ガス栓が閉まっていたという事実になんらかの説明が得られるのであれば、事故死、あるいは自殺とする答申もありうるだろう。後者の場合においては、故人が精神に異常をきたしていたという副申書を添えることもできる。また、もし鍵の掛かったドアに対して然るべき説明がつくのであれば、ひとりまたは複数の人物による謀殺と判断することも可能である。ようするに、読者諸氏にはすでにお察しのとおり、検死官の言うことはどれも似たり寄ったりで、目新しいことなど何もないのだ。

陪審員たちは要求された知的緊張感に耐えられず、不審死であることのみを認める評決を下した。検死官は彼らに謝意を示した後、この場にはまことにもってふさわしくない演説を行った。つまり、ガス灯よりも電灯のほうが優れていると指摘し、電灯を使用している家屋ではこうした事態は起こり得ないと力説したのである。また、就寝前にはガス栓が閉まっているか、同様に部屋の窓はしっかりと開いているか、くれぐれもよく確認するようにと呼びかけた。かくして検死審問は終了した。モットラムの遺書には、どこにどのように埋葬してほしいという指示はいっさいなかったので、遺体は翌日、彼の若き日の奮闘を見守ってきたこの小さな町の教会墓地に埋葬されることとなった。プルフォードの町で彼の思い出が語られることはもう二度とないだろう。

検死審問が終わるや、リーランドとブリードンは段取りどおり、新しく発見した事柄について論じるために落ち合った。宿で会うのを避けたのは、検死審問があったために人目が多いのと、前夜のブリードンの経験から、何者かに盗み聞きされるのを恐れたからだ。小雨が降るなか、彼らは宿の裏手へと足を向けた。そこからは曲がりくねった小径が川堤に沿ってのび、荒れ果てた水車小屋へと通じていた。用済みになった水車の横に、小部屋というか、納屋のような空間があった。壁も屋根も大きく裂けているものの、雨露をしのぐには十分だった。こぶだらけの枝で作り、焦げ茶のニスをぬっただけの〝丸木椅子〟は、座り心地はともかく、休息の場を提供してくれた。うなじにあたるすきま風や、頭上のスレート屋根から突如漏れる水滴のせいで、時折落ち着かなく姿勢を変える羽目になるだろうが、〈災厄の積み荷〉でも快適さとはいっさい無縁だったので、彼らはこの隠れ家に満足した。

「正直言って、少し気持ちがぐらついているんだ」ブリードンは打ち明けた。「格別、ぼくに見解を改めさせるような、もっともな理由ができたわけじゃない。しかし今では、これまでほど、この件を自殺と考えたくなくなったんだ。司教はこのうえなく気持ちのよい老人だった。五十万ポンドあれば、さぞ助かることだろう。壁紙を張り替えるだけでも……。秘書の給料だって上げられるかもしれない。保険金の支払いは必要なしと社に報告するのは気が進まないよ。社にはそのぐらい支払う余裕は十分あるんだから。しかし、どこかでやましさのようなものを感じているんだな。やはり是が非でも真実を突き止めたいんだ。例の遺言補足書だが、付け加えられてから三週間も経っていないんだね？」

「だいたいそのぐらいだ。おれの計算では、モットラムがインディスクライバブル社を訪問した直前で、そのあとではなかったはずだ」

「話がややこしくなってきたな。もし本当にプルフォードの司教区に寄付したかったのなら、なぜ彼は社に、掛け金の半額を払い戻すという条件で、安楽死保険の請求を諦めるなんて提案をしたのだろう。逆に、もしプルフォードの司教区に寄付したくなかったのなら、どうしてわざわざ、彼らの有利になるような補足書を作ったりしたんだろう」

「彼が遺言補足書を作成したのは、専門医の診断を受ける前だったのかもしれない」

「それもありうるが……。ところで、もし彼が遺言補足書を作っていなかったら、安楽死保険の金はどうなったんだ？　残りの財産と同じように、美術館を建てるとかいうばかばかしい計画に費やされたのか？」

「いや、彼の遺書は、『わが死後の全財産は』なんて曖昧な書き方をしたものではないんだ。すべて項目別に極めて明確に記されている。しかし安楽死保険の金の処理についてはいっさい言及されていない。従って、もし彼が遺言補足書を作っていなかったら、保険金は彼の最も近い親族に行くところだった」

「ようするに、彼の甥へ？　ぼくは俄然、その甥に会いたくなってきたよ」

「もう会ったじゃないか」

「会ったって――どこで？」

「検死審問の席でだよ。ねずみのような顔つきの、貧相な小男に気づかなかったかい？　審問が終了したとき、ポーチの辺りに立っていただろう。あれがきみの目当ての男で、名前はシモンズ。どんな男か知りたければ、彼は自分で店をやっているから、ズボン吊りの具合が悪いとか、咳止めドロップが切れたとか、口実をつけて訪ねるといい。朝十時から夜七時までの間ならお付き合い願えるさ」

「ああ、あの小男か。好感を持ったとは言い難いな。しかし、もっと近づきになる必要があるのは確かだ。きみに彼の印象を尋ねるのは公平じゃないかね？」

「ううむ、あまりたいした印象は受けなかったな。少し言葉を交わしたが、態度も言うことも、至極まともだった。いらいらしているとか、おどおどしているとかいったところはなかったよ」

「もうひとつ、モットラムの遺書には明らかに見過ごせない点がある。きみはそれを弁護士から聞いて知っていると思う。遺書の内容はなんらかの方法で公表されているのかい？」

「遺書のほうは、特に秘密ではなかったそうだ。モットラムはプルフォードの市会議員たちにその話を幾度となくしていたらしい。また、弁護士たちは全文をシモンズ青年に書き送るように指示された。これはある種の〝懲らしめ〟だな。知ってのとおり、当時、シモンズはモットラムの逆鱗に触れていたからな。だが、補足書のほうは別で、極秘にしていた。ブリンクマンも――むろん、嘘をついているのかもしれないし、あるいは、慎重を期しているのかもしれないが――それについては知らなかったと明言している。どうやら、まだ誰にも知られていないようだ。おれときみ、きみの奥さん、それに弁護士たち以外には」

「すると、シモンズがわが社から思いがけない大金が転がり込むと考えた、またはいまだにそう考えている可能性があるんだな？　それともきみは、モットラムが保険に入っていることを彼が知らなかったと思うかい？」

「知らないはずはないさ。なぜなら安楽死保険については、破棄された前の遺書の中ではっきり言及されていたからだ。つまり、シモンズ青年に興味を持っているのはきみだけじゃないというわけさ。さあ、ここまで聞いて、どう思う？」

「その前にひとつ、話をさせてくれ。さもないと公平さを欠くからな。三週間ほど前になるが、モットラムはプルフォードの司教と神学上の問題で、ある議論を交わしたそうだ。人は善なる目的のためなら悪を為しても道徳的に正当であると言って、プルフォードの司教を説き伏せようとしたらしい」

「情報には心から感謝するがね、昔馴染み君、ぼくはそうした思索的な問いかけにはあまり興味がないんだ。関心があるのは、悪事を行う人間を追い詰めることなんだよ、そいつの目的が善であろうとなかろうと」

「すると、きみはこの話からなんら得るところはないと言うんだね？」

「たいして」

「よかろう、だったら、例の賭け金を倍にしないか？」

「賭け金を倍に？　気は確かか？　いいとも、ぼくのほうでも同じ提案をしようと思っていたところだ。絶対に断られると思ったがね。きみに損をさせることになるからな」

「その点は心配無用だ。乗るかい？」

「乗るかだって？　それどころか、きみさえかまわなければ、ぼくはそのまた倍にしたっていいんだぜ」

「決まった！　それじゃ、二十ポンド。ところで、ぼくの推理を聞きたいと思わないか？」

「喜んで拝聴するよ。そのあとで、こちらの意見を述べるとしよう」

「まず、ぼくには最初からすべてが自殺を示唆しているように思える。モットラムの取った行動のひとつひとつが、事件をある意図的な結末に導こうとする男の計算したものに見えるんだ。先頃の晩、大聖堂を訪れたときの彼は、妙に謎めいた様子で興奮していたらしい。ところが、この宿へ来ると、何から何までいかにも普段どおりに見える振る舞いをしている。まず、わざわざ朝早く起こすようにと言いつけた。次に、書きかけと見せかけた手紙を残した。そして、ベッドの脇に小説を置き、時計のねじを巻き、シャツにカフスボタンをつけた。モットラムとしては、あらゆる策を講じたつもりなのさ。これを見た検死官に、何が真相だろうと、自殺だけはありえないという印象を与えるようにね。ところが、ここで彼はひとつふたつ、へまをやった。第一に、感想帳の件だが、当然のように名前を記入しておきながら、出発日は空欄のままにした。第二に、釣竿に毛鉤をつけたものの、それは（パルトニーが教えてくれたところでは）見当外れの種類だった。間違っても自殺の評決が下らないよう、ブリンクマンを使ってか、ミセス・デイヴィスを使ってか、方法は定かでないが、自分の部屋のガス栓がその役目を果たしたあと、再び閉められるように段取った。それから睡眠薬を一気に飲み干し、ガス栓を開けて、ベッドに入った。こんなことはみな、ぼくにはプルフォードに出向く前からわかっていた。きみがロンドンから電報を受け取る前にね。ぼくに理解できなかったのは動機だ。それも今となっては明々白々だがね。彼はプルフォードの司教区に五十万ポンド遺贈する決意を固めたんだ。あの世での安寧を確実なものとするためにね。キリスト教の倫理では自殺が許されないことぐらい、彼も承知していた。しかし問題はないと考えた。なぜなら、行為は悪かろうと、その目的はあくまで善だからだ。そうすれば、病による死の恐怖から解放されるうえ、もし本当に永遠というものがあるなら、あの世からも歓んで迎えられるというわけさ」

「なるほど、それがきみの考えか。やみくもに否定する気はないが、その推理には二点ばかり、致命的な矛盾がある。もしモットラムがそこまでプルフォードの司教区に遺産を贈りたかったのなら、なぜ財産のほとんどをくだらない市議会なんぞに遺したりしたんだろう。司教区に遺したのは、もし自殺の評決が下れば、指一本触れられない金じゃないか。また、自殺と見えないよう、誰かにガス栓を閉めさせたのはいいとして、なぜその人物に部屋の鍵を掛けさせ、そのうえ、ドアの内側にさしっ放しにさせたんだ？　この点を明らかにするのは難儀だぞ」

「ああ、確かに。そこは神のみぞ知るで、ぼくにはまだはっきりとわからない。だが、輪郭は見えているんだ。さあ、お次はきみの解釈を聞かせてもらおうじゃないか」

「なんだかきみにすまないような気がするよ。あまりに完全なのも気がひけるもんだな。だが、お望みとあらば仕方がない。いいかい、この事件をこんなにも複雑にしているのは、実はすべて〝引っかけ〟に過ぎないんだ。ある瞬間には、事故か他殺を装った自殺に見えるが、次の瞬間には、自殺を装った他殺に見えてくる。だがひと際無視できない事実は、ガス栓が閉まっていたということだ。もし自殺だった場合、そんなことをするのは不可能だ。殺人だとしたら、まったく不必要なことだ。自殺評決の可能性が吹き飛んでしまうからね。しかし昨夜、ベッドに入りかけたとき、真相がひらめいたんだ。ガス栓は犯人が故意に閉めたんだよ。この死が自殺ではないことを示すために。自殺と判断されることに対する計画的な抗議、または宣伝だ。この事件をどう取ってもかまわないが、自殺だけは違うぞ。まるでそう言っているみたいじゃないか。それだけは可能性の範囲外だと」

「うむ、ぼくもそれは考慮してみたんだが」

「そうか。しかし、いいかい、きみは無謀にも、心理学的にありえない状況に執着しているんだ。きみはある男が自殺するにあたり、ガス栓を閉めるのを共犯者に託したと決めつけている。実際、それが事実ならとんでもない話だ。だが、おれにはとうてい、その自殺に共犯者がいたとは思えない。むろん、よくある〝自殺幇助〟なら別だが。仮にきみが誰かに自殺するつもりだと打ち明けたとしよう。相手はきみを説き伏せて思いとどまらせようとするだけでなく、きみが実行に移すのを阻止しようと手を尽くすはずだ。ここで語られる自殺には共犯者の存在が不可欠だ。ゆえに、これは自殺ではない。殺人だったんだ。にもかかわらず犯人は、自殺に見せかけようとするどころか、絶対に自殺ではないように見えることを切望している。きみにとっては奇妙な状況だな。

奇妙な状況だの謎めいた状況だのというのは、意外に解明しやすいものなんだ。この場合、犯人はもし自殺の評決が下ると損をする立場になる者だと確定して割り出せばいい。昨夜、おれはかなり頭を捻ったが、そんな人物は思いつかなかった。ここだけの話だが、おれは最初、ブリンクマンに疑いをかけていた。だが、彼がモットラムを殺したいと思う理由はどこにもない。それに、もし彼が殺したのだとして、なぜ自殺に見えないような工作をする必要があったのか、その点も謎だ。ブリンクマンは相続人ではない。安楽死保険とは無関係なんだ。

ところが今朝の発見で、おれはまったく別の手掛かりを摑んだ。この世でひとりだけ、モットラムを殺すことで、それも自殺の疑いがかからないような殺し方をすることで、利益を得る者がいる。むろん、シモンズ青年のことだ。金を手にするにはモットラムを殺すに限る、やつはそう考えたに違いない。なぜなら、モットラムが六十五まで生きたら、安楽死保険の金はもらえなくなるからだ。モットラムの年一回のチルソープ訪問が彼を始末する最高の機会だとすれば、今年を逃すと、あとはもう来年しかない。二年後に、モットラムは六十五になる。そうなれば五十万ポンドは宙に消える。それ以外にも、シモンズには急がねばならない理由があった。いつモットラムが遺言書を書き換えるかわからないからだ。この孤独で偏屈な独身老人を苦痛なく死なせてやるだけで、最近親者の自分には五十万ポンドという大金が転がり込んでくる。シモンズはそう踏んだ。一方、決して自殺の疑いが残ってはならない。たとえそれがどんなに些細な疑いであろうと、きみの社は支払いを拒否するだろうから、またも五十万ポンドの夢は泡と消えるわけだ。

階下の開き窓から〈災厄の積み荷〉に忍び込んだとき、シモンズにはひとつだけ、懸念の種があった――誤った評決が下ることへの恐れだ。彼は血も涙もない殺しができるタイプではない。文明が進めば進むほど、犯罪はより巧妙になってくる。一方、人が人に直接手をかけて殺すのも、ますます難しくなってきている。シモンズには毒を盛ることもできたかもしれない。しかし、現実にはより安全な方法を見つけた。ガスを使うことを思いついたのさ。ところが、彼が使った凶器にも欠点があって、陪審員たちに誤った印象を与えかねない。そこで、単に相手を殺すだけでなく、殺されたということまで証明しなければならなくなった。そういうわけで、彼は叔父が眠っている部屋のガス栓を開けたあと、二時間ばかり外で待ち、また引き返して来た。そして空気を入れるために窓を開け、再びガス栓を閉めて、ちょっと立ち止まり、犠牲者が死んでいるのを確かめた。

彼がどうやってドアのトリックを編み出したのかはわからない。追い追い解明されるとは思うがね。それはそうと、昨夜、酒場《バー》で知り合った男から仕入れた話なんだが、閉店時刻直後にシモンズが宿の周りをうろついているのを見たそうだ。と言っても、酒を飲みに来たわけじゃない（やつは絶対禁酒主義者だからな）。それがまさに殺人のあった夜のことなんだ。この点で、おれはきみに一歩先んじたわけだ。他にもひとつあってね、その情報にかけてはきみにも平等に機会があったが、軽視したようだね。モットラムが寝室に置きっ放しにしていた手紙を覚えているかい？　『ブルータス』と名乗る投稿者に抗議したものだった。ぼくはわざわざ《プルフォード・エグザミナー》からその投書の掲載された新聞を取り寄せた。それは一種の脅迫文で、あくどいやり方で金を儲けたモットラムには必ず報いがあるだろうと断じている。その署名が『ブルータス』だったんだが……。きみには古典の教養があるんだから、そこに目を留めるべきだったんだ。おれは自分で百科事典を調べてみた。ブルータスは単なる民衆の指導者じゃない。ローマで反乱を指揮して、ついには母方の叔父であるタルクィニウス王を追放したんだ。ほら、シモンズとモットラムの関係と同じじゃないか。

ところで、おれはもう逮捕状を請求してある。だが焦ってそれを振りかざす気はない。シモンズを油断させておけば、それだけボロを出す確率が高くなるからな。もちろん、見張りはつけてあるが。もしきみが彼の印象を摑むために会いに行くつもりなら、言うまでもないことだが、おれの疑いを漏らすような発言は慎んでくれよ。おれとしては、あの二十ポンドが楽しみだ」

ブリードンは魔法にでもかかったように、身動きひとつせず座っていた。彼には事の成り行きがすべてわかった。同じように、犯人の心中の計算も逐一たどることができた。それでいて、確信が持てないのだ。リーランドにそれを説明しようとしたまさにそのとき、不意にあることに気づいて、会談は打ち切りとなった。「リーランド」ブリードンは声を潜めて言った。「きみは煙草を喫っていない。そしてぼくもこの十分間はパイプを口にしていない。それなのになぜ、巻き煙草の匂いなんかするんだろう？」

リーランドは弾かれたように辺りを見回した。そこで初めて、いかに自分たちのプライバシーが危険にさらされていたか気づいた。雨は知らぬ間にやんでいた。背後の壁にはいくつもの隙間があいている。そのひとつで、誰が聞き耳を立てていないとも限らない。リーランドはブリードンの腕を摑むと、いきなり外へ飛び出し、急いで小屋の角を曲がった。そこには誰もいなかった。しかし壁際に煙草の吸殻が残っていた。いかにも人の足で踏み消されたように、つぶれて、泥にまみれている。リーランドがつまみ上げたところ、かすかな残り火と薄い一条の煙から、踏まれたのはほんの少し前だとわかった。消しそこなったのだ。「〈カリポリ〉、か」彼は吸殻を仔細に調べながら読み上げた。「村で手に入るような煙草じゃないな。ブリードン、どうやらわれわれは新たな手掛かりを摑んだようだ。この吸殻は見つけた場所に戻しておくとしよう」

第十一章　アンジェラの手腕

「アンジェラ」ブリードンは妻を見つけるなり言った。「きみに頼みたい仕事がある」

「どんなこと?」

「たいしたことじゃないよ。ブリンクマンとパルトニーに、怪しまれないようにシガレットケースを開けさせて、中を調べてくれるだけでいいんだ」

「待って、マイルズ。ちゃんと状況を説明してくださらないと動けないわ。わたしが何より我慢できないのは、夫と妻が完全に信頼し合っていないことなの。さあ、そこに座って、わけを聞かせてちょうだい。でも、その前にドアを確かめたほうがよさそうね」彼女はそう言うと、鍵穴を塞ぐ小さなシャッターを内側から下ろした。

「ああ、いいとも」ブリードンは答えて、先程の驚くべき出来事を語った。「あれはこの屋根の下にいる誰かに違いないんだ。ブリンクマンとパルトニーは二人とも巻き煙草を喫う。そりゃあ、もちろん、ぼくが煙草を切らしたと言ってせがむのは簡単だ。しかしそれじゃ、謎の紳士を警戒させてしまうかもしれない。かと言って、吸殻を求めてうろつき回るなんてのはごめんだ。だからきみの話術でもって、彼らがそれぞれどんな煙草を喫っているのか、うまく発見する機会を作ってほしいんだ。むろん、こちらの魂胆を悟らせないようにだよ」

「あの人たちの部屋から何本か盗むのではだめなの？」

「だめってわけじゃない。しかし、ほら、戦争末期に安煙草で我慢する癖がついたもんだから、今じゃ誰もわざわざ好みの煙草を持ち歩いたりしないんだ。みな、行った先々の店で買うのさ。この〈カリポリ〉という煙草は珍しい種類だし、もういくらも残っていないだろう。だから、探して見つかるとすれば、一番確実なのは当人の胸ポケットの中なのさ。なんとかやってみてくれ」

「ぞっとしないお役目だこと」アンジェラは考え込むように言った。「わかったわ、引き受けましょう。でも手出しは無用よ。そばに座って、心の中で声援を送ってくだされぱいいわ。さあ、階下へ行って、酒場《バー》で一杯飲んでいてちょうだい。わたしはディナー用のドレスに着替えますから」

「ディナー用のドレスって、こんな安宿でかい？　いったい、なんのために？」

「物事にはみな、やり方があるってこと、まるで理解していらっしゃらないのね。会話を思いどおりに支配しようとしたら、わたし自身が最高に見えるようにしなければ。エドワードのような感じやすいお年寄りにはとても効くものなのよ」

しばらくして階下に降りてきたアンジェラは、多少場違いではあったものの、確かに魅力的になっていた。その姿を見た女中が、危うくスープ皿を落としそうになったほどだ。

「プルフォードは心行くまでごらんになれましたか、ミセス・ブリードン？」ブリンクマンは夫妻が日帰りで訪問したことを聞くと、そう尋ねた。

「心行くまでですって？　それどころか、わたくし、今では地元の人間も同然ですの。これからは乳母車を、いいえ、排水管を目にするたびに、懐かしい気持ちになることでしょう。でも主人ときたら、まる三時間もわたくしを放っておいて、自分だけ司教様のところで飲み騒いでおりましたのよ」

「たいそう情け深い方でしょう、司教様は」ブリンクマンは彼女の夫に話しかけた。

「なんとまあ、つまらん褒め言葉だ、〝情け深い〟とは」老紳士が口をはさんだ。「わしなら善意の人と呼ばれるほうがましですな。そもそも、人が人を親切だの、慈悲深いだのと言うとき、そこにはなんの根拠もありはしないし、個人的に魅力を感じているのでもない。それでも、世間の称賛を呼ぶだけの善良さが備わっているから、情け深い、などと言われるわけだが」

「ディケンズの小説の人物のようにですか?」ブリンクマンが水を向けた。

「とんでもない、彼らは単に情け深いと呼ばれるにはあまりに人間的だ。ピクウィック氏（チャールズ・ディケンズの小説『ピクウィック・クラブ』の主人公）のどこが情け深いものかね！ 最後の審判の日を絶景と呼ぶようなものだ。ところで、ピュージ（一八〇〇～一八八二。英国の神学者、宗教改革指導者）はそんな比較を思いつく機知をどうやって身につけたのだろう」

「わたくしは機知があるなんて言われるのはむしろ恐ろしいことだと思いますわ」アンジェラは言った。「常々考えているのですが、機知に富む人々というのは、くどくど逸話を並べ立てて、会話を台無しにしてしまう人々のことじゃないかしら。逸話が時代遅れになった世界に生まれてきて、どんなにうれしいでしょう！」

「全世界がそうなったわけではありませんよ、ミセス・ブリードン」ブリンクマンが正した。「アメリカへいらしたことはありませんか？ かの地ではまだまだ逸話がもてはやされています。他ではすっかり廃れてしまいましたが」

「アメリカ人のユーモアには、さりげない面白さがありますぞ」パルトニー氏が異議を唱えた。「ぴりっとしたところに欠けるのが惜しいが」

「バージニア煙草のようにですか?」ブリードンが割り込み、テーブルの下でアンジェラから乱暴に蹴られた。

「しかしながら、逸話というものは」パルトニー氏はかまわずに続けた。「実に会話の敵です。そいつが飛び出すとたちまち、われわれの楽しい気分は自己中心主義《エゴティズム》の暗い影に覆われてしまうのです。逸話をため込んでは折にふれひけらかす、そんな行為は社会的にも無作法でしょうが。裸になって曲芸でもする方がまだましだ。逸話の語り手たちがいかに手ぐすね引いて己の出番を待ち構えているか、『それで思い出したんだが』と言い出す好機を狙っているか、よくごらんなさるがいい。こうした厚かましさが度を超すと、次には『こんな話を聞いたことがあるかね?』と真っ向から攻めてくる。しかし、男たちがこうした悪しき振る舞いを黙認している以上、この会話の恐怖からわれわれを救ってくれるのは、奥さん、あなた方ご婦人の他におりません。ご婦人方が席を立ったとたん、ダムが破れたかのように、逸話がどっと溢れてくるのです」

「それはわたくしどもがお話の仕方を心得ていないからですわ。お話を十分に長引かせることができませんの。いつだって、話し始めたと思ったら、もう結論に飛びついてしまっているんですもの」

「それは謙遜が過ぎるというものです、ミセス・ブリードン。むしろ、あなた方を守るために備わった、生まれついての愛他主義《アルトルイズム》のせいでしょう。あなた方ご婦人は、初っ端から話の腰を折ることもせず、いつも会話の舵取りをしてくださる。われわれ男どもに調子を合わせ、思い切り楽しませてくださり、しかもなお、行き過ぎだと思えば必ず手綱を引き締めてくださる——低いオルガン伴奏のように、控えめに注意を与えてくださるのだ。その無私なお心には、いくら称賛を捧げても足りません」

「きっとそのような教育を受けたからですわ。あるいは自分自身をそう躾けてきたのかもしれません。おそらく文明がわたくしたちに教えたのでしょう、殿方に取り入ることを」

「それは断じて違いますな」パルトニー氏は甲高い声で言った。今ではすっかり、このやり取りを楽しんでいる。「会話を受け容れる能力こそが、あなた方ご婦人に備わった真の栄光です。雄の孔雀に雌の関心を引くよう羽根を拡げて気取って歩かせるのと同じ自然の摂理が、あなた方女性に、男性の知力を喚起せよと命じるのです。あなた方に目を向けられることで男たちは舞い上がり、無意識のうちに、賛同の栄に浴しているというわけだ。人間の特性についての知識は、ホメロスよりもウェルギリウスのほうがはるかに豊かだった！　アルキノオス王は如何にして英雄オデュッセウスからあの長い冒険譚を聞き出したのか。おそらく英雄は、不躾な質問を無神経にぶつけられ、不承不承認めたのだろう、あてもなく各地をうろついては時を浪費していたことを。そこへいくと、女王ディドーは聞き手としてのこつを心得ていた。いわゆる、〝プリアモスについて、またヘクトルについて、あまねく尋ねながら〟というあれですわい！　しかし、わしはいささか叙情に流れ過ぎましたかな」

「いいえ、パルトニーさん、叙情、おおいにけっこうですわ。マイルズにはそのほうがいいんです。この人ときたら、自分を強くて寡黙な男だと思っているんですから、これほど癪に障ることってありませんわ。厄介なのは、自分は一種の探偵なので、その役割を果たさなければならないと考えていることですの。それはそうと、リーランドさん、あなた、さっきからひと言もおっしゃらないのね」

「ひょっとすると、それも会話の後押しの一種ですか、奥さん？　どうも、話せ話せと尻を叩かれているような気がするんだが」

「探偵の口が堅いと言うのは」老紳士が横合いから口を出した。「小説家の作り事ですよ。連中は自分の探偵の口をふさいでおかねばならん。さもなければ、最後の章まで秘密を守れませんからな。いや、職業的に口が堅くなければならんのは、ブリンクマンさんでしょう。秘密を守れなければ、秘書とは言えませんからな」

「わたしは寡黙ではありませんよ。寡黙にさせられているのです」ブリンクマンは言った。「二番目に立派な雄孔雀は、戦いを恐れ、あえて羽根を拡げないものなのです」

「ぼくが沈黙に見出だすのは」ブリードンが口を開いた。「会話の重荷からの救いだ。ぼくは話してくれる人に感謝する。溺れかけた赤ん坊を救いに、ぼくより先に水に飛び込んでくれる人に感謝すべきなように。ぼくが負うべき苦労を不要にしてくれるんだからね。そのために結婚したんじゃないかと思うときがあるぐらいだよ」

「マイルズ」アンジェラがたしなめた。「憎まれ口をきくつもりなら、部屋を出ていってもらいますよ。あなた、小説の中の探偵が無作法だからって、自分まで無作法になっていいと思っているのね。リーランドさんは無口だけど、少なくとも礼儀はわきまえていらっしゃるわ」

「ブリードンさんは既婚者ですからな」パルトニーが助け舟を出した。「籠の中の鳥は羽根を拡げたりはしません。結婚とは鎖に繋がれるようなもの。むろん、鎖は鎖でも金の鎖だが、夫から飛び立つ力を奪うことに変わりはない。それでもやはり、会話の重荷を担おうとしない人物には、わしはいささか軽蔑を覚えます。そういう輩は共通の壺に何も入れんものです。ところでブリンクマンさん、わしはここらで口をつぐむので、探偵は強く、寡黙であるべきか否か、ここらであんたの考えを教えてくださらんか」

「残念ながら、わたしはその方面の本はあまり読んでいないのですよ、パルトニーさん。探偵にとっては無口なほうが有利だと想像はしますが。真実が明るみに出たとき、『わたしの言ったとおりでしょう』と言えるようにね」

「でも、探偵なら四六時中喋っているべきですわ」アンジェラは異議を唱えた。「本の中の探偵はいつもそうですもの。ただし、彼らの言うことって、いつも全然意味がわかりませんのよ、作中の他の登場人物にも、読者にも。たとえば、『もう一度、じっくり考えてみたまえ、トースト立てが曲がっている不気味な意味に』。ほら、さっぱりですわ。あなたは探偵におなりになりたいんじゃありませんか、パルトニーさん？」

「それはまあ、ある意味では」短い間があき、何度かためらったのち、老紳士は続けた。「実を言いますと、わしは学校の教師をしておるのですが、この二つの職種には非常によく似たところがあるのです。誰が天井にバターを投げつけたのか、どの生徒がどの生徒からカンニングしたのか、紛失した切手はどこへ行ってしまったのか――こうした問題がのべつ幕なしにこの愚かな老人の心をかき乱すのです。なぜ校長が生徒たちに切手収集を許可するのか、わしにはまったく理解できません。必ず盗まれるのですからな」

「どうして切手なんか集めたいと思うのでしょう」アンジェラが疑問を呈した。「もちろん、中にはかなりきれいなものもありますけど。正確な発行日だの、透かし模様の形だのと、知識をひけらかされた日にはとても我慢できませんわ。でも考えてみると、透かし模様のほうは調査の役には立つんでしょうね、パルトニーさん」

「それについては、わしはまったく門外漢でして。切手収集家に任せましょう。ところで、切手収集家というのは、節税に血道を上げる連中に似てますな。わしには区別がつきかねますよ」

「小説に出てくる探偵は」リーランドが口をはさんだ。「秘密の文書が書かれた紙の透かし模様から、常に重大な手掛かりを得ています。彼らは実に運がいいですな。もしわれわれが続けて四枚の紙を拾い、それを光にかざしたところで、そのうち三枚には、透かしなどまったく入っていないことでしょう」

「わかりますわ」アンジェラは答えた。「幼い頃、散々聞かされたものです、本物の銀にはすべて、ライオンが刻印されているって。でももちろん、そんなことはありませんでした。マイルズ、あなたがくださった腕時計にもライオンなんかありそうにないわね」彼女は喋りながら時計をはずした。「あったとしても、とても小さなものに違いないわ」

「それはあなたの勘違いだと思いますよ、ミセス・ブリードン」こう正したのはブリンクマンだった。「ちょっと失礼して拝見します……。ほら、ここ、上のほうにあります。こすれて少し消えていますが、でも、確かにライオンの印があります」

「どれにもひとつは、ライオンがついていたと思うがな」ブリードンはそう言うと、落ち着いた様子で銀製のペンケースを取り出した。「ほら、これには二つある。種類は違うがね」

「あなたの腕時計も見てみましょうよ、リーランドさん」アンジェラが促した。「それとも、それは鍍金《めっき》かしら?」

「銀のはずなんですがね。ほら、小さな目印がある」

その直後、アンジェラの苦労は報われた。パルトニーがポケットから銀のシガレットケースを取り出し、彼女に手渡してきたのだ。「この内側にあるんでしょうね。あら、違うわ。全部金箔を張ってありますのね。ああ、わかった、外側についていたんですわ」そして彼女は小声で「いまいましい!」と付け加えた。シガレットケースの中は空だったのだ。

「この場ではわたしが唯一の貧乏人のようですね」ブリンクマンが言った。「わたしのはすべて合金ですから」

それきり、アンジェラはデザートが終わるまで、わざわざ会話の先頭に立とうとはしなかった。それから、半ばやけ気味に言った。「どうぞお喫いなさいな、リーランドさん。もう我慢できないんでしょう？　煙草なしの探偵なんて、様になりませんわ」彼女の作戦は成功した。ブリンクマンが合金のシガレットケースを取り出して火をつけたのだ。一方、パルトニー氏は自分の巻き煙草がないのを確かめると、ゆっくりとパイプに刻みを詰め始めた。

アンジェラの見たところでは、ブリンクマンの巻き煙草はケースに残っていた最後の一本だった。となると、箱あるいは包みにはもう残っていないだろう。「わたしも煙草が喫えればよかったのに」彼女はそう切り出した。「でも、どうせなら、パイプで喫いたいわ。いつ見ても、とても気持ちよさそうですもの。そのうえ、目を閉じて、そのまま眠ってしまうこともできるでしょ。巻き煙草では、危険でそうはいきませんもの」

「そんなことをしたら、パイプの味わいが台無しになってしまいますよ」ブリンクマンが反対した。「意外かもしれませんが、暗闇で煙草を喫っても、ちっともうまくないんです」

「まあ、本当ですの？　そう言えばよく耳にしますけど、味覚というものは視覚に左右され、目を閉じていると、ワインと他のお酒の区別もできないそうですね。マイルズ、もしわたしがハンカチであなたに目隠しをしたら、あなたは自分のビールとブリンクマンさんのシードルの区別がつくかしら。ねえ、そうだわ、試してみましょうよ！　スプーン一杯ずつ飲ませてあげますから」

「自分で目を閉じて公正にやるよ」ブリードンは妻の苦労を水の泡にするようなことを言った。

「いいえ、だめよ。わたしが言ったとおりにして。どなたか、きれいなハンカチをお持ちですか？

ありがとう、リーランドさん……。これでいいわ。さあ、口を開けて。でも開けすぎてはだめよ、むせてしまうから……。これはどっち？」

「シードルじゃないかな」

「本当はね、お酢なの。少しだけ水を入れたけど」

「おい、ふざけるなよ。卑怯だぞ」マイルズはハンカチをむしり取った。「ぼくは絶対、羽根を拡げて歩いたりしないぞ。どうせもう結婚しているんだし！」

「それじゃ、代わりにブリンクマンさんにお願いしましょう。やってくださいますわね、ブリンクマンさん」不穏にも、アンジェラは懇願するような目付きで彼を見つめた。結局、ブリンクマンは屈した。目隠しをされた場合の本能からか、彼は自分の巻き煙草を皿の端に置いた。アンジェラにとって、スプーンを床に取り落とし、それを拾うためにパルトニー氏を屈ませるのはわけないことだった。その間に、彼女は急いでブリンクマンの巻き煙草をつまみ上げ、銘柄に目を走らせた。そこにはこう印刷されていた。

〈カリポリ〉。

第十二章　罠を仕掛ける

夕食後、ブリードンとリーランドは連れ立って散歩に出かけた。ブリードンは、あらゆる出来事が悪夢のように押し寄せてくるのを感じていた。彼は改めて自殺説を堅持することを誓ったが、これまで彼の説が有力だったのは、リーランドが然るべき犯人候補を挙げられなかったことに因るところが大きい。それが今や、容疑者と目される人物がひとりならず現れたのである。

「ともかく」ブリードンは言った。「今のわれわれには、早急に取り掛からねばならない問題がある。この事件におけるブリンクマンの役回りは、確かにきみの言うとおりかもしれない。だが、彼がこの件について尋常でない関心を持ち、その挙句、どう見ても不自然な場所をうろついているのは確かだ。少なくともわれわれは、彼に己の行状を突きつけ、事情を洗いざらい白状するよう、迫ることができる。きみに異存はないだろう？　きみが犯人として疑っているのはブリンクマンじゃないんだから」

「あいにくだが」リーランドは答えた。「そいつはわれわれの流儀じゃない。警察の、という意味だがね。確かに、おれは目下、ブリンクマンを容疑者からはずしている。だが、おれは理論に従って考えているだけでね、その理論はいつ間違いだったとなるかわからない。そこのところはまだ確信が持てないんだ。そして、その確信が持てないうちは、ブリンクマンを放免するわけにはいかない」

「しかしだね、動機の面から考えてみろよ。ここはひとつ、きみの説を認めるが、シモンズには叔父を亡き者にするもっともな理由があった。叔父が死ねば、自分の懐にまるまる五十万ポンド転がり込んでくると考えるだけの根拠があったんだからな。彼は叔父と仲が悪く、ひどい扱いを受けていると考えていた。叔父に不満を持ち、吸血鬼を見るような目で見ていた。モットラムがチルソープに来たのは、叔父に近づきたいシモンズにとっては僥倖であり、またとない機会だった。時と場所、憎い相手が同時に揃うということはめったにないからな。しかし、ブリンクマンのほうは、われわれが知る限り、モットラムの死によってもたらされるのは、失業とそれに続く職探しだけだ。しかも、推薦状を書いてくれるはずの前の雇い主はもういないときている。ぼく個人としては、ブリンクマンは十中八九、遺書が変更されたのを知っていたと思う。少なくとも、モットラムの体調が思わしくないことは知っていたはずだ。シモンズに儲けを山分けにするからと持ちかけられたところで、共犯となることに同意するだろうか。まったく無用の悪事ってことになるんだから」

「そう決めつけるのは早いぞ。ブリンクマンがこの事件に金銭的な利害関係を持っていないとはまだ断言できんだろう。聞いてくれ――これが突飛な考えだということは承知しているが、ありえない話ではない。誰もがモットラムには家族がいなかったと言うが、その根拠は本人から聞いた言葉以外に何がある？　彼はどこでブリンクマンと知り合ったんだ？　誰も知らない。なぜ秘書が必要だったのか？　プルフォードの歴史をまとめるという話があったようだが、結局は噂で終わった。となると、モットラムがブリンクマンに持ったこの奇妙な関心はなんだ？　可能性は低いものの、ありえなくはない話として、ブリンクマンがモットラムの隠し子だったらどうだろう。もしそうだとしたら、そしてもしブリンクマンが遺言補足書の件を知らないとすれば、彼は自分こそ五十万ポンドへの最短距離にいる身内だと考えるかもしれない。そして利口な男なら――ブリンクマンは利口な男だ――モットラムを始末しようと、それも誰か他人にやらせれば好都合だと思うだろう。彼が恐れるのは、モットラムが六十五歳まで生きて、保険がなんの利益も残さなくなることだ。あるいはモットラムが新しい遺書を作る心配もある。彼はどうする？　そう、シモンズのところに行き、モットラムを亡き者にすれば、一番近い身内として大金が転がり込んでくるはずだと吹き込む。シモンズはそれを真に受けて、叔父に手を下す。ブリンクマンとしては、母親の結婚証明書を盾に取り、五十万ポンドの受取人に名乗りを上げるタイミングを待つだけだ」

「きみの考えの独創的なのには恐れ入るよ。だが、現実にはそんなことはありえないだろう」

「実際、こんな話はいくらでもあるんだよ。しかも五十万ポンドよりはるかに少ない金額のためにね。ともかく、おれはブリンクマンを考慮から除外するつもりはない。従って、彼にこっちの手の内を明かすつもりもない。しかし彼の盗み聞きは、われわれに極めて重要なチャンスを与えてくれたよ。これを利用するとしよう」

「どうやってだ？　ぼくにはさっぱりわからない」

「それはきみが専門家じゃないからだ。きみは警察の手法を知らない。民間人はみなそうだし、われわれとしても知らせるつもりはない。手の内を見せることになるからな。しかし、われわれが解決する大事件の半分、いや、少なくとも三分の一は、はったりにより解決されるのだ。容疑者をうまく乗せて、正体を暴露させるのさ。むろん、時にはあまり褒められたやり方じゃないこともあるし、まともとは言い難いスパイを使わなければならないこともある。しかし今は、やつにはったりをかけて尻尾を出させる絶好の機会じゃないか」

「正確にはどうするんだ？」

「二人でまた、例の水車小屋で落ち合うのさ。しかもそのことを前もって公言しておく。そうすれば、ブリンクマンは必ず小屋の後ろに忍び寄り、聞き耳を立てるだろう。それを確認したところで、今度はおれたちで騙すんだ。端《はな》からやつの耳に入れるつもりで話をする。むろん、やつにしてみれば、そんなこととは夢にも思わないだろうが」

「なるほど……ひと芝居打つわけか。しかし、ぼくに役者の真似は無理だよ。アンジェラならぼくよりはるかにうまくやれるんだが」

「芝居をする必要なんてないさ。きみはただその場に座って、ひたすらこの件は自殺だと言い張ってくれればいい。きみがいつもそうしているようにね。芝居はおれがやる――これもあながち芝居とは言えないが。つまり、昨日きみに話したこと、シモンズを疑っている件について繰り返すんだ。そいつはどれも立派な事実だ。おれは確かにあの男を疑っている。もっとも、捜査で話をしたときの彼はいたって落ち着いていて、とても罪を犯した人間のようには見えなかったが。次に、ブリンクマンのことも疑っていると言おう――もちろん、巻き煙草やら何やらについてはおくびにも出さず、他に疑惑の根拠となるものをいくつか挙げておくよ。それから、こう言う。犯人は明らかにシモンズだ、しかし、それについてブリンクマンは必要以上のことを知っている、そう考える根拠もある、そこでブリンクマンに尾行をつけようと思う、また、彼を逮捕するために逮捕状を請求するつもりだ、この事件での彼の役割がやましいものでないなら、白状しないのはばかだ。とまあ、そんなことをね。あとはブリンクマンがどう反応するか、しばらく様子を見るとしよう」

「いっそ姿をくらますんじゃないか？」

「それこそ願ったり叶ったりだ。むろん、やつにはすでに尾行をつけてある。ここで腹を決めて逃げ出すというのなら、やつを逮捕する正当な理由ができるというものだ」

「他にどんな行動に出るだろう」

「そうだな、もしたいした罪を犯していないのなら、きみにそう打ち明けるかもしれない」

「なるほど。ようするに引っかけるってわけか。やれやれ、どうしてぼくはスパイなんかになるのを承知したんだろう。リーランド、ぼくはこの仕事は気が進まない。あまりにも――あまりにも陰険で不正直だからな」

「おいおい、きみは情報将校だったんだろう？　戦争中は、ドイツ軍を打ち負かすためにあらゆる計略を駆使したじゃないか。今は社会の安寧を守る仕事をしているんだから、そこまで神経質になる必要はなかろう。きみの仕事は、きみの会社の保険に入っている正直な人々すべての利益を守ることだ。おれの仕事は、罪のない人々が眠っている間にガスで殺されたりしないように目を配ることだ。いずれにしても、おれたちは真相を突き止めねばならん。何しろ、この件では賭けまでしているんだからな」

「しかしだね、もしブリンクマンがぼくを信用して秘密を打ち明けたとして、そいつを漏らせば彼の信頼を裏切ることにならないか？　それはとうてい公明正大とは言えないよ」

「まあ、きみがばかでないなら、秘密にするなんて約束はいっさいしないことだ。どのみち、きみは己のつまらない良心とやらに従って行動するに違いないがね。しかし忘れるなよ、どうせブリンクマンは逃げられやしない。彼にはしっかり見張りをつけてある。もしこの芝居でのやつの役割が本当に害のないものなら、知っていることをすっかり白状するのが一番だと、きみから教えてやれ」

「わかった、きみが罠をかけるのを手伝うよ。しかし、もしブリンクマンがその件でぼくのところに来ても、どうするかについては答えられないぞ――召喚でもされない限りはね。ところで、ブリンクマンがまったく反応を示さなかった場合はどうする？　彼が話を聞いても何もしなかったら」

「なんの進展もないってだけさ。だが、うまく仕向ければ、きっと喰いついてくるはずだ。結局のところ、やつがここに留まる理由なんてないんだ。にもかかわらず、まったく動く気配を見せない。葬儀でも終われば、新しい職を見つけるためにも身辺整理を始めるだろうが」

この時分には、二人は帰途につき、谷へと下る道を歩いていた。黄昏が迫っているものの、チルソープに備わる数少ない街灯にはまだ灯りがともっていない。夏の宵、このような道が恋人たちの逢瀬の場となるのはごく自然なことだった。われわれ人間の性質には感傷的なところがあり、たとえば鉄道の客車で相席になった若い男女にはかまわない傾向がある。同様に、小径を歩く恋人同士の傍らはできるだけ素早く通り過ぎ、詮索好きな視線は投げかけないものだ。このようにして、愛の女神の機嫌を取るのが人間の本能である。こうした男女の一組を追い越したとき、彼らが額を寄せ合って話に夢中になっているのを見ながら、足を速めて一度も振り返らなかったのは、いかにもブリードンらしい。そしてまた、同じように足を速めながら、一瞬、彼らにしっかり目を留めたのも、いかにもリーランドらしかった。それは一見さりげなく、気づかない程度の視線だった。しかし声の届かないところまで離れると、彼は自分の一瞥が偶然のものではなかったことを示した。「彼らを見たかい、ブリードン？　きみは彼らを見たか？」

「何人か追い越したようだが、ぼくは――」

「きみは気づかなかったようだね。だがこれは見過ごせない事実だ。あの若い女はおれたちの宿の女中だった。用事を言いつけるたびに、『喜んで！』と答える娘だよ。そして若い男のほうは、われらがシモンズ君だった。どうやら、シモンズからすると〝身分違いの結婚〟を考えているようだ。そして、その意味するものは――おい、これはあらゆる意味が考えられるぞ」

「あるいはなんの意味もないかもしれない」

「言っておくが、シモンズに宿の内部、つまり〈災厄の積み荷〉に潜り込む手立てがあると知ったのは、われわれにとっては大きいぞ。彼には夜遅く彼を中に入れ、また外に出してくれる者がいた。犯行を終えたとき、必要とあらば、その痕跡を隠してくれる者が。どうやらわれわれの捜査もついに目鼻がついてきたようだ」

「生け垣の後ろに隠れて、二人の会話を聞くか？」

「それもいいかもしれんが、おれの見たところ、彼らはわれわれが通り過ぎる前から、ずっと声を潜めて話しているようだった。やはり、酒場《バー》で聞き込みをしたほうがよさそうだ」

待ち伏せの提案については、アンジェラのほうが夫よりはるかに積極的だった。「ブリンキーが善人だなんてこと、あるものですか。それならドアの外で盗み聞きなんてするわけないもの。テーブルマナー云々以前の問題よ。ええ、もし彼がカーテンの陰に身を隠そうというのなら、その報いは受けなければならないわ。ポローニアスのようにね。そして結局、あとになってあなたのところにやって来て泣き言を言っても、秘密を守るなんて約束は金輪際、断ってしまうといいわ。人々が約束なんてしなければ、世の中はどれほど幸せになるでしょう」

「さあ、それはどうかな？」

「感傷的なこと、おっしゃらないで。ここは〝恋人たちの小径〟じゃないんですからね。それはそうと、あなた、気は乗らないでしょうけど、明日にでもシモンズさんとお話していらしたらどうかしら。

ここへはハンカチを三枚しか持ってきていないことだし。どちらにしても、紳士用品の店だから、あなたが行かなければならないわ」

「わかったよ。だがきみは一緒に来るなよ。きみがいると、ぼくは十分に能力を発揮できないんだ。きみは〝こちらの若い紳士にハンカチを買ってあげたいんだけど〟式の手出しが多すぎるからね」

「それなら、わたしは気晴らしに、あの女中と話をして、彼女が『喜んで』以外の言葉を言えるのか見つけることにするわ。もちろん、彼女に若い男がいるのは最初からわかっていたけど」

「ばかな！　どうしてそんなことが言えるんだ？」

「ねえ、マイルズ。すぐにでも仕事を辞めてやるって気がなければ、若い娘が給仕のときにあれほどぞんざいな態度を取ったり、あんなふうに顎を突き出したりできないわよ。それでわたし、若い男がいると推測したの」

「きみがすでに彼女の信頼を勝ち得ていないのが不思議だね」

「わたしのほうで彼女に興味を持っていなかったからよ。でも、夕食のときの彼女は、それはびくびくしていたわ――あなたも気づいたはずよ。もう少しでスープ皿を落とすところだったんだから。身体だってぶるぶる震えていたし。まるで心にやましいことのある人が驚いたときみたいにね」

「それはきみがディナー用の服に着替えたりしたからさ」

「おだてててもだめよ。彼女がすっかり神経質になっていたのに気づかなかったとは言わせないわ。ともかく、小細工なしで、率直に話し合うつもりよ」

「よし。だが、哀れな小娘をあんまりいじめるんじゃないよ」

「マイルズったら！　お願いだから、女性に出会うたびにあとを追い回したりしないでね。あの娘のことは、わたしの自慢の繊細さと如才なさでうまく扱うつもりよ。夕食の席で、あの紳士方を望みどおりに動かした手並みを思い出していただきたいわ。もし〈カリポリ〉を喫っていたのがエドワードだったら、わたしし、叫び声を上げていたかもしれなくてよ。あなた、リーランドさんはまだシモンズに疑いを持っていると思う？　それとも、ブリンキーを逮捕したがっていて、シモンズは目眩ましに利用しているだけかしら？」

「小径でシモンズに出くわしたときの、リーランドの興奮は相当なものだった。やっこさん、目下のところ、誰彼かまわず逮捕する気のようだ。シモンズは殺人容疑で、ブリンクマンはシモンズに殺人を教唆し、幇助した容疑でね。いずれにしても、二人には尾行をつけていると言っていた。それがチルソープの警官でないといいんだが。連中はどうも屈強すぎて、尾行者だということがすぐにばれてしまいそうだからね。でも、ぼくは自分の考えが正しいと確信している。絶対に自信があるんだ」

「もちろん、そうでしょうとも。でもね、わたしには、モットラムが殺される直前、すでに自殺を成し遂げていたように思えてならないの。リーランドさんのシモンズ犯人説の欠点は、あの小男のブリンクマンをあまりに買いかぶっているところよ。リーランドさんにかかると、どんな犯人でも超人的に利口だということになるんじゃないかしら。もちろん、そんな利口な犯人はめったにいないわ。みな、つまらないミスを犯して捕まってしまうものなのよ」

「きみも賢くなったものだ。さあ、もう寝る時間だよ」

「喜んで！　あなたのお気に入りの女中さんなら、こう答えるところね。いいえ、野蛮人の真似をして、どしんどしん歩かなくてもけっこうよ。おとなしく階下へ行って、リーランドさんがモットラム老人自殺説にたどり着くのを手伝ってておあげなさい。彼だってじきに気づくでしょうけど」

第十三章　シモンズの店で

翌朝、まるでこの日葬儀があるのを聞きつけ、自分も参加しようと決意したかのように、太陽は明るく輝いていた。〈災厄の積み荷〉の泊り客たちはいずれも寝坊を決め込み、似たり寄ったりの時間に朝食の席に着いた。「あなた方はじき、お発ちになってしまうのでしょうな」パルトニー氏がアンジェラに話しかけた。「とんだ事件のおかげで、われわれはあなた方にお目にかかる栄に浴したわけだが、ご遺体が葬られたら、ご主人のここでの仕事も終わるんですな。いや、ミセス・デイヴィスのベーコンエッグが、あなた方にここで休暇を過ごす気にさせれば別だが」

「本当に、どうなるかわかりませんのよ、パルトニーさん。むろん、主人は会社に提出する報告書を書かなければなりません。それには多少時間がかかると思います。なぜ殿方というものは報告書ひとつ書くのにまる一日もかかるのでしょう。どちらにしても、明日まではこちらにおりますわ。それまでには、あなたもお魚を釣り上げていらっしゃることでしょうね」

「そんなことが起きるまでいらしてくださるなら、これに勝る喜びはありませんわい。しかし真面目な話、それではお仕事に差し障るでしょう。わしはこの宿に来たとき、てっきり独りぼっちの滞在になるか、他に客があるとしても行商人ぐらいなものだと思い込んでおりました。ところが蓋を開けてみれば、かくも楽しく有意義な語らいの場が待っておりました。それがなくなってしまうのが残念でならんのです」

「まだブリンクマンさんがいらっしゃるじゃありませんか」

「ブリンクマンですと？　目を閉じればビールとシードルの区別もつかん男ですぞ……ああ、噂をすればやって来ましたよ。やあ、ブリンクマン君、ちょうど今、ブリードンご夫妻に取り残される嘆きを訴えていたところだ。だが察するに、きみも、葬式のふるまい料理が冷めぬうちにプルフォードに戻られるのだろう？」

「わたしですか？　さあ、どうでしょう……。まだはっきり決めていないのです。プルフォードの屋敷はほとんど閉め切った状態で、残っているのは家政婦だけでしてね。どうやらもう少しこちらに滞在して、そのうちロンドンにでも新しい職を探しに行くことになりそうです」

「首尾よく見つかることを祈っとるよ。まあ、新しい職《カラー》に就く前に、ひと休みなさるといい。カラーと言えば（ちょうどそのときベーコンエッグのおかわりを持って入ってきた女中に向かって）、すまないが、おかみさんに、服を洗濯に出したいと伝えてくれんかね」

「喜んで」女中は事務的に答えた。

「いや、ありがたい。こんなつまらん思いつきまで聞き入れてもらって。ああ、リーランドさんが来られた！　ぐっすり眠って、昨日の検死官の訓示の疲れは取れましたかな？」

「ええ、おかげさまで」リーランドはにやりとして答えた。「おはよう、奥さん。おはよう、ブリードン。食事がすんだら十分か十五分、顔を貸してもらえないかな？　……いやいや、ポリッジはいらない。ベーコンエッグだけもらうよ」

「ああ、いいとも。きみさえかまわなければ、散歩がてら、例の水車小屋に行こう。と言うのも、どうやらあそこにパイプ煙草の包みを落してきたらしいんだ。では、ひと足先に行ってそこで待っている。急がなくていいよ」

リーランドは二十分ほどで姿を現したが、彼の到着とほぼ同時に、背後でコツンというごく微かな音がした。それはいかにも、壁の向こう側にいる誰かが忍び足で歩いているうちに、靴が石にあたったような音だった。二人はすばやく目配せを交わし、あらかじめ取り決めておいた会話を開始した。身を隠した聞き手のために話をするというのは、なんとも奇異な感じがしたが、両人とも見事にやってのけた。

「ところで」ブリードンが口火を切った。「きみはまだ殺人犯どもを捜しているのかい？」

「どもじゃないよ、正確には。ガスの噴出口を開けるのに二人はいらないからね。それに、犯人を捜しているという言い方も適当じゃない。実はもう突き止めているんだ。動機は明白だし、細かい部分はともかくとして、手段もはっきりしているからね。しかしなんらかの行動を起こす前に、もう少し証拠を固めておきたいんだ」

「逮捕状は請求してあるんだろう？」

「シモンズの分はね。昨日、書類を書いた。むろん、ここの郵便局から投函したのでは、ロンドンに着くのは夕方か夜遅くになるだろうが。その間はやつから目を離さずにいるつもりだ」

「きみはやはりシモンズが犯人だと確信しているんだな」

「これ以上有力な容疑者は想像できないよ。動機はある、それも申し分のない動機だ、何しろ五十万ポンドだからな。感情の問題もある。叔父の莫大な財産と、それを築いた手段に対する、正義感から生まれた嫌悪。加えて、ひどい扱いを受けたことに対する当然の恨み。脅迫の事実もある。例の『ブルータス』の投書は、使いようによっては法廷で陪審員の印象を左右するだろう。犯行の機会もあった。たまたまとは言え、モットラムはチルソープに滞在していた。そのうえ好都合にも、やつは宿の女中といい仲だ。彼女なら昼夜問わず、いつでもやつを中に入れることができただろうし、計画を助けたり、痕跡を隠すこともできたはずだ。最後に、犯行当夜、やつが実際に現場近くに居合わせたという点。正直者の禁酒主義者なら当然寝床に入っているべき時刻に、〈災厄の積み荷〉の辺りをうろついていたという証言があるんだ。おれがほしいものがもうひとつだけある。逆に、これが出たらお手上げというものもひとつだけある」

「ほしいものというのは？」

「モットラムが眠っていた部屋とやつを結ぶ確たる証拠だ。マッチの燃えさしのようなものでいい、やつがあそこに何か落としていたら。どこかに指紋のひとつも残していれば、やつの首に縄をかけてやれるんだが。決め手となる証拠がない場合、陪審員は有罪宣告に二の足を踏むものなんだ。今でも、犯罪現場や犯行に使われた凶器と結びつけられなかったばかりに、自由の身でいる殺人犯がいるんだよ」

ブリードンは相棒に感心せずにいられなかった。明らかにリーランドは、ブリンクマンが犯人である可能性をまだ考慮に入れている。そして彼がすぐ近くに潜んでいるのを承知のうえで、シモンズに罪を着せる手掛かりをでっち上げるようそそのかし、それによって正体を暴露させようとしているのだ。ブリードンはこの密談の真の目的がなんなのか、自分にも秘密にされていることがあるのではないかと、疑いたくなってきた。しかし、すでに出港命令は出ているのだ。引き返すわけにはいかない。

「それじゃ、お手上げな件というのは？」

「シモンズが例の遺言補足書の存在を知っていたと納得せざるを得ない証拠が出た場合さ。いいかい、われわれは、シモンズが叔父を殺したところでなんの得にもならない立場にいたことを知っている。現にやつの叔父は保険金をそっくりプルフォードの司教に贈るという書類に署名しているんだからな。さあ、ここでシモンズが自分の立場を——最近親者として自分には一ポンドも遺されないことを知っていたのがはっきりしたらどうなる。動機は消滅するじゃないか。おれのやつに対する容疑の根拠もな。いくらシモンズが叔父を嫌い、非難していたからといって、それで殺しまですることはないだろう。確かに面白くはなかっただろうが、現金という形の見返りなしに、この種の犯罪に手を染められるはずがない。もしシモンズが自分が遺書から完全に除外されたことを知っていたと確信できれば、おれはやつを無罪放免にする。少なくともそのつもりにはなるだろう。反対に、シモンズが叔父の遺書によって利益を期待したと言えるだけの理由がどこかにあれば、その分、おれの主張が正しいということになる」

ブリードンは今一度、感嘆して耳を傾けた。壁の後ろに身を潜めているのはモットラムの秘書だった男だ。他の誰よりも事情に詳しいはずだ。それを承知で、リーランドは彼の気を引き、けしかけているのだ。シモンズの遺産相続について、なんらかの知識があるなら、それを提供するように。もしないのなら、でっち上げるようにと。それによって、結局、彼自身の化けの皮もはがれることになる。その駆け引きにブリードンはわれ知らずスリルを覚え始めた。

「それはそうと、われわれのもうひとりの友人のほうはどうなんだ？」

「ブリンクマンか？　前に話したとおり、おれは彼を真っ向から疑っているわけじゃないんだ。知り得た限りでは、彼には犯行の動機がない。しかし彼の行動にはどうも怪しいところがある。その理由がどうしてもわからないんだよ。たとえば、彼は最初から待ってましたとばかりにきみの自殺説を支持していた。事実、この事件に関して自殺という言葉を最初に口にしたのは彼だったように思うがね。たとえば、彼はきみに、フェラーズ医師が無意識に元栓を閉じてしまったに違いないと話したね。きみから聞いた話では、元栓はとてもゆるかったと言っていたそうじゃないか。しかし現実には、そのとき元栓はかなり固く閉まっていたんだ。彼がそれを知らなかったはずはない。なぜなら、あとでおれが元栓をゆるめようとしたとき、ペンチを借りにいってくれたのは彼なんだから。残念ながらまだ口外はできないが、他にもいくつか根拠があって、そのためにブリンクマンの振る舞いを不信の目で見てしまうのだ。彼は何かを隠しているが、いったいそれはなんだろう」

「隠し事をしてどんな得になるのか、わからないな」

「まったくだ。やつを痛めつけたくはないが、真相は突き止めねばならん。今夜にも逮捕状を請求するつもりだ。彼を有罪と考えているわけではなく、なんとかして証言させる必要があるからだ。拘置所暮らしを味わえば、口を割る気になるだろう。むろん、彼にとっては運の悪い話だ。こうした経歴というものは、いかに容疑が晴れようとも、新しい職を探すとき必ず不利に働くからな。彼としてはモットラムの名誉を守っているのかもしれないし、自分自身に疑いがかかるのを恐れているのかもしれない。あるいは単に気が動転して、相談する相手もないために、どうすべきか心を決めかねているだけかもしれない。だが、今のままでは自分で自分の首を絞めているようなものだ。おれには彼が真犯人だとは思えない。犯人だとしたら、なぜ彼は逃げない？　おれたちが右往左往している間に、二、三日もあればウィーンに行けるだろう。そうなったら、こっちにはもうどうしようもないんだ。にもかかわらず、彼はここに留まり続けている。それによって得られる目的があるかのように」

「しかし、もし彼が逃げようものなら、殺人容疑で逮捕できるだろう？」

「そう思うかね？　とんでもない、今わかっていることだけではとても無理だ。おれはシモンズが逮捕されたときの、やつの証言を楽しみにしている。ああいう無気力で神経質なタイプってのは、いったん逮捕してしまえば、なんとか洗いざらい吐かせられるものなんだ。もしブリンクマンが本当に何か企んでいたのなら、そのときになって逃れようとしても手遅れだ。しかし、くどいようだが、おれにはブリンクマンが悪いやつだとは思えない。せめて、おれに――あるいは警察がいやなら、きみにでもいい、秘密を打ち明けるだけの常識が彼にあればな……。いや、こういった話をきみにしたかったのさ。そうすれば、シモンズを扱うときの参考になるだろうからな。奥さんから、今日きみがやつに会いに行くと聞いたものでね」

「助かるよ。実を言えば、そろそろ出かけようと思う。彼と内々に話すなら、店が混み合う前に会ったほうがいいからね。まあ、チルソープのことだから、混雑といってもたかが知れているが。リボン目当ての老婦人たちに内緒話の邪魔をされたくないんだよ」

ブリードンはのんびりした足取りでその場を離れた。リーランドは問題なしと思うまで留まっていたが、やがて用心深く建物の裏手に回った。そしてそこに、予想し、かつ望んでいた事柄を見つけた。前の夜、彼らがそのままにしていった巻き煙草が、今見ると跡形もなく消えていたのだ。

店に着いたブリードンは、天に味方されていると感じた。見たところ、シモンズの他に店員はひとりだけだが、顔にそばかすのある、砂色の髪をしたこの若者は、またずいぶんと悠長な仕種で正面のウィンドーを拭いている。場所柄、こんな早朝から買い物を競いに来る客もいなかった。シモンズはハンカチのことなら自分ほどの適任者はいないと言わんばかりの態度で応対を始めた。この店では他にもさまざまな商品を売っている。たとえば、おしゃぶり、杖《ステッキ》、甘草入りキャンディーという具合に。しかし、ことハンカチとなると、ここには十五年もの間扱ってきた専門家がいるのだ。流行のものを求めているのだな？　客をひと目見れば、その趣味がわかる。「無地のお品ですか？　白無地でございますね？　それがあいにく、今に限ってご用意がないのです。なんと申しましても、色物のほうが人気がございまして。それもちょっとした縁取りのあるものが。はあ、まだ追加の品を入荷しておりませんのです」（シモンズの店では追加品を入荷したことなど一度もなかった）。「三週間前でしたら、無地でお望みにぴったりの品があったのですが、申し訳ありません、ただいまちょうど切らしておりまして。ちょっと調べて参ります」

　続いて次から次と在庫の品が引き出されてきた。無地以外なら、ありとあらゆる種類のハンカチが揃っていた。やたらと色を使ったお粗末な蹄鉄模様、柳のような模様、映画スターの顔を描いた滑稽なシリーズ、縞の縁取り、水玉の縁取り、格子の縁取り——だが無地はない。シモンズは客が無難な趣味の持ち主でついていたとでもいうように、並べた品の長所に注意を引きつけようとした。「いかがでしょう、こちらはとてもよいお品ですよ。これ以上の品はとてもお求めになれますまい。あいにくお望みの白無地ではなく色物ですが……。いえいえ、少しも面倒なことなどございません。ご要望のお品をご用意できると思います……。ところでこちらのハンカチはお気に召しませんでしょうか？　たいへんお買い得になっておりますよ、と申しますのも倒産した会社の投げ売り品なもので。ちょっとお手を触れてごらんになってください、かなり長持ちすることがおわかりになるでしょう……。はあ、確かに多少派手めではございますね。ただ無地の物はあまりお求めがないのです。どうも昨今の好みからは外れているようでして。ですが、もし一日二日こちらにご滞在なさるのでしたら、お取り寄せいたします、明後日にはプルフォードに仕入れに行かせますので。ですが、今のところは、すっかり切らしているようでございます……。ああ、格子柄をお求めですか……半ダースでございますね。ありがとうございます、お客様。よいお買い物だと存じますよ。これほどの品はどこを探してもお求めになれないでしょう。長年仕入れておりますが、捌くのに苦労した覚えはございません。さあ、次は何をさしあげましょう？」

しかし、ブリードンはもう何も買う気になれなかった。チルソープではほしいものを買うのではなく、シモンズが在庫として抱えているものを買わされるのだと悟ったからだ。品物が包まれている間、ブリードンは勘定台のすぐそばにある高くて座り心地の悪い椅子に腰を下ろし、故人についての話を切り出そうとした。なるほどシモンズは叔父と諍いを起こしていたかもしれないが、そこは無教育な人間の常で、死者と近しい血縁関係にあることを、物憂げに自慢するに違いない。

「このたびはご愁傷様だったね、シモンズさん」

さて、なぜこの男は突如蒼白になり、焦った顔を客に向けたのだろう。しかも尋常でないことでも言われたようにぎょっとしている。叔父と縁戚関係にあることは秘密ではなかった。検死審問の場でも公に語られていた。リーランドも、シモンズとの会見の間中、特に取り乱したところは見られなかったと言っている。それなのに、今朝になって、ちょっとモットラムのことを仄めかしただけで、この甥はたちまち混乱に陥ってしまった。お得意の売り文句を立て板に水の勢いでまくし立てていたのが、ひとたび客が村の世間話を始めるや、仮面がはがれ落ちたように冷静さを失い、血の気の引いた顔で小刻みに震え出したのだ。

「恐れ入ります。まことに嘆かわしい出来事でございました。ええ、わたしの叔父でございました。

しかし、こちらにはあまり参ったことがなく――わたしどもとはまったく付き合いがございませんでした。正直、あまりうまくやっていたとは言えませんで――つまり、叔父はわたしのことなど眼中になかったのです。はあ、わたしの叔父であることは確かです。ですが、すっかりプルフォードの住人になっておりまして、こちらにはもう何年も住んでおりません。生まれた土地ではありますが」

「しかし、血は水よりも濃いと言うだろう？」

「と、おっしゃいますと？　ああ、わかりました、お客様。もちろん葬儀やら何やらには出るつもりでございます。ちょっと失礼。サム！　段梯子を持ってきて、ここにある箱を戻してくれ。いや、なかなかの働き者でしてね。で、お客様、今日は他にご用はございませんか？」

他には何もなかった。ブリードンとしては、ひとしきり話し込むつもりで来た。取り澄ました冷静な小売商人が、たいした疑いも抱かずに耳寄りな情報をいくつか漏らしてくれるのを期待していたのだ。ところが実際に会ってみると、相手にしたのは影に怯え、狼狽しきった男だった。ブリードンはすっかり心乱れて宿に戻った。このままでは彼自身は二十ポンドを、会社は五十万ポンドを失ってしまう。それにしても、この成り行きは何を示しているのだろう？　なぜシモンズはブリードンの前であんなにもびくびくしていたのだろう？　警官であるリーランドと話したときにはなんの戸惑いも見せなかったというのに。事件はもつれにもつれ、それを解そうと努力するほど、ますます複雑になっていくようだった。

第十四章　不可解な散歩

〈災厄の積み荷〉に面して置かれた酒場のベンチ——悪くない光景である。さらにそこに白い野良着姿の爺さんが陣取っていて、シードルを飲んだり、柄の長い陶製パイプをふかしたりしていれば申し分ない。真に斬新な宿なら、一日いくらで爺さんを雇ってでもそうさせるだろう。ブリードンが買い物から戻ってくると、アンジェラがこの席を独占していた。宣伝役としては爺さんに及ばないものの、六月の朝の爽やかな空気に溶け込み、見事にこの田舎宿の価値を高めている。古風な手つきで優雅に編み棒を動かしていたが、口笛など吹いているので、こちらの効果は台無しだった。

「どう、掘り出し物はありまして?」彼女は夫に声をかけた。

「もちろんだ。とてもいいものを手に入れたよ。足を棒にして探しても、これほどのハンカチは見つからないだろうね。それも六枚もだよ。とにかく個性的でね、そこが何より大事な点だ。アンジェラ、いくらきみでも、これを洗濯中になくすのは難しいと思うよ」

「で、シモンズさんはどうだったの?」アンジェラは声を落として尋ねた。

ブリードンは警戒して周囲に目を走らせた。しかしアンジェラは実にうまい場所を選んでいた。秘密を守るには大っぴらにするのが最も安全な方法だとわかっているのだ。宿の玄関先のこんな広々した空間で、ありきたりな世間話以外に何か重要な話をしているとは誰も思うまい。ブリードンは雑貨屋の奇妙な振る舞いを正確な言葉で伝えながら、自身の当惑と驚きを語った。

「そうね」アンジェラは夫の話を聞き終えると言った。「それ以上彼を質問攻めにしなかったのは賢明だわ。縮み上がらせるだけだもの。どうもあなたは、こういう一対一の話し合いが苦手なようね。ねえ、わたしのほうは朝食のあとずっと、例の〝喜んで〟さんとお話をして、ずいぶんいろんなことを聞き出したのよ。マイルズ、あの娘は宝石だわ。もし結婚するんでなければ、バーリントンへ連れて帰るとこだけど。あなたがどんなに反対してもね。でも、だめなの。かわいそうに、あの娘は署名ひとつで自由を譲り渡す決心をしてしまったんだもの！」

「シモンズにかい？」

「リーランドさんの昨夜の話ではそのようね。もちろん、相手の名前を尋ねるような軽はずみな真似はしなかったけど」

「どうやってそこまで彼女の信頼を得たんだい？　ぼくにとっては石の壁を相手にするほうがまだ楽だよ」

「まずはうちとけること。女性にとってはそのほうが簡単なのよ。わたし、不意に閃いたの。朝食の後片付けで、あのお皿を全部ひとりで洗うのはさぞ大変だろうって。とりわけ、お客が二人以上泊まることとなんてめったにない田舎宿ではね。それで、手伝いを申し出たのよ。ちょうどあなたがお買い物に出かけた頃だったわ。ほら、わたし、お皿洗いが得意中の得意でしょ、あなたと結婚したおかげで。あの娘ったら、『喜んで』ですって。それで洗い場へ行ったんだけど、そこで大当たりが出たの。なんとね、そこには〈暮らしの知恵《ホーム・ヒント》〉が置いてあったの。これは奇跡よ」

「まったくぴんとこないんだが」

「あなた、覚えていらっしゃらないかしら。一度、ロンドンでお会いした、あなたのお友達、偏屈な独身のご老人で、お名前はソームズさんだったと思うけど。あの方、〝キューピッドの迷宮〟という欄《コラム》を担当していらして、恋愛の悩みについて投書してきた人に助言なさるということだったわ。今時のお嬢さんは前世紀の娘たちのように色恋なんかにくよくよしないと思ったら、大間違いよ。わたし、あの〝喜んで〟さんが――そう言えば、彼女、エメリンという名前なんですって――〝キューピッドの迷宮〟の熱心な読者だってこと、勘でわかったの。それでね、つい、引っかけるようなことをしちゃったのよ」

「アンジェラ、きみには驚かされるよ。今度はまた、どんな途方もない嘘で魂を汚したんだ？」

「あら、別に何か言ったわけじゃないのよ。ただ、あのコラムを書いているのがわたしだと思わせるように仕向けただけ。結局ソームズさんはあなたのお友達なんだもの、まるっきり縁がないわけでもないでしょ。そうしたらね、マイルズ、彼女、見事に乗ってきたのよ」

「神よ、妻の罪を許したまえ！　で、それから？」

「みんな、あなたの二十ポンドのためなのよ。彼女、それまではありふれた話ばかりしていたの。ロンドンにお姉さんがいるんだけど、そこを訪ねたりしているうちに、チルソープがとてもつまらない場所に思えてきたんですって。映画もろくにやってないんですものね。で、彼女自身もロンドンに出たくなったというわけ――よく聞く話だわね。ところが、わたしが〝キューピッドの迷宮〟の〝ダフネおばさん〟だと匂わせたとたん、とんでもないことを言い出したのよ。彼女の友達が今とても微妙な立場にいるのだけれど、わたしならどんなアドバイスをするだろう、ですって。わたし、何もかも打ち明けるように言ったの。どうやらそのお友達はある若い男性とお付き合いしているようよ。彼の暮らし向きはまあまあで、つまり結婚するだけの余裕はあるわけ。それがある日、もしかしたら、途方もない大金持ちになれるかもしれないという話をしたんですって。彼の親戚が亡くなった場合だけど。そうなったら、彼女はもちろん、彼の身の上からしても、想像もつかないほどの財産を手に入れることになるって」

「確かに面白そうな立場だな。あらゆる意味で」

「話の腰を折らないで。ともかく、その男が婚約の意志を見せたので、二人は実際に婚約したそうよ、内緒でだけど。ところが数週間——多分、二週間ぐらい前だかになって、突然この男が彼女の友達に告げたことには、彼の裕福になる夢は不意にご破算になったというの。お金持ちの親戚というのが新しい遺書を作って、それによると、身内には何も遺していないんですって。このときの若い男の態度はとても立派で、こう言ったそうよ。自分はこの先、きみを裕福にしてやれる自信がついたら、改めて結婚を申し込むつもりだ、だが今は無理だ、だからもしきみが婚約を解消したければ自由にしていい、と」

「見上げた男だ」

「彼女の友達は憤慨して断ったそうよ、婚約解消なんて夢にも考えていないって。彼女は彼のお金や何かではなく、人柄に惹かれたから結婚したいと思ったんですものね。だから、二人は今でも婚約状態にあるわ。ただ、彼女にとって問題なのは、つまり、彼女の友達にとって問題なのは、こういうことなの。お金などなんの意味もないと自分が言ったのは、一種のメロドラマ的な本能からではなかったか？　もはや相続人でない男を今でも愛していると思うのは、単なるプライドのなせるわざではないか？　それとも自分は今でも本当に彼を愛しているのだろうか？　わたしはその問題に真っ向から取り組む羽目になったの」

「で、きみの出した答えというのは？」

「それはたいして重要じゃないでしょう？　もちろん、ダフネおばさんになりきって、いかにもソームズさんが書きそうな答えを考えてみたわ。少しも難しくなかったことよ。つまりね、もしその男が今のところまずまずの暮らしをしているなら、桁外れの大金持ちになるより、二人のためにはずっといいと言ってやったの。そして金持ちの狡さについて、しっかり強調しておいたわ。もっとも、わたしとしてはその狡い人間になってみたいものだけど。それから、もし男が遺産の件について口にする前に二人がすでに付き合っていたのなら、それはお金の問題が持ち上がる前に彼女の友達がすでに彼を愛していた、あるいは、半分は愛していたという証だと言ったの。そして、彼女の友達はその男ととても幸福になると思う、おそらくいっそう幸福に、なぜなら彼が彼女はお金に目が眩むような女ではないと知ったからだ、と、まあ、そんなようなことをいろいろとね――わたし、つくづく心にやましさを感じたわ。彼女、とても感謝していたんだもの。自分が大切な秘密を漏らしているなんて、思いつきもしなかったみたい。昨夜、道であなたとリーランドさんにじろじろ見られていたことだって、まったく知らないでしょうね。まあ、ざっとそんなところかしら」

「それは途方もなく重要なことだよ。お手柄じゃないか、アンジェラ！　これでもう、リーランドには勝ったも同然だ。彼は自分の口で、シモンズが遺言補足書の存在を知っていたことや、自分が遺書から除外されたのを知っていたことが証明されれば、シモンズ犯人説は破綻すると言ったのだから。そしてそれは証明できそうだ、ぼくたちの手でね！　こんなことがみな、今から約二週間前に起こったなんて、偶然と考えるには話が合い過ぎている。遺言補足書の件を知ったからこそ、シモンズはあっぱれにも〝喜んで〟嬢に婚約解消を申し出たのさ」

「正直、われながらよくやったと思うわ。でもね、マイルズ、まだわからないことがあるの。今ではわたしたち、シモンズが叔父の遺書から何も期待していなかったことと、そのために、単なる恨みを除けば、叔父を殺す動機はなかったことを知っているわけよね。だったら、なぜシモンズはそんなにびくびくしていたのかしら。あなただってそれほどひどく驚かしたわけじゃないでしょうに」

「ああ。シモンズはまるで何か心配事でも抱えているようだった。そう言えば、ブリンクマンも気に病んでいることがあるらしい。そのうち、今朝のぼくとリーランドの会話になんらかの反応を示すだろう。そうすれば、もう少し何かわかるかもしれない」

ブリードンがこう語ったとき、当のブリンクマンが宿の玄関から姿を現した。そして、まるで探していたとでも言うようにまっすぐブリードンのところにやって来た。「ああ、ブリードンさん、少しばかり散歩に付き合っていただけませんか。午後は葬儀に参列するので、運動ができないものですから。どうでしょう、谷間を散策するというのは。この辺りの名所になっていまして、あれを見逃す手はありません」

ブリンクマンの態度はどこかぎこちなかった。彼はアンジェラの存在を無視しているようだった。わざと視線を避け、彼女を同行させまいとしている。あくまでブリードンと二人きりで話をするつもりなのだ。アンジェラの眼差しには驚きを通り越して苛立ちの表情が浮かんだが、場を荒立てることはしなかった。「どうぞ夫を連れ出してくださいな、ブリンクマンさん。こちらに来てから恐ろしいほど目方が増えているんですの。運動もしないで、外へ出れば人前だろうとお喋りしたがるんですもの、これでは夫というよりも友人ですわ。それに、この人がいると気が散って編み目を落としてしま

います から」

「きみも来ないか?」ブリードンはまったく必要のないウィンクをしながら尋ねた。

「いいえ、遠慮しておくわ。谷間を歩きまわるような身なりじゃありませんもの。でも、できれば、帰りに絵葉書を買ってきてくださるかしら」

男二人はのんびりした足取りで渓谷へと向かった。ブリードンの胸は騒いだ。ブリンクマンが水車小屋での会話を盗み聞きして、その結果、何事かを暴露するつもりでいるのは明らかだ。自分はついに秘密の手掛かりを得ようとしているのだろうか。ともかく、相手の誘導尋問に引っかかり、手の内をさらさないように気をつけなければ。ブリンクマンの前ではこれまでどおり、愛すべき能無しを装うほうがよさそうだ。

「見事なものですね、この谷は」ブリンクマンが言った。「ちょうどロング・プールの下にあたるのですが、幸いなことに今日はパルトニーさんが釣りをしていないので、大声で呼ばれたり、岸から離れていろと命じられる心配はありません。つくづく思うのですが、釣りの名所であることは別にして、この渓谷だけでも、チルソープには一見の価値があります。あなたは地質学とか、そういったことについて何かご存知ですか?」

「いいえ、さっぱり。無知もいいところです」

「川の流れの及ぼす力には驚くべきものがあります。ここに、半ポンドの小石さえ動かせない、か細い流れがあるとします。それに数千年の年月を与えると、流れは固い岩を侵食しながら進み、ついには、十五フィートか二十フィートもの深さになる川筋を作ってしまうのです。その過程にしても、われわれの背後に横たわる何百万年という年月に比べれば、ほんの一瞬に過ぎません。地殻の年齢を計算すると、何十億年にもなるそうですよ。目眩がしそうな話でしょう？」

「腰が抜けそうだ」

「こうしたことは軽く見られがちです。あなたは、この惑星の人間の営みなどどれも単なるエピソードに過ぎず、自惚れに満ちた人間の業績も、無限に広がる大洋における小さな点に過ぎないと感じることはありませんか？」

「はあ、たまには。しかし、われわれの人生もそう捨てたものではありませんよ」

「まあ、そうですね、言われてみれば……。それにしても、おかしな人ですね、パルトニーという人は」

「どうもインテリのようですね。彼と話すと、いつも学校時分に戻ったような気持ちになります。ぼくの妻などは彼を気に入っているんだが」

「あの態度は教師のものですよ。自分に言い返せない立場の人間とばかり話すうちにそうなったのでしょう。聖職者からも似たような印象を受けることがあります。冗談抜きで言うのですが、もし実際に魚を釣り上げたら、彼はいっそがっかりするでしょうね。自分自身の成果まで皮肉の種にする人ですから……。この辺りにいらしたのは初めてですか？」

「ええ、初めてです。このような悲劇的な出来事を通してお近づきになるとは残念な限りです。未知の場所に接するきっかけが死の床とあっては、いやでも重苦しい感じがしますからね」

「そうですとも……。嘆かわしいことに、ここからプルフォードにかけての土地は、工場によってすっかり損なわれてしまいました。かつてはイングランド有数の景勝地だったのですが。それにしても、イングランドの田園ほどすばらしいものはないと思います。あなたはほうぼうに旅行なさいましたか、もちろん戦争中は別として」

「さて、この男はいったい何がしたいのだろう？」ブリードンは自問した。打ち明け話をすると決意したものの、いざとなるとばつが悪く、恐るべき告白の瞬間を先延ばしするために、さまざまな話題を考えついてはそこに逃げ場を求めているのだろうか。それが彼の会話の気まぐれな変化に対する唯一、可能な解釈に思われた。しかし、彼にきっかけを与えるにはどうすればいい？

「実を言いますと、旅らしい旅はしたことがないのです。あなたはモットラムさんと一緒にさぞあちこちに行かれたのでしょうね。彼のように裕福であれば、世界中を見て回る機会もおおいにあったに違いない。それなのに、こんな辺鄙な場所で休暇を過ごすのがお好きだったとは、少々妙な気がします」

「そうですね、われわれはそれぞれ、地上にお気に入りの場所を持っているのではないでしょうか。ほら、あの川がいかに深く岩を切り開いて進んでいるか見えますか？」

二人はすでに本道を離れ、小径に入っていた。急な下り坂をたどって樅の木立や腰の高さまであるワラビの茂みを抜けると、川岸に出た。彼らは今、深い峡谷を見上げていた。それはまるで、岩でできた漏斗《じょうご》のようだった。両側が切り立った崖になっていて、頭上には巨岩やシダの茂みが見える。二人の前には岩の表面が侵食されてできた道があり、五、六フィート下では、不意に現れた滝から弾けた泡を飲み込んで流れる川が、轟々と水音を立てていた。付近に人家は見当たらず、叫びでもしない限り声は水音にかき消されてしまう。真上近くにある太陽の光も、岩根までは届かないので、相対的に渓谷そのものが陰鬱でやや薄気味悪く見えた。「道に沿って少し歩きませんか」ブリンクマンが言った。「ちょうど真ん中に立つと、いっそう感銘を受けますよ。この道は」彼は説明した。「ずっと先まで続いているのです。ロング・プールで釣りをする人は、たいてい、この道をのぼっていくようです。わたしが先に行きましょうか？」

一瞬、ブリードンはためらいを覚えた。この男はこれまでずっとくだらない雑談を続けてきたが、今、明らかに彼をある特定の場所に連れ出そうとしている。不意に敵意ある計画を思いついたものに違いない。曲がり角で彼を支えるふりをして、ほんのひと押しすれば、簡単に渓流に突き落とせるだろう。ここにはこの二人しかいないのだ。そうした事態が起きたところで、岩も流れも秘密を明かすことはあるまい。とは言え、今さら誘いを拒む口実も見つからない。仕方がない、万一、格闘になったとしても、背丈はブリンクマンのほうが一フィート以上も低いではないか。

「いいでしょう」ブリードンは答えた。「ついて行きます」彼は覚悟を決めると、安全な間隔を保ってついて行った。

二十ヤードほど歩くと、岩の道が五フィートほどの幅に広がった場所に出た。二人はそこでひと息つくために立ち止まった。背後には六、七フィートの高さのすべすべした岩があり、そこからまた別の岩棚が突き出ている様子は、さながら巨人の階段のようだった。

「興味深い光景だと思いませんか」ブリンクマンが言った。「これらの岩は互い違いに積み重なっているのです。そこの右手に続いている岩棚をごらんなさい。客車の網棚のようじゃありませんか！どんな偶然であああなるのだろう。それとも人間が意図的に作ったのが忘れ去られてしまったのかな」

実際、それは遥か昔にここを隠れ家にしていた無法者の食料貯蔵庫にも見えた。岩棚の奥にある一枚の白い紙が――上の方から飛んできたサンドイッチの包み紙か何からしいが――そんな幻想に真実味を加えるのだった。「そうですねえ」ブリードンは言った。「どこかに、軽いものに限るという注意書きでも見つかるかもしれませんよ。まったく、お誂え向きの場所だ!」そして今の今までびくびくしていたのも忘れ、ブリンクマンの脇をすり抜けると、その先の谷間を歩いていった。ブリンクマンは気の進まない様子で、ゆっくりとついて来た。その後は会話もないまま、渓流の果てにたどり着き、今度は歩きやすい小径をのぼって本道に出た。

なんらかの打ち明け話があるのなら、必ずやここで披露されるはずだった。しかしブリードンの驚きをよそに、彼の連れは今やすっかり不機嫌で無口になっていた。水を向けてもまったく乗ってこないばかりか、そっけない返事ばかりで取りつく島もない。ブリードンはついに努力するのを諦め、〈災厄の積み荷〉に引き返したが、不満は大きく、当惑は深まる一方だった。

第十五章　燃え残った紙片

宿に戻ったブリードンはさっそくリーランドにつかまった。リーランドはアンジェラから、ブリードンがブリンクマンに誘われて散歩に出かけたこと、その誘い方というのがやけに唐突で強引だったことを聞いていたのである。ブリンクマンの打ち明け話を一刻も早く知りたがっているのが手に取るようにわかった。昼食まではあと半時間ほどあったので、ブリードンは妻に倣い、密談に最適の場所として酒場のベンチを提案した。

「それで？」リーランドは尋ねた。「ブリンクマンがこんなにも早く喰いついてくるとは思わなかったよ。彼はなんと言ったんだい？　というより、彼が言ったことのうち、何をきみは話してくれるんだ？」

「何も。話せることは何もない。彼は散歩と称してぼくを谷に連れ出し、また戻ってきただけなんだ」

「おいおい、あくまで公明正大にいくってわけか？　なるほど、ブリンクマンのやつがきみだけに打ち明けるということで応じたのなら、遠慮なくそう言えばいい。おれとしては従わざるを得ないからな」

「ところが、そうじゃないんだ。彼は大っぴらに話せないようなことはひと言も口にしなかった。どうなってるのか、さっぱりわからないよ」

「いいか、ごまかそうとしても無駄だぞ。きみがこうしたことに関しておれより慎重なのは知っている。しかしね、ブリンクマンの打ち明け話をおれに聞かせたからといって、どんな不都合があるんだ？　何も内容次第できみを証人台に立たせようっていうわけじゃないんだから。ようするに、きみに話す気がないのなら、それまでだってことだ。困らせるつもりはないよ。無理に聞き出したりはしない、本当さ。しかし、この一週間のブリンクマンの行動について、おれと同じ程度のことしか知らないふりをするのはやめてもらいたいね」

「いったい、何を言えばいいんだ？　本当のことを言っている人間を信じられないのか？　いいかい、あいつは谷へ行く間ずっと、頭に浮かんだことを喋り続けていた。それが帰りの道のりでは何ひとつ話そうとしなかった——まったく話をさせることができなかったんだ」

「谷では何を話したんだ？」

「谷についての講釈を聞かされたよ。ガイド付きの早朝散歩というわけさ。それ以上のことは何もないね」

「なあ、ここのところをはっきりさせておこう。われわれはブリンクマンが壁の向こうで聞いているのを百も承知でひと芝居打った。盗み聞きをされたのは、あれが初めてじゃない。おれは大声でやつの逮捕状を請求したと話した。あるいは、ちょうど請求するところだと。そして彼が逮捕を免れる最良の手段はきみかおれに秘密を打ち明けることだとも。一時間かそこらで、外のベンチで奥さんと話をしていたきみのところに彼がやって来る。彼は奥さんには目もくれず、きみを朝の散歩に誘う——谷だか谷間だかを見せたいという見え透いた口実で。それから景色についての決まり文句を並べ立て、きみと自分、双方の時間を一時間以上も無駄にする。こんなばかな話があるか？」

「いまいましいが、仕方がない。この件については、ぼくだってきみに劣らず不満なんだ。しかし誓って言うが、彼が喋る気になるように、散々機会を与えたんだよ」

「きみから何か探り出そうとしていたとは思わないか？　彼が話したことを、まったく覚えていないのか？」

「パルトニーの話を少ししていたな。典型的な教師タイプだとか、そんなようなことを。ああ、そうだ、それから地質の話も――ぼくの記憶違いでなければ、地球の年齢について話していた。あとは、ぼくが以前ここに来たことがあるかとか、外国へはよく行くのかとか、そんなことを訊いてきた。他にはもう本当に思い出せない」

「彼を驚かせたり、気を削ぐようなことは確かに言わなかったんだな？」

「これ以上は無理だというぐらい、気を使ったよ」

「それにしても――、何か思いつかないか？」

「唯一、思い浮かんだのは、ブリンクマンはなんらかの理由でぼくを宿から遠ざけたかったのではないかということだ。そしてそれを確実にするためにこの方法を選んだ」

「ううむ、むろん、その可能性はある。しかしどうしてきみを追い払いたがったのだろう。自分も出かけてしまったら、意味がないじゃないか」

「そうだな。そこのところはぼくにもまったくわからない。いや、リーランド、この件については本当に申し訳ないと思っているよ」ブリードンにはなんら咎められる筋合いはなかったが、なぜか詫びざるを得ない気持ちになっていた。「ただし、ひとつ、情報がある。むろん、これは協定外だが、話してぼくの損になることもあるまい。シモンズは安楽死保険の金を期待してはいなかったよ。というより、一時は自分のところに転がり込むのを当てにしていたが、この一、二週間で変わったんだ。それというのも、保険金を司教に遺すという遺言補足書の存在を耳にしたからで——ともかく、自分のもとには来ないと知ったのさ。従って、残念ながら、きみのシモンズ犯人説は見直しが必要というわけだ」

「見直しなら、とうにしているよ。しかし、なかなか興味深い話だな。シモンズが遺書の変更について知っていたのは確かなんだな?」

「ああ。情報源は察しがつくだろう」

「きみは、新しい遺書がどこに保管されていたか、彼が知っていたと思うかい? つまり、ロンドンにあったのか、それともモットラムが自分で持っていたのか、というようなことだが」

「そこは断言できない。たいした違いがあるのか?」

「大ありさ。いいかい、きみは隠し立てせずに話してくれた。だからこちらもお返しに、ある情報を進呈しよう。断っておくが、きみのお気に召すようなものではないよ。なぜなら、きみの自殺説には少しも助けにならないからだ。これを見てくれ」リーランドは周囲に目を走らせて誰も見ていないことを確かめると、ポケットから一通の封筒を取り出し、掌の上で用心深く振った。出てきたのは小さな三角の紙片だった。罫線入りの青い紙で、公文書のような見かけをしている。書類を燃やした際の、片隅の焼け残った部分であることは間違いなかった。直角と向かい合った斜辺のへりがぼろぼろで、茶色の灰がついていたからだ。筆跡は事務員風——醜さと読みやすさを同時に表現するとしたら、こうとでも言うしかないだろう。余白をたっぷり取っているので、三行とも文字の断片しか残っていない。それは火を免れた右下隅の部分だった。焼け残った行の最後はこのように読めた。

…queath
…aken out by
…March in the year

「さて、どう思う？」リーランドは言った。「この解釈に関しては、われわれの間でそう意見が異なるとは思えんが」

「そうだな。しかし、きみが刑事であることを考えると、こんなよい状態で証書が手に入るなんて、むしろがっかりだよ。『queath』という綴りで終わる単語はひとつしかない（『bequeath』〔遺贈する〕を指す）。そしてぼくの間違いでなければ――いや、間違いじゃないな、次の行の単語は『taken』か『mistaken』のっちかだ。むろん、探せば、『Interlaken』だの、『weaken』、『shaken』、『oaken』だの、他にいくらでもある。だがきみの言うとおり、あるいは仄めかすとおり、『taken out』とするのが最も妥当だと思うね。さらにこの場合、保険に『taking out』（加入する）の意味と理解するのが自然だろう。きみはモットラムがいつ安楽死保険に入ったか知っているかい？　二階に戻れば、部屋に持ってきた資料があるんだが」

「彼が保険に加入したのは三月だ。この証書については、いささかの疑問の余地もない。こいつはモットラムが安楽死保険に関して作った遺書の写しだ。さて、これがまるっきり新しい遺書でない限り――その可能性もなくはないが――、二番目に作った遺書か、それよりむしろ遺言補足書の写しだということになる。きみも知ってのとおり、遺書のほうには安楽死保険を仄めかす言葉は一文字もなかったからね」

「この紙切れがモットラムのものであることは確実だと思うが」

「絶対に間違いない――これを見つけた経緯《いきさつ》というのが、尋常じゃないんだ。今朝、葬儀屋が来たんだが……いろいろと準備の確認をするためにね。知ってのとおり、モットラムの部屋の鍵はおれが保管していた。きみと見回りをして以来ずっと、おれの指示で部屋には鍵が掛けられていた――検死官を連れて入った昨日を除いては。今朝、葬儀屋が鍵を取りに来て、おれは一緒に部屋へ入った。そしてなんとなくぶらぶらしているうちに、前にきみと捜索したとき、二人して見落としていたものを見つけたんだ――この紙切れさ。これは仕方がなかったと思うね。何しろ、書き物机の後ろに隠れていたんだから。つまり、書き物机と窓の間にね。正しく言えば、テーブルクロスの垂れた下だったんだが。なんでまた見過ごしたのか、おれにはわからない。ともかく、モットラムの部屋にあった以上、これが彼の遺書の一部であると考えても、さして乱暴な推測だとは思わないが」

「ああ、理に適っているよ。で、この件がきみの他殺説に及ぼす影響は？　つまり――」

「いや、もちろん、モットラム本人が燃やした可能性もある。しかし、よく考えてみると、それではあまり筋が通らないんだ。われわれにしろ、モットラムにしろ、これがロンドンの弁護士に作成させた遺書の写しに過ぎないことを知っている。ともかく、たいして重要な書類ではなかったんだ。ところで、今さらきみに説くまでもないが、紙を燃やして始末するというやり方は、暖炉を使っている冬場なら自然だが、夏には不向きだ。よほど切羽詰まった場合を除いてね。一枚の紙にマッチで火をつけるほど難儀なことはない。最後まで焼こうとなると、大変な手間だ。手に摑んでいなければならないから、どうしてもその部分が焼け残る。それ以外だと火床かどこかに置かなければならないが、それでは燃え尽きるより先に炎のほうが消えてしまうだろう。この場合、誰かが手に摑んでいたのは明らかだ。さもなければ隅が焼け残ることにはなるまい。指紋はいっさい出なかったがね」

「重要な書類を始末しようという男なら、何ひとつ残していかないように、用心するものじゃないか?」

「そうとも、そうするだけの十分な時間があればね。たとえば、モットラムが自分の遺書を焼いた場合だ。おれにはそれよりも、ずいぶんと急いでいた男の仕業に見える。この書類を燃やした男は、相当慌てていたんだと思う。少なくとも動揺はしていた。なぜなら殺人を犯していたからだ。人を殺して冷静さを保てる人間はそうはいないからな」

「で、きみの推理によると、それがシモンズというわけか」

「他に誰がいる? 実を言うと、最初は少々弱っていたんだ。われわれとしては当然、モットラムが遺書に加えた補足の件は秘密にされていた、シモンズはそれについては知らなかった、そして自分が最近親者として安楽死保険の利益を相続できると勘違いしてモットラムを殺したのだと、仮定していた。もしそうなら、遺書を見つけて燃やしてしまったのは、まったくの偶然だったということになる。しかしきみの話によれば、シモンズは遺言補足書についてよく知っていた。よろしい、これで難問が解決した。これは殺人の事実だけでなく、それが意図的に行われたという点において、二重の罪を意味するのだ。きみはシモンズが遺言補足書の存在を知っていたことが、彼にとって有利な材料になると考えている。だが、それは反対に、彼の首に巻かれた綱を締めるだけだ。彼はモットラムとその遺書を同時に始末して、金を相続しようと決意した。動機はこれまでよりはるかに明快だ。唯一、計算外だったのは、彼が燃やした遺言補足書は写しで、実物はロンドンにあったということだ」

「しかし、それはあまりに憶測が過ぎるんじゃないか？　シモンズが遺言補足書の存在を知っていたばかりでなく、モットラムがここへそれを持って来ていて、部屋に置いてあるからたやすく見つかるとまで考えていたというのは」

「きみはモットラムの胸の内を忘れているよ。シモンズが彼を怒らせたとき、彼はシモンズを遺書から除外するだけでは満足せず、弁護士に指示してその事実を本人の耳に入れるようにした。安楽死保険についての遺言補足書を追加したときも、周囲には極秘にしていたが、シモンズにはわざわざ教えてやったに違いない。察するに、こんな手紙でも書いたんじゃないのかな。『安楽死保険の金は他の者に遺すつもりだ。従って、おまえがそれを受け継ぐことは断じてない。わしがチルソープにいる間に訪ねてくるがいい。証書を見せてやる』。ところが、シモンズは弁護士の細かい仕事など理解していないから、モットラムの手元にあるのが写しではなく原本だと思い込んだ。そこで、深夜、というより早朝、ここに引き返すなり、ガス栓を閉めて、窓を開け放し、テーブルの上に置いてあった書類鞄を漁った。そして遺書を探し当てると、大急ぎで窓辺で燃やした。おそらく彼は、燃え残りの紙切れは窓の外に落ちたと考えたんだ。だが実際は、テーブルの下に落ち、このとおり、ここにあるというわけだ！」

「自分が遺書から除外されたのをシモンズが知っていたと、きみに教えたのはアンジェラだな？」

「まったくの善意からね。むろん、奥さんは、そうと知れば、おれのシモンズへの疑いは消えると考えたのさ。ところが、おれにしてみれば、これで何もかもはっきりしたわけだ。こいつは確かに、ひとつの問題を解決するときは、関連する事実がすべて照合されるまで、時間を浪費すべきでないという教訓だな。二人とも謎が解けずに、ここまでおおいに悩まされてきたが、それというのもひとえに、床に落ちていたあの紙切れに気づかなかったせいだ――もしおれがたまたま葬儀屋と部屋に入らなかったら、きっと見落としたままだっただろう。さて、あと解決すべきはブリンクマンのもくろみだけだ。それを除けば、しごく簡単だ」

「そうだろうか。なあ、きみはぼくのことを救いようのない石頭だと考えるもしれないが、今でさえぼくは、あの賭けをさらに倍にしてもいいと思っているんだ」

「四十ポンドか！　やれやれ、安楽死保険はよっぽど儲かると見える！　それとも、社では賭けに備えてきみに保険をかけているのか？　おれの給料にとっては小さな額じゃない。しかし、きみが自分の金をふいにしたいと言うなら、こっちはかまわないよ」

「よし！　四十ポンドだ。しかし、アンジェラには絶対、秘密にしておこう。ほら、〝喜んで〟嬢があの銅鑼をやかましく打ち鳴らすのは、たいていミセス・デイヴィスがコールドハムの埃を吹き払っている頃だ。そろそろ中へ入って、昼食の様子を見にいかないか？」

第十六章　プルフォードからの訪問者

喫茶室に足を踏み入れたとき、ブリードンはなんとなく、いつもより人が大勢いるような気がした。落ち着いてよく見ると、うれしいことに新来の客はイームズ氏だった。イームズ氏はブリンクマンと一言、二言、言葉を交わしていたが、他の面々にはまだ紹介されていないようだった。「あなたでしたか！」ブリードンは言った。「家内とお会いになるのは初めてでしたね。こちらはパルトニー氏です……約束どおりお越しくださり、ありがとうございます」

「いや、いずれにしても来る必要があったのです。司教は堅信式に出向かなければなりませんので、こちらで葬儀が執り行われるのを伺うと、代理としてわたしを寄越されたのです。ええ、わたしどもは弁護士から思いがけない授かりものについての話を聞きました――あなたはそれを秘密にしておられたのですね、ブリードンさん――司教はモットラム氏のご親切に非常に感動しておられました。できれば自ら参列なさりたかったのですがね、ブリンクマンさん、何しろ堅信式を抜け出すわけにはいきませんので」

「プルフォードにお邪魔した時点では、本当に遺書のことは何も知らなかったのです」ブリードンは訴えた。「むろん、あとから聞かされましたが。司教区のみなさんにお祝いを申し上げます。それとも、わたしがこんなことを言っては胡散臭いとお思いになるでしょうか」

「とんでもない。あなたは会社のために働いておられるのですから、ブリードンさん。あなたに反感を抱く者など誰もおりませんよ。ところで、こんな話題を持ち出したのは軽率だったかもしれませんね」イームズはそう言うと、ちらりと老紳士のほうを見た。「むろん、司教はわたし以外の者にはこの話をなさっていません。法的に難しいことをよくご存知だからです」

「わしとて、大方の者と同じぐらいには秘密を守れますぞ」パルトニーが口をはさんだ。「つまりは、わしにも人並みに虚栄心がありますのでな、御多分に漏れず、秘密を持つのが好きなのです。おそらく、そちらの気持ちのほうが、人様に言いふらしたいという欲よりまさるのでしょう。しかし、あなたはあまりチルソープをご存知ないようだ。もしここにミセス・デイヴィスがいたら、どうなることやら。亡くなったモットラム氏の遺言の内容など、あっという間に口外してしまうに違いない」

一瞬、間があき、果たしてデイヴィス夫人はどこまで知っているのかという疑問がみなの頭をよぎった。そして彼らは、夫人が検死審問の席で事件について思いつくままにあれこれ証言していたのを思い出した。

「なるほど」イームズは言った。「ミセス・デイヴィスには以前お会いしたことがあります。われわれの重荷が告白によって軽くなるというのが真実なら、〈災厄の積み荷〉の経営は彼女にとってたやすいことでしょう」

「宿の名前が変わらずにいてくれて何よりですわ」アンジェラは言った。「こうした古風な屋号は珍しくなりつつありますからね。ましてや〈災厄の積み荷〉では、そう勇気づけられる名前とは言えませんし」

「その昔」イームズが調子を合わせた。「わたしの——わたしが住んでいた司教区にあった宿屋は

〈骨折り損〉と呼ばれていました。よく不吉に感じたものです」

「あなたも葬儀に参列なさるのですか、パルトニーさん」老紳士が黒い服を着込んでいるのを見て、リーランドが問いかけた。

「警察の方相手に隠し立てはいたしませんよ。そうです、わしは葬儀後の素朴な饗応を楽しみにしておるのです。教師などしておりますと、こうしたスリルにはなかなか縁がありません。昨今では六十になると引退させられましてね。若い者が取って代わり、新しい世代が地位や立場の溝を埋めながら、古い世代を継いでいくわけです。しかしながら、こうした事例を目の当たりにしておりますと、正直、その変化が真に価値あるものなのか、疑問に思うことがあります。しかし、まあ、こんな楽しい気分でいるときに水を差すのはやめましょう。せいぜい飲んで食べようではありませんか。ミセス・デイヴィスのデザートがわれわれにこう語っているようですよ、〝明日には死ぬ身なのだから〟（旧約聖書『イザヤ書』から）」

「わたくしは失礼してよろしいでしょうか」アンジェラは言った。「喪服を持参することまで気が回らなかったものですから」

「喪服でないとなると、村の葬式ではいささか浮いてしまうかもしれませんな。いいや、ミセス・ブリードン、あなたは参列なさらなくてもさしつかえないでしょう。保険会社が葬儀に代表を出す必要はありませんからな。もっと実用的に、棺の上に金の涙をこぼすのです。われわれとなると話は違う。イームズ氏はご教区の恩人に最後の賛辞を呈する。ブリンクマン氏はよき秘書として、葬儀全般を取り仕切らねばならない。さて、次はわしだが、わしはなんでしょうな。単なる同宿の客ですか。しかしこの短い世において、われわれの誰がそれ以上の存在になり得ましょうか。いや、ミセス・ブリードン、あなたは別ですよ」

「まあ、どなたか、この方をとめてくださいな」アンジェラは言った。「あなたはどうやってここまでいらっしゃいましたの、イームズさん」

「正午の汽車で来ました。列車自体が葬儀の行列のようでしたよ。モットラム氏はこの近隣でも有名だったのですか？」

「今ではそうですな」パルトニーは誘惑に勝てず、残酷な言葉を口にした。「急死した人間を見てみたいという欲望を、人は抑えることができんのですよ」

「モットラム氏には近しい身内はいないはずです」ブリンクマンが話題を変えた。「シモンズさんは別ですが。彼も葬儀には参列するでしょう。しかしお二人の間にはたいして愛情はなかったと思います。いずれにしても、彼は遺書を読むことにはあまり興味がないでしょう」

「ところでブリンクマンさん、司教からあなたにお伝えするように言われたのですが、もしあなたがプルフォードに留まるおつもりなら、喜んで大聖堂にお迎えするとのことです」

「司教様のご親切に心から感謝します。しかしモットラム氏が休暇に入られる前に、大方の仕事は処理しましたので、もうわたしの用はないと思います。一両日中にはロンドンに発とうと考えていたところです。そろそろ自分のことも考えなければなりませんから」

「コーヒーをいかがですか、イームズさん」ブリードンが勧めた。「あのような疲れる旅のあとではこれが必要に違いありません」

「ありがとう、いただきます。しかし、疲れてはおりません。物事に熱中していると、汽車の旅も大違いですね」

「まさか列車の中でまで仕事ができる、例の幸運な人々のひとりだとおっしゃるわけじゃないですよね」

「ええ、仕事ではありません。わたしはずっと、ペイシェンス《独りトランプ》をやっていたのです」

「ペイシェンスですって？　今、ペイシェンスとおっしゃいましたか？　ああ、しかし、むろん、カードは一組しかお持ちでないでしょうね」

「いや、わたしはいつも二組持ち歩いています」

「二組？　そしてパルトニーさんも二組お持ちだ！　アンジェラ、これで決まった！　今日の午後は、ぼくはゲームをするぞ」

「マイルズったら、ゲームどころじゃないでしょう？　ゲームをしながら同時に他のことを考えるなんて無理に決まってるわ。イームズさん、あなたのカードを二組とも川に投げ捨ててしまってかまいません？　主人にとってはとても毒ですの。いったんペイシェンスを始めると切りがなくて、仕事も何もすっかり忘れてしまうんですから」

「アンジェラ、きみはわかってないな。これは頭をすっきりさせてくれるんだ。難問に知恵を絞っているときというのは、たとえば、この自殺問題のようにね、すっかり能の働きが鈍って疲れきってしまうから、いったん中断して出直す必要があるのさ。ペイシェンスはおおいにその役に立つというわけだ。いや、ミルクはいらないよ、ありがとう、ミセス・デイヴィスに伝えてほしいんだが――（これは女中に向かっての言葉だ）――ぼくは午後遅くからずっと、とても忙しくなるから、どんな事情があっても絶対に邪魔をしないでほしい。わかったよ、アンジェラ、ぼくを諫める時間として、きみに三十分あげよう。無駄骨に終わると思うがね」

実際にマイルズとアンジェラが話し合いを持ったのは、葬儀に参列する人々が出かけ、棺が運び出されたのちだった。二人は古い水車小屋に足を向けた。ブリンクマンが他のことで忙しくしている今なら、密談に絶好の場所のはずである。「どう?」アンジェラは言った。「そろそろワトソンの手助けがほしくなってきたんじゃない?」

「そのとおりさ。リーランドかぼくのどちらかが、少しばかり自信を失い始めているんだな。だからひょっこり新事実が現れるたびに、彼はますますシモンズが犯人だと決めつけるし、ぼくはぼくで、持論が曲げられなくなるばかりだ」

「あなた、まさか、またあの賭けを二倍にしたんじゃないでしょうね?」

「そんなことより、彼が今朝発見したことについて洗いざらい話すから、聞いてくれ」ブリードンは例の紙片が見つかった経緯と、そこから導かれたリーランドの推理に対する説明を始めた。「さあ」話し終えると彼は言った。「きみはこの件をどう思う?」

「そうね、リーランドさんが優勢なんじゃない? つまり、彼の説明は筋が通っていると思うの」

「そうなんだ、しかし、どこかに粗があるはずだ」

「探してみましょう。いいえ、ちょっと待って。異議申し立てができそうよ。ちょっと女の勘を働かせてみるわ。まず——部屋に入ったとき、すでに紙片がそこにあったのなら、あなたは気がついていたはずよ」

「そうとは限らないよ。元から念頭にあるのでなければ、なんであろうと、あっさり見過ごしてしまうものさ」

「でもシモンズだって、その場で物を燃やすほどばかじゃないでしょう。部屋には死体があるばかりでなく、ガスが充満していたのよ。ポケットに突っ込んで家に持ち帰るのが普通だわ」

「その推理はいい線行っている。しかしリーランドが聞けば、シモンズは帰る途中で見咎められ、身体検査されるのを恐れてそうしたのだと反論するだろうね」

「説得力に欠けるわ。それに、もし書類を始末するのが彼にとって本当に重要なことなら、紙切れ一枚だって残していったりしないでしょう。燃え尽きるのを見届けたはずよ」

「リーランドは彼が急いでいたからだと言うんだ」

「それじゃ、別のを考えましょう。わたしはもうお手上げよ」

「そうだな、きみは、重要な書類を手に持ったまま燃やそうって男が、最も重要でない箇所、つまり上の余白の部分から火をつけると思うかい？　これは書類を跡形もなく消し去ろうとする男の仕業じゃないよ。それどころか、誰でもがやるように、右の下隅を摑んでいる」

「なぜ左手で持たなかったのかしら。だってマッチは右手で擦るでしょう？　わかった！　犯人は左利きね。運が向いてきたわ」

「違う違う、たいていはまず左側の隅を持って、それからマッチを捨てたときに右手に持ち変えるのさ。今度、仕立て屋の請求書を燃やすときに試してみるといい。さらにひとつ、重要なポイントがある。シモンズはガスを避けるために、窓際に立っていたはずだ。そして窓の敷居に紙を置いて燃やした。となるとそこには妙な焦げ跡が残ったに違いない。しかし彼はそうはしなかった。それならぼくが見逃すわけがない。あそこはよくよく調べたからね。もし彼が紙を手に持って燃やしたのなら、手は窓の外に突き出していたと考えるのが自然だ。この場合、燃え残った紙切れを部屋に放っていったとは思えない。そのまま窓から投げ捨てればいいんだから。もうひとつ、そもそも、そんなふうに窓辺で火を燃やすなんてことをするわけがない。人目を引いたらそれこそ最後じゃないか」

「そうね、わたしはまだ異議を唱えたいところだけど。でも、いいわ。どうぞ続けて」

「そうだな、あの紙切れはリーランドとぼくが部屋に入る前には落ちていなかった。多分ね。どうもそのあとらしいんだよ。いずれにしても、最初に警察が調べたあとだ。それ以後は、部屋にはずっと鍵が掛かっていたんだから」

「誰もあなたの目はごまかせないわね」

「最も考えにくいのは、あの紙切れがあそこに落ちていたのはまったくの偶然からだったという見方だ。侵入者が誰であろうと部屋に入る権利はいっさいないわけだから、痕跡を残さないように細心の注意を払うだろう。従って、われわれとしてはこう判断せざるを得ないじゃないか、アンジェラ、誰かが故意に落としていったのだと」

「明白な事実をしっかり摑んだということね。そうでしょう？」

「そいつはある印象を与えるために、わざとあそこに紙切れを置いた。うん、シモンズが殺人犯だという印象を演出するためかもしれない。そうなると誰が得をする？」

「リーランドさんね」

「アンジェラ、ふざけるのはやめてくれ。他に誰かいるかい？」

「そうね、シモンズさんの敵と思えるような人物に心当たりはないわ。彼のお店のハンカチの品質にがっかりしたお客は別だけど。あなたはわたしにこう言わせたいのね。その誰かというのが、モットラムさんに自ら手を下し、なおかつそれをシモンズさんの仕業に見せかけて、罪を逃れようとしている、って」

「そいつは見当違いだよ。ぼくにはそんなつもりは毛頭ない。むろんきみが、モットラムがブリンクマンに殺されたと仮定するなら、すべて筋が通る。それはもう、不愉快なほどうまくね。いいかい、リーランドとぼくがここに座って、壁の向こうで聞き耳を立てているブリンクマンに話しかけていたとき、リーランドはこう言ったんだ。自分がシモンズを逮捕できずにいるのは、ひとえに、やっと現場の部屋とを結びつける証拠がないからだと。ぼくにはリーランドの意図がはっきりとわかった――ブリンクマンがぴんときて、(むろん、彼が真犯人だと仮定しての話だが)、シモンズを罪に陥れるための手掛かりをでっち上げるのを狙っていたんだ。そしてブリンクマンはまんまとそれに引っかかり、リーランドが仄めかしたことを実行しているかに見える。まったく、なんてことだろう!」

「それにしても、鍵の掛かった部屋に忍び込むなんて、ブリンキーも隅に置けないわね」

「ああ、それはわけないさ。ブリンクマンからあの部屋の合鍵を取り上げることはできないからね。今、ぼくが頼れるのは動機の不在だけだ。ブリンクマンに、モットラムを殺したがるどんな理由があるというのだろう。いや、正しく言えば、ひとつだけ、当てになるものがある。だが、これは証拠ではない。勘だ」

「どんな勘なの?」

「つまりさ、何もかもがあまりにうまく運び過ぎていると思わないか? むしろ明らかに作為を感じるじゃないか。落ちていたのは半ダースほどの言葉しか書かれていない紙切れだが、その半ダースの言葉でなんの書類かがはっきりわかるようになっている。どう見ても計画的な仕業だよ」

「でも、紙を置いたのがブリンキーなら、それだって計略のうちなんじゃない?」

「そうとも、だが、それにしたってあからさますぎないか? あまりにもわざとらしくて、誰でも、リーランドでさえ、即座に不自然だと気づくだろう。ブリンクマンなら、リーランドがそこのところを見破ると考えるに違いない」

「でも、そうは考えなかったとしたら――」

「裏の裏をかかれたのさ、きみ、裏の裏を。犯罪も、近頃ではめっぽう特殊な職業になりつつあるんだ。きみはブリンクマンがこんなふうに自問自答したと思わないか？〝もしおれがこんなふうに明らかに偽の手掛かりを残したら、リーランドはたちまちそれを見破って、犯人が他人に罪を押しつけるために仕組んだものだと考えるだろう。犯人は誰かとか、どちらがどちらかとは、問題ではない。結局、彼は殺人犯は存在すると確信するだろう。そうなれば、本当は自殺だったという事実もごまかせるに違いない〟。むろん、これはみな、ブリンクマンがかなり利口なやつだと見なしての話だ。しかしぼくの見たところ、彼は相当な切れ者だと思う。そしてぼくはあの紙切れを、いわゆる二重の罠と読んだ。天才リーランドがこだわっている、自殺ではなく他殺だという確信を強めるためのね」

「そうねえ。でも陪審団を説得するには少し根拠が弱いんじゃない？」

「そんなことはわかっているよ。ましてやブリンクマンが、あれが自殺だったと認めるぐらいなら、むしろ自らに殺人容疑をかけさせるほうを選ぶなんて話はね。しかしぼくを悩ませているのは、動機だよ。ブリンクマンが熱狂的な反教権主義者で、モットラムの金がカトリックの司教区に行くのを阻むためならなんでもやるであろうことは疑いの余地がないが……おい、今のはなんだ？」

　突然、くしゃみが、まぎれもないくしゃみが、二人の真後ろのどこかから聞こえた。ブリードンはすぐさま駆け出して壁の向こう側に回った。しかし、そこには誰もいなかった。

第十七章　老紳士の不審な振る舞い

ブリードンは驚いて妻と顔を見合わせた。葬儀がすでに終了したとは思えないし、ブリンクマンが途中で人知れず抜け出したと考えるのも、式における彼の立場からすればありえない話である。自ら存在を暴露した聞き手が取った逃げ道については疑いの余地はなかった。壁の後ろ、イボタノキの生け垣に隙間がある。ここを通り抜けて、宿の裏口に通じる細道をすばやく退散していったのだ。二人が宿に戻ると、そこは墓場のように静まり返っていて――実際、その例えが彼らの心に強く迫って来た。それはまるで、二階から下ろされた棺が、永遠の旅に出るにあたって、人としての営みのすべてを持ち去ってしまったかのようだった。残されたのは、時計の針音と、台所でやかんが湯気を立てる音のみである。戸外では依然として太陽が明るく輝いているが、南のほうからは禍々しい雲の塊りが近づきつつあった。空気は重苦しく、ドアがばたんという音も、窓がかたんと鳴る音もしない。窓ガラスの蠅までうとうとしているように見えた。二人は侵入者を見つけるという無駄な望みを抱いて部屋から部屋へと歩いた。どこに行っても同じ寂しさ、同じ静けさが彼らを迎えた。ブリードンは、結局、自分も葬儀に参列するべきだったのではないかという奇妙な感覚に囚われた。それは学校に通っていた頃、ある夏の日、みなが戸外にいて、自分ひとりだけ中に残っていたときの虚しさによく似ていた。

「こういうのはたまらないな」彼は言った。「墓地へ行って、彼らが戻ってくるところを見てみよう。そうすれば、少なくとも、誰がその場にいなかったかはわかるだろう」

しかし、遠征は失敗に終わった。外に出ると、ちょうどイームズが石段に足をかけたところで、路の先で、墓地から出て来た人影が三々五々姿を消していくのが見えた。葬儀は終了したのだ。

「ちょっと、こちらへいらしてくださいませんか」ブリードンは言った。「少しお話ししたいことがあるのです、イームズさん」そして三人は応接間へ入った。そこはブリードン夫妻が到着した日の午後、お茶を出された部屋だった。「ちょうど今、葬儀から戻られたのですね？」

「ええ、たった今。どうしてですか？」

「そこに誰がいたか、はっきりとおわかりですか？　たとえば、ブリンクマン氏はいましたでしょうか？」

「もちろん。彼はわたしの真横に立っていましたよ」

「それでは、シモンズさんは店から来ていましたか？　彼の顔をご存知ですか？」

「喪主だと紹介されましたので。その後、わずかながら言葉も交わしました。しかし、あなたはなぜ、そのように地元の名士方に興味を持たれるのですか？」

「聞いていただきなさいよ、マイルズ」アンジェラが言った。「イームズさんがこの状況に光明を照らしてくださるかもしれないわ」そこでブリードンはイームズに、水車小屋での奇妙な盗み聞きの一件や、彼とリーランドが抱いた疑惑の数々、そしてこの死亡事件になんらかの説明をつけることの難しさについて語った。

「なるほど、それは尋常ではないですね。パルトニーさんはむろん、結局は来なかったわけですが

――」

「パルトニーが来なかったですって？」

「ええ。彼が昼食のすぐあと、自分の良き決心は崩れた、やはり葬式には出ないことにすると言っていたのをお聞きになりませんでしたか？　あのとき、ずいぶん妙な話だなとは思ったのですが」

「彼の突然の心変わりがですか？」

「いや、その理由がですよ。彼はこの午後は絶好の釣り日和なので、どうしても釣りに出かけなければと言ったのです」

「パルトニーならば、それほど妙とも思えませんが。何しろ気まぐれな御仁ですから」

「なるほど。しかしその理由は本当ではなかったのです。あなたは雷の気配を感じることがありますか？　あなたにはわからなくても、魚にはわかります。そして雷が鳴るとき、魚は川底から動こうとしないものです。パルトニーがそれを知らないはずはありません」

「竿を見たら、彼の物だとわかりますか？」

「ええ、昼食の直前に見せてもらいましたから」

「行きましょう」彼らは正面玄関のホールに入っていった。イームズはすばやく周囲を見回した。

「ああ、それです、その隅のほうのです。彼が釣りに行っていないのは間違いありません」

「エドワードだったのね！」応接間に引き返しながら、アンジェラはまくし立てた。「考えてみれば、最初からあのエドワードが怪しかったのよ」

「騒ぐなよ、アンジェラ。これは深刻なことだ。それにしても、盗み聞きしていたのがパルトニーだったという可能性はあるのかな？」

「彼はあの場にいたんだもの、ほら、朝食のあと、あなたとリーランドさんが水車小屋へ出かける打ち合わせをしていたとき。それに昼食の席にもいたわ、ただし、わたしたちどちらも水車小屋に行くつもりだとは口にしなかったはずだけど。でも、それと察したのかもしれないわ。それにしても、あんなお年寄りがいったい何を企んでいるのかしら」

「まあ、これでひとつふたつ、はっきりしたな。ブリンクマンに関しては、という意味だが。彼がぼくを谷へ散歩に連れ出し、地質について語った思惑がなんであれ、リーランドの示唆に〝飛びついた〟わけじゃなかったんだ。なぜなら、そのとき壁の後ろで立ち聞きしていたのは彼ではなかったからだ。もうひとつある――リーランドが見つけた、二階の部屋に落ちていた紙片だ。もしあそこに置いたのがブリンクマンだったとしても、それは彼が自分の意志でやったことだ。シモンズを罪に問う手掛かりがほしいというリーランドの仄めかしに乗ったわけではない」

「でも」アンジェラは異を唱えた。「あの陳腐な手掛かりを残していったのがブリンキーだという証拠はないわ。ただ仮定するだけよ。壁の後ろで立ち聞きしていたのはブリンキーだとばかり思っていたんだもの」

「つまり、もしパルトニーが聞いていて、そのパルトニーが――そう、どういうわけか、殺人の形跡を混乱させることに興味を持ったのだとすれば、テーブルの下に紙片を置いていったのは彼ということになるわけだね」

「わたしはそうは言っていないわ。でも、この恐るべき事件では、何があっても不思議じゃないでしょう?」

「さて、ここでわれわれがパルトニーについて知っていることを整理してみよう。まず、モットラムが死んだ夜、彼は自分の部屋で眠っていた。実際、彼の部屋はモットラムの部屋の隣で――その隣が今ぼくたちが泊まっている部屋だ。本人の証言によれば、彼はひと晩中ぐっすり眠っていて、なんの物音も聞かなかった。一方、モットラムとブリンクマンよりあとに床に就いたとも証言している。ようするに、われわれには彼の行動を裏付けるものが何もないんだ。翌朝、悲劇が起こったあとで目を覚まし、事件について知らされたとき――彼はなんと言ったんだったかな、アンジェラ？」

「『それなら、ミセス・デイヴィス、今朝はロング・プールに釣りに行くとしよう』じゃないかしら」

「これはパルトニーがモットラムの死を聞いてもさほど驚かなかったことの表れじゃないかな。モットラムの死に対する、その後の彼の言葉はみな――なんと言うのかな――どうも憐みに欠けている気がする。彼はブリンクマンに負けず劣らず、われわれにあの死を自殺だと思わせたがっているように見えた。モットラムの毛鉤にけちをつけて、まるで最初から釣りをするつもりなどなかったという考えをぼくに吹き込んだのはまさしく彼だった。彼はまた、いつブリンクマンがここを去るのか、われわれについてもいつ帰るのか、ひどく知りたがっていた。彼のおおよその振る舞いに対してかき集められる情報はこれですべてだと思う。むろん、動機については見当もつかないが」

「そしてあの御仁の人となりも」イームズがそれとなく言った。

「同感です……。彼は正確にはどんな印象をあなたに与えましたか？」

「そうですね、いささか浮世離れしたお方だと。死体やら何やらに対する彼の不気味なユーモアは、現実とかけ離れています――彼は死をまったく身近に考えたことがないのです。超一流の役者なら、あの風刺的な態度を採り入れるかもしれません。ただ、わたしは彼を、頭でっかちの無害な老紳士であると見なすのが妥当だと考えます。同じ人格が鋭敏な思考力と活発な行動力を併せ持つ例はめったにありませんから。少なくとも、それがわたしの受けた印象です」

「なるほど。しかし、リーランドがブリンクマンを殺人容疑からはずそうとしているように、われわれがパルトニーを放免するとしても、彼にはまだ立ち聞きの疑いが残っています。怪しい点では彼はブリンクマンといい勝負なのです。もっとも、昨日壁の後ろで見つけたのは、ブリンクマンが喫っている銘柄の煙草ですが」

「エドワードは煙草を切らしていたじゃない」アンジェラが指摘した。「ブリンキーから一本借りたのかもしれないわ。それか、目をかすめてくすねたのかも。それに、正確に言うと、わたしたちが初めて立ち聞きされたのは、部屋で話をしていたときだったでしょう？　あのとき、犯人はあなたが廊下に飛び出す前に姿を消したのよ。そしてわたしたちの部屋の隣はエドワードの部屋だわ」

「少なくとも、今回立ち聞きしていたのがブリンクマンでないことは確かだ。何しろ彼は葬儀に参列していたんだから。反対に、パルトニーは明らかに虚偽の口実で葬儀をすっぽかし、葬儀に出ないばかりか、釣りにも出かけなかった。立ち聞きしていたのがすべて同一人物だとしたら、パルトニーは形勢不利なようだ」

　突然、ドアをノックする音がしたので、彼らは会話を中断した。「入ってもよろしいかな？」穏やかな声のあとから顔を覗かせたのはパルトニー氏だった。よほど必死に歩いてきたのか紅潮しているが、いつもの愛想のよい表情を浮かべている。

「ああ、ブリードンさん、こちらにおいでと伺いましてな。少しお話ししたいことがあるのです。外までご足労願えますか、それとも――」

「とんでもない、パルトニーさん」アンジェラが憤然として言った。「イームズさんとわたくしを除け者になさるなんて、あんまりですわ。こちらにいらして、何もかもお話しください」

「いや、実はですな、告白というものをせねばならんのです。お話しするのも恥ずかしい限りだが、またもや詮索好きの罪を犯してしまいました。どうも他人様のことが気になるたちでして」

「今までどちらにいらっしゃいましたの？」アンジェラが尋ねた。

「それがですな、午後、釣りに出かけるなどというのは、真っ赤な嘘です。実際のところを申しますと、みなさんの前で葬儀に参列すると宣言したときから、こちらを騙そうとしている人間を捕える網を張り始めたのです。つまり、ブリンクマンに知られたくなかったのですよ」

「何をですか？」

「わしが彼の行動に不審を抱いていることをです。あなた方もご存知のとおり、わしは何度かブリンクマンに、いつチルソープを発つつもりか尋ねたが、彼はその度に、はっきり決まっていないかのように答えました。朝食の席でもそうでした。覚えておいでかな。しかし今朝、浴室に置き忘れたスポンジを取りにいったとき、ブリンクマンが荷造りしているのを見たのです」

「荷造り？」

「さよう、彼は部屋をうろうろしながら書類を整理しておりました。テーブルの上には書類鞄が開けっ放しになっていて、床にはスーツケースが置いてありました。わしは彼が葬儀に出ねばならないことを知っていたので、出発するにしては妙な時刻だと思いました。しかも、彼はミセス・デイヴィスに何も告げていないのです。そこで、この裏には何かあると睨んだわけです」

「よく勘づかれましたね」ブリードンは言った。「で、それからどうなさったのですか？」

「いや、わしの頭には、モットラムがここへ来たとき、車だったことが引っかかっておりましてな。

ミセス・デイヴィスの宣伝文句では、この宿には人間にも動物にも快適な宿泊設備が整っているということだが、ここには専用のガレージがないのです。チルソープにはガレージは一軒しかありません。通りの先にあるのがそうです。そこで、わしは考えた。もしブリンクマンが何かの機会に姿をくらますつもりなら、彼のことだから事前にすべての手筈を整えておくはずだと。そして、もしわしがガレージへ行ってひと目なりと車を見れば、車の運転のできんわしでも、彼が旅に向けた用意をしているかどうかぐらいはわかるだろう、とね」

「ガレージの従業員にはよほどうまく話されたのでしょうね」アンジェラが水を向けた。「もし自動車泥棒だと疑われたら、元も子もないですもの」

「そうですな、最善を尽くさねばなりませんでした。わしは葬儀に参列するのをやめることにして、釣りへ行くという口実を考えました。あなたはずいぶんと驚いておられましたな、イームズさん。しかしブリンクマンは釣りに関しては無知だった。あなた方が出かけてしまったあと、わしはひとりでガレージに向かいました。幸いにも、いや、わしの目的には実に都合のよいことに、行ってみるとガレージには誰もいなかった。まあ、いたとしてもいつも二人だけで、とても仕事熱心とは言えない連中です。もしものときの言い訳は考えておいたが、ガレージに自分しかいないと気づいたとたん、用心などどかなぐり捨ててしまいましたよ。モットラムの車は中に置いてあった名前の札でそれと知れました。で、あれこれ調べた結果、その車はかなりの長旅に備えて直ちに、しかも密かに出発できる状態にあるという結論に至ったのです」

「どんな様子だったか、教えていただけますか」アンジェラが取り澄まして言った。「ほんの好奇心からお尋ねするんですけど」

「まずですな、わしは手間取りながらも、車の後ろにある、ガソリンタンクと呼ぶんですかな、そいつの蓋をはずしました。そうすれば、中の様子を調べられますからな。注意深く鉛筆を差し込んでみると、満タンだということがわかった。つまり、彼らはこちらに到着してから、ガソリンを補充したわけです」

「一、二マイルほどの近場に出かけるつもりだったのかもしれませんわよ」アンジェラが水を差した。

「発見なさったのはそれだけですの？」

「いや、運転席に地図が置いてありました。何やら無造作に折りたたんでありましたがな。ここで興味深いと思ったのは、この地図にはブルフォードが入っていないことです。どうも西か南西の地方への旅行を計画していると見えました」

「それにはたいした意味はないでしょう」ブリードンは言った。「しかし、無視もできませんね。他には何か？」

「そうですな、わしは座席のひとつを持ち上げてみた。するとそこには、サンドイッチの包みとウィスキーの大瓶があったのですよ」

「大胆なことをなさいましたね！　しかし、どちらもここまでの旅に用意したものだったのかもしれない。味を見てみましたか？」

「悪いが食べてみた。どうやら腐りかけているようだった。だが、不平は言えませんよ。わしは言わば、招かれざる客ですからな。ともかく、肝心なのは、モットラムが二十マイル程度のドライブをするのにサンドイッチを積み込むとは思えないということです」

「それはおっしゃるとおりだ。サンドイッチの出来はどうでしたか？　つまり、売り物だったかということですが」

「商売人が作ったものだと思いますよ。ミセス・デイヴィスということはありえません。ウィスキーのほうは勝手に封を切る気になれませんでした。しかし、わしにはぴんときました。これらはかなりの長旅を計画している男の支度だと。しかも、途中、パブで食事をする余裕もないほど急いでいるらしい」

「で、なぜこっそり出発しようとしていると考えられたのですか?」

「ナンバープレートらしきものに黒いペンキが塗ってあったのですよ。わしはこうした問題には不慣れだが、普通とは思えんでしょう」

「よく聞く話ではないですね。ペンキはまだ湿っていましたか?」

「そこが興味をそそる点でしてな。ペンキは乾いていた。どうやらブリンクマンの出発支度は、昨日一昨日になされたものではありませんな」

「これほど骨を折られたうえに、それをわざわざぼくたちに教えに来てくださるとは、ご親切に感謝します」

「なんのなんの。わしはお話しする価値があるかもしれんと考えただけです。あんた方は、どうにかしてブリンクマンを捕まえるのが一番だと思っていなさったようだから」

「まあ、パルトニーさん」アンジェラが興奮した声で言った。「わたしたち、ちょうどあなたを捕まえようとしていたんですのよ!」

第十八章　聞いていたのは誰か

この尋常ならざる宣告に、パルトニー氏の顔には困惑の色が浮かんだが、それはたちまち深い満足の表情に変わった。「ついに」彼は言った。「ここまで生きながらえてきて、ついに！　犯人と、それもおそらくは殺人犯と間違えられるとは——これで喜んでこの世とおさらばできるというものです。これまでの年月、わしは絶えず若い者を教え導くことを求められ、それにふさわしい生活を送ってきました。生徒に遅刻の罪を自覚させるために早起きをし、学校側が供する食事が乏しければ少食を装い、十分なふりをした。まったくその気がないにもかかわらず、熱烈な愛国心や厳格なスポーツマン精神、道徳心や義憤に溢れているかのように振る舞ってきた。苦行僧と教師はですな、みなさん、どちらも似たり寄ったりの存在なのです。どちらもうんざりするような禁欲の日々を過ごさねばならない。なぜならそれによって生計を立てているからです。それが今、この栄えある晩年の土壇場に来て、罪深い陰謀家と間違われている。血が躍るとはこのことです。いや、感謝の言葉もありません。これがこのまま続いてくれたら！」

「イームズさん」アンジェラは言った。「あなたがおっしゃったお言葉の中で、撤回なさらなければならないことがありますわ。先程、あなたはパルトニーさんのことを思考型で行動力に欠けるお人だとおっしゃいましたわね。でも今、その耳で、この方がどんなふうにガレージに押し入り、サンドイッチを盗み、車が爆発する危険も顧みずにガソリンタンクの蓋をはずしたか、お聞きになったでしょう。これが、あなたがわたくしたちに描いてみせた、青白き学究の徒の姿でしょうか?」

「面目ない限りです」イームズは言った。「パルトニーさんには心からお詫びします。以後はもう、人物の見立てなどいたしません。もしミセス・デイヴィスが殺人犯だと聞かされても、わたしは彼女の長所を取り上げて議論することにします」

「そう言えば」アンジェラは言った。「肝心な点がまだわかっていませんわ。あの忌まわしい水車小屋の後ろで立ち聞きしていたのは誰なのかしら」

「ああ、それでしたら」イームズが控えめな口調で言った「わたしには日頃から、かなりはっきりと感じていることがあります。このように世情に通じるのも、聖職者の間で暮らしている結果だと思いますが。ブリードンさん、あなたは女中たちが始終、主人の煙草を盗むのをご存知ありませんでしたか? これはある種の役得と見なされていましてね。金持ちが外で好き勝手に振る舞うのを、家では召使いが真似るのです。そうした家事用の召使いでないとは言え、この宿の女中がそれと同じ利益を求めているのは明らかです」

「つまり、あなたは――」ブリードンが言いかけた。

「あなたもきっと、あの娘の指にうっすらと茶色いしみがついているのに気づいたことでしょう。わたしは彼女が目玉焼きを運んできたときに気づきました。ご婦人方は概して、煙草の銘柄にはうるさいようですな。この女中が隙あらば〈カリポリ〉を手に入れようと狙っていることは間違いありません」

「ねえ、マイルズ」アンジェラが猫なで声で言った。「わたしたちの部屋で外から立ち聞きされたとき、使用人に違いないと言ったのは誰だったかしら?」

「教育のない者は、好奇心を満たす方法がパルトニーさんとは違うのです。この若いご婦人は、普段からしょっちゅう鍵穴で聞き耳を立てているのでしょう。ひとつ屋根の下に死体があり、探偵が何やら嗅ぎ回っているとなれば、盗み聞きにもいっそう熱が入るというものです。そしてもし探偵たちが、彼女がよく隠れてくすねた煙草を喫っている茂みのすぐ近くで情報交換をしていたとしたら、彼らの手の内はすっかり彼女にさらされたことになります。しかもその結果、彼女にはより強力な動機が生まれます。彼女が単純な好奇心から盗み聞いたことは、彼女自身の人生に関わる重大事だとわかったのです。自分が付き合っている青年に殺人の容疑がかかっているのを知ったわけですから」

「なんてことだろう。当然、ぼくたちの芝居に反応したのは彼女だったんだ、ブリンクマンではなく! きみに話したかどうかは忘れたが、アンジェラ、リーランドとぼくが水車小屋で話をしたとき、彼はこう言ったんだ。唯一、シモンズ逮捕をためらうとしたら、それはシモンズが自分はモットラムの相続人でないことを知っている証拠が出た場合だと。それこそまさしく、〝喜んで〟嬢が自ら差し出したあの証言だよ」

「まあ」アンジェラは色をなした。「なんてことでしょう! つまり、わたしがあの手この手を使って、うまくエメリンから狙いどおりの言葉を引き出したと思い込んでいたとき、彼女のほうではすっかり承知のうえで、自分の狙いどおりの話をわたしに聞かせていたというわけ?」

「どうやらそのようだよ。数々の栄光も今や地に落ちたり、だな。むろん、彼女の話したことはすべて完全なるでっち上げで、状況に都合よく創作したものだろう。そしてわれわれはまさしく振り出しに戻ったわけだ。シモンズが自分が遺書から排除されていたことを知っていたかどうかは謎だね」

「でも、一方で」アンジェラは言った。「わかったこともあるわ。たとえば、何があのシモンズをそんなにひどく動揺させたのか。あなたとリーランドさんが昨夜、小径で彼とエメリンを追い越したとき、彼女は恋人に、殺人の容疑を受けているから、話す言葉やその相手にはくれぐれも用心したほうがいいと忠告していたのよ。当然、彼にしてみれば、あなたに叔父のことで話しかけられたときには、少なからずぎょっとしたでしょうよ」

「それにつけても、ブリンクマンは何をしていたんだろう。車の一件が持ち上がるまで、彼に不利になる証拠は何ひとつなかった。いまいましいったらないよ、これからペイシェンスをやろうってときに！」

「むやみに口をはさみたくはないのだが」老紳士が申し訳なさそうに言った。「リーランドさんにガレージの異常事態を知らせたほうがよくはないかな。もしブリンクマンが本気で高飛びなるものを企てているのなら、今にも出発するかもしれない。わしにもう少し機械の知識があれば、どこか重要な場所を細工して動かないようにしてやれたんだが。実際はごらんのとおりの役立たずで」

「ところで、リーランドはどこにいるんだろう」ブリードンは呟いた。

「ちょうど姿が見えましたよ」イームズが窓の外を見ながら言った。「ここへ来るように呼びましょう」

「やあ、何をしていたんだい？」リーランドが部屋に入ってくると、ブリードンは尋ねた。

「ああ、実を言うとね、ぼくはパルトニーさんのあとをつけていたんだ。あなたにはお詫びしなければなりません、パルトニーさん。しかし、用心が必要だと思ったものですから。わたしは今週ずっとあなたに厳重な監視をつけていたのです。で、先程、ガレージのドアの陰から、あなたがあの車を佇細に調べるのを見て、ようやくあなたの無実を確信するに至ったわけです」

「なんと！　またしても疑いを受けたのですか！　まったく、たいした日になったものだ。そうと知っていれば、リーランドさん、あんたをもっとあちこち引きずりまわしておくんだった！　いかにも怪しげな行動を取ってですな、いっそのこと、仏頂面に仄暗い提灯をさげ、夜な夜な外出でもすればよかった。いや、完全に参りました」

「いえいえ、少なくとも、あなたの探偵顔負けの仕事ぶりをこっそり窺っていたことはお詫びしなければなりません。素人にしてはかなり健闘なさいましたよ、パルトニーさん。しかし、まだ疑い方が足りなかった」

「本当ですか！　わしは何か見過ごしましたかな？　これは情けない！」

「ええ、あなたは前の座席からどけたクッションに、ごく最近縫い合わされた小さな裂け目があったのを見落としたのです。さもなければ、きっとわたしと同じことをなさったはずです――切り開いて中を確かめたでしょう」

「何があったのか、お尋ねしてもよろしいかな？」

「そうですね、われわれはお互いに秘密を持つには近しくなり過ぎたようです。パルトニーさん、そしてイームズさん、わたしはあなた方お二人が、正義が行われることを強く願い、そのためには沈黙を守る覚悟を持ったお方であると信じています」

「もちろんですとも」パルトニーは言った。

「お望みのとおりにいたしましょう」イームズも頷いた。

「では、これが実際にわたしが発見したものです」リーランドは芝居がかった仕草で小さな防水仕様の財布を取り出し、中身を見せた。「千ポンドあります。すべてイングランド銀行の紙幣です」

「それで」いっせいに驚きの声が上がったのが収まったところで、ブリードンが言った。「きみはまだシモンズ青年を疑っているのか？」

「個人的にはまだ疑惑を捨てきれていない。だがむろん、ブリンクマンに対する容疑はこれまでよりはるかに深まったと思う。人間、無実であれば、千ポンドもの大金を持って、自分の物でもない車で逃げ出す準備などしないものだ。」

「そうだな」ブリードンは言った。「ここはぜひ、ブリンクマンに目を光らせておくべきだろう」

「なあ、きみ」リーランドは言った。「今週ずっと、ぼくが部下二人を〈白鳥亭〉に張り込ませ、ブリンクマンの行動について逐一報告させていたことに気づかなかったかい？　厄介にも彼は自分が監視されているのを知っている。だから尻尾は出すまい。そこは確かだ。だが、むろん、車の件でわれわれの立場は極めて有利になった。彼がどういう手段で逃げ出すつもりかわかったし、彼から目を離しても、代わりに車を見張っていればいい。そのうち彼も手の内を見せるだろう。何しろ逃げ出したくてたまらないんだから。今のところ、彼は自分の部屋で煙草を喫ったり、古い小説を読んだりしている。われわれに邪魔される心配がないと確信するまでは動かないだろう。動くとしたら、おそらく夕食後だ。夜間のドライブが最も彼の目的に適うからだ。そして今夜はそれに絶好の夜になる。おれの思い違いでなければ、大荒れの天気になるぞ」

「で、シモンズはどうするんだ？」ブリードンが尋ねた。

「それに、女中は？」アンジェラが重ねて尋ねる。

「むろん、二人を、あるいはどちらか一方を尋問することは可能だ。だが、できればそれはしたくない。酷な仕打ちだからね。そこで奥さん、お願いがあります。お茶がすんだら、例の女中のところへ行って、なんらかの話を聞き出してもらえませんか?」

「いいですとも。望むところですわ、あのエメリンと決着をつけられるなら。何しろ、彼女には借りがありますからね。それはそうと、ぜひお茶にしましょうよ。ブリンキーは降りてくるかしら?」

ブリンクマンは降りてきた。そしてお茶の席はあまり盛り上がらなかった。誰もが彼のことを、多分殺人犯で、確かに泥棒だと見ていた。それを悟らせないために、彼に感じよく接しようと努めるので、かえって態度がぎこちなくなってしまうのだ。パルトニーの饒舌さえ、この状況に困惑して干上がってしまったようだ。総じて、イームズはよく難局を切り抜けた。彼のさりげない、どこか物憂げな態度はまったく変わらなかった。ブリードンにはペイシェンスについて、ブリンクマンにはプルフォードの噂話について語りかけ、パルトニーには教育上の問題を喋らせようと努めた。しかしほとんどの者は、お茶の時間が終わり、ブリンクマンが再び自室に引き上げるとほっとした。そしてアンジェラは女中と対決するために宿の裏手へ赴いた。

応接間は満場一致でいわゆる会議室へと様変わりしていた。しかし興奮のさなかにあっても、彼らは堂々と壁を占領する故デイヴィス氏のさまざまな肖像画が気になってならなかった。半時間後、アンジェラが目の縁をやや赤くして戻ってきた。

「わたし、今回はいっさい小細工なしで、率直にぶつかっていったの。そうしたら彼女、泣いてしまって。わたしも泣いたわ。二人でひとしきり泣いたのよ」

「ご婦人とはまことに不可解な存在ですな」パルトニーが言った。

「あら、もちろん、あなたにはおわかりにならないでしょうけど。ともかく、彼女は彼女なりにずっと苦悩していたのよ。最初の晩、ドアの外で立ち聞きしたのはほんの一瞬かそこらで、単なる好奇心からだったの。しかも興味を引かれるようなことは何も聞いていないわ。彼女が興味を持ったのは、昨日の夕方、あなた方二人が水車小屋で話していたときなの。耳に入ったのは偶然だそうよ。ようするに、あなた方が不用心すぎたのよ。彼女はそこで〝シモンズ〟という名前を耳にした。初めて安楽死保険について聞き、それが彼と彼女にとってどんな意味を持つかも聞いた。当然、その先も聞き耳を立て、リーランドさんのシモンズ犯人説を真に受けてしまったの。リーランドさん、あなたは主人を説得することはできなかったけれど、壁の向こう側では大成功を収めていたというわけ。お涙頂戴の三文小説と安っぽい恋愛映画で育った哀れな娘は、あなたの話を鵜呑みにしてしまった。彼女に言い寄ってきた男、彼女が恋に落ちた男が、実は冷酷な殺人犯だったと、本気で信じ込んでしまったのよ。わたしの考えでは、彼女はとても適切な行動を取ったと思うわ。その夜、彼に散歩に連れ出されたとき、彼が犯したと思い込んでいる罪について激しく咎めたの。考えてみれば、彼女も振り回されたわけね」

「確かにそうだが」リーランドは言った。「そこは致し方ないところですよ」

「まあ、ともかく、それでよかったのよ。シモンズは彼女の非難を聞き、すぐにすべてを否定した。その否定の根拠となるものはあまり示せなかったけれど、彼女は恋人を信じたの。諍いにはならなかったそうよ。翌日、つまり今朝のことだけど、エメリンはあなた方二人が水車小屋で話す約束をしているのを聞いたんですって。そして、それが罠とは知らず、まんまと引っかかった。二人の話を聞いた彼女は、シモンズを救う道はひとつしかないと思い込んだの——彼が安楽死保険について知っていて、お金が入ってこないのも知っていたふりをすることよ。哀れな娘は、モットラムが死んだ夜、酒場《バー》が閉じて店から出てくる自分を待って、シモンズが宿の周りをぶらついていたことを思い出した。そこで果敢にも、匿名の友人と遺産を継ぎ損ねたその恋人の作り話をでっち上げて、わたしの耳に入れたの。ご存知のとおり、偶然の一致から、わたしは自ら進んでその話を受け容れてしまった。彼女はそれを、多少の後ろめたさは感じながらも、自分は無実の青年の命を救ったのだと考えたの」

「で、彼女が知っているのはそこまでですか？」

「いいえ。ねえ、マイルズ、彼女は昼食の終わる頃、あなたがわたしに三十分だけ話を聞くと言ったのを聞いていたのよ。で、わたしたちが今やお馴染みとなった水車小屋のそばの密談場所にこっそり出かけていくのを見て——彼女、お葬式には行かなかったのね——あとをつけてきて、また立ち聞きしたってわけ。そして、あなたの言葉から、彼女がついた嘘はすべてなんの役にも立たなかったことを知ったの。リーランドさんはまだ、というよりも、これまで以上に、彼女の恋人が犯人だと思い込んでいる。彼女は気を揉むあまり、つい上の空になって、うっかりくしゃみなんかして存在を明かしてしまったのよ。その後は宿には戻らず、イボタノキの生け垣に身を隠していたそうよ」

「とどのつまり」リーランドは言った。「彼女の話はなんの証拠にもならないというわけだ。シモンズは見る人間によっては有罪かもしれないし、無罪かもしれない。そこは彼女にもわからんのでしょう。殺人のあった晩のシモンズの行動について、彼女に説明できることはありますか？」

「そうね、彼女は閉店時刻まで酒場《バー》にいなければならなかったそうなの。それからこっそり裏口に回って、そこで待っていた彼と立ち話をしたそうよ」

「どのぐらいですか？」

「彼女の話では、十五分だったかもしれないし、四十五分だったかもしれないんですって。はっきりとは答えられないのよ」

「なんだか信用できないな」

「独身の殿方って、どうしてこうなのかしら！　マイルズ、リーランドさんに説明してくださらない？　いえ、いいわ、どうせ無駄ね。あなただっておわかりにならないでしょうから」

「確かにシモンズにとっては不幸な状況ですね。モットラムの部屋でガスがつけられたまさにその頃に、十五分とも四十五分ともつかない忘我の境地にあったとは」

「だが一方では」ブリードンは言った。「きみのシモンズ犯人説もかなりあてにならなくなってきたぞ。ほら、きみの言い分では、シモンズが遺言で自分が相続人から除外されたことを知り、モットラムを殺して、その遺書を焼いたということだったじゃないか。しかし〝喜んで〟嬢の証言が信用ならないとわかった以上、シモンズが遺書について何か知っていたとか、まして安楽死保険のことまで耳にしていたという根拠はなくなったわけだ」

「それは確かにそうだ。そして、たった今知った事実から、ぼくがよりブリンクマンを疑う方向に傾いたのも、また確かだ。シモンズからは目を離せないが、さしあたって、われわれが追わなければならない獲物はブリンクマンだ。例の四十ポンドを手に入れるためにも、ブリンクマンの告白が楽しみだよ」

「そうだな、もしきみがブリンクマンを首尾よく捕えて白状させせられたら、四十ポンドは喜んで進呈しよう。それだけでなく、ブリンクマンが尋問を受けるより自殺を選んだときも、きみに有利に解釈して、犯人として扱おう。ところで、さしつかえなければ、夕食前にちょっとペイシェンスを楽しみたいんだが」

「もう、この人ときたら、救いようがないわ」アンジェラは口をとがらせた。

第十九章　その夜のリーランド

　ブリードンは、そうたやすく脱け出せなかった。リーランドが、夕食の前、つまり今すぐ計画を練るべきだと言い張ったからだ。「いいですか、みなさん」彼は言った。「われわれはなんとしてもブリンクマンを出し抜かねばなりません。それには彼に監視が解かれたと思わせる必要がある。これは厄介な仕事になりますよ。しかしわれわれにとっては都合のよいことがあります。チルソープでは、金曜の夜は映画が上映されるのです」

「チルソープで映画が！」パルトニー氏があきれた声を出した。「いやはや」

「ええ、牧師館の後ろに納屋のような建物があって、巡業の連中が一週か二週に一度、やって来るそうです。文明が津々浦々に行き渡っているのには驚くばかりですよ。わたしの作戦はこうです。われらが友の女中君が夕食の席にやって来て、今夜何か用がないか、なければ外出をしたいと切り出す。下男が――ここはありのままに――映画を見に行くので、自分も一緒に行きたい、ミセス・デイヴィスは酒場《バー》で手一杯になるだろうから、誰かが呼び鈴を鳴らしても応じる者はいない――それでもかまわないかと、こう尋ねるわけです」

「策士ですな」パルトニーが言った。

「それから誰かが――選ぶとすれば、奥さん、あなたですね――みんなで映画を見に行こうと誘います。ご主人は断るでしょうな。宿に残ってペイシェンスをしたいからです」

「うむ、その計画は気に入ったぞ」ブリードンは言った。「文句のつけどころがない。うまくやってくれよ」

「任せてくれ、そのつもりだから。残りの者はミセス・ブリードンに同意して、一緒に出かける。ブリンクマンはおそらく断るだろう。夕食後まもなく――映画は八時に始まる――われわれは全員、宿を出る。うまい具合にガレージとは逆の方角だ」

「それで、わたしは映画が終わるまでずっと、納屋の中に座っていなければなりませんの？」アンジェラが尋ねた。

「いやいや、奥さんとイームズさんには、宿へ引き返して来てほしいのです。例の水車小屋へ続く小径をたどれば、裏手のイボタノキの生け垣からこっそり宿に入れますので。そのあとイームズさんには、酒場《バー》へ通じる廊下でしばらく待機していただきたい。もしブリンクマンが出がけに一杯引っかけようと酒場《バー》に寄ったら、地下室へ降りる階段に身を隠してください。こうした振る舞いによってあなたの評判が落ちることもないでしょう。玄関から目を離さないようにお願いしますよ。ブリンクマンがそちらから外に出る場合もありますので」

「やつもそこから出るほどばかじゃないだろう」ブリードンが言った。「第一に、ガレージへは裏手から出る小径を行くほうが近い。第二に、小径を使えば人目につかないが、正面玄関から出たら、酒場《バー》の客の視線にさらされることになる」

「わかっているとも。玄関から出る気がさらに失せるように、きみには窓の外を見張っていてもらう。きみの部屋の窓は玄関側にあるだろう？　好都合だ、きみは部屋の中に座って、ペイシェンスをする。

ただし、くれぐれも窓際にいてくれよ。ブラインドも上げておいてくれ」

「しかしだね、もし彼が玄関から出たら、ぼくは彼のあとをつけなければならないだろう？　さもないと——」

「いや、その必要はない。それはイームズさんがやってくれる。きみはその場にじっと座って、ペイシェンスを続けてくれ。イームズさん、もしブリンクマンが玄関から外に出たら、あなたの目にも入るでしょう。彼が角を曲がるのを待ち、距離を置いて尾行してください。もちろん、これは彼がガレージへ行く途中で何をするか確かめるために過ぎません。彼を追い越したり、邪魔をしてはいけませんよ」

「承知しました」

「で、わたしは何をすればよろしいのかしら」アンジェラが尋ねた。

「そうですね、奥さんは偽の外出から戻ったら、誰にも気づかれないようにご主人の部屋に向かってもらえますか。それには裏階段を使うのが便利でしょう。部屋では読書をするなりなんなりしていてください。もしブリンクマンが玄関から出かけたら、ご主人が窓際に座ったまま、気づかないふりをして、あなたにそう伝えるでしょう。そうしたらあなたは階下へ降りてガレージに電話をかけてください。ブリンクマンが来たとき、われわれが待ち構えていられるようにね」

「さぞかし見ものでしょうね。で、あなたはお気の毒なパルトニーさんまで名誉ある危険な役につけるおつもり？」

「パルトニーさんさえ、承知してくだされば。ガレージへの道をご存知ですからね」

「喜んで栄光の待つところへ赴こう。もし、しくじったときは、わしのために簡素ながら趣味のよい記念碑を建ててくださらんか。他人の義務を果たして死んだと記して」

「きみの二人の部下はどうするんだ？」ブリードンが尋ねた。

「彼らのうちひとりにはシモンズの見張りを命じる。きみにも話したとおり、まだシモンズから目を離すわけにいかないんでね。もうひとりは裏口の外、おれが指定した場所に待機させる。もし、というよりは、多分、ブリンクマンは裏口から出てガレージに向かうだろうから、その場合は、彼が尾行して、ガレージのドア付近で持ち場につくことになっている。乱闘になった場合に備えてな。以上が全員の役割説明だ」

「わたしたちの不寝番はいつまで続くのですか」イームズが尋ねた。

「九時を過ぎることはないでしょう。それはガレージが閉まる時間なんですがね。必要とあらば所有者を呼び出すベルはあるが、ブリンクマンがその危険を冒すとは思えません。この雲行きからすると、今夜は早く暗くなるでしょう。そのうえ、わたしが強く疑っているように雷雨にでもなれば、彼にとってはお誂え向きの夜となる。われわれにとってはうんざりだが、たとえびしょ濡れになろうとも、戸外の見張りは誰ひとりはずせません」

夕食の席での気まずさは、お茶のときの比ではなかった。しかし、アンジェラから入念に指導を受けた女中が映画を見に外出する許可を求めたときから、一座の完璧な演技が始まった。アンジェラの夫への提案は見事になされた。ブリードンの気のない返事もなかなかのものだった。パルトニーは際立った熱心さでアンジェラの護衛役を買って出た。リーランドは演目が気に入らない様子を見せ、イームズは運命に対するユーモラスな諦観を示した。こうしてお膳立ては整った。ブリンクマンはみなをじりじりするほど待たせた挙句、できれば自分は遠慮したいと告げた。映画を見るのは目が疲れるというわけだ。「なるほど」ブリードンは言った。「ではぼくとあなたとで、しっかり留守を守るとしましょう。ぼくは階上《うえ》の自分の部屋にいますよ。ペイシェンスのカードを並べてありますのでね、片時も離れたくないんですよ。でも、雷が怖かったら、いつでも来てください。ひと勝負しましょう」

自称映画鑑賞一行は、八時五分前に宿を出発した。ブリードンはその頃すでに、二階の彼の神秘なる部屋に引き上げていた。いかにも申し訳なさそうな笑みを浮かべたブリンクマンが、玄関先で一行を見送った。「もし遅くなっても、お待ちにならないでくださいね、ブリンクマンさん」アンジェラは女の性《さが》でつい余計なことを言った。「主人の部屋の窓に小石を投げて合図しますから」青と黄の悪趣味なガラスのはまったドアが背後で閉まり、彼らの犠牲者が無防備に階段を上がっていく足音が聞こえた。一行が通りを進むと、雨粒がぱらぱらと落ちてきた。嵐の不穏な前触れだ。アンジェラは歩を速めた。傘を持ってくるほどのリアリズムは持ち合わせていなかったのだ。実際、彼女とイームズが歩かなければならない距離はごくわずかだった。二人は通りの角を曲がって姿を消すと、すぐさま小径を使って折り返し、宿へと戻ってきた。宿に入るところで、エメリンとお伴の下男に出会った。映画の会場に着くのと同時に、彼がもっとお気に入りのエスコート役と交代させられることは容易に想像できた。リーランドとパルトニーは曲がり角に立ち、すべてが予定通りに運んだのを見届けたうえで、再びガレージへと進んでいった。

ここでも手筈はすべて整っていた。ガレージの所有者は指示を受けるために入り口で彼らを待っていた。

「いいかね」リーランドは言った。「こちらの紳士とわたしはしばらくここで見張りをするつもりだ。電話はどこだ？　ああ、けっこうだ、これでいい。われわれはこのトラックの後ろに待機している。もし誰かがきみに用があってガレージに入ってきたら、そのベルを鳴らせばいいんだろう？　もし電話が鳴ったら、われわれが出る。電話がわれわれではなく、きみあてだったら、呼んで知らせるよ。その間、きみとお仲間には奥の方に詰めていてほしいんだが」

「ようございますとも、旦那。それについちゃあ、なんの問題もありません。どのぐらい、ガレージをお使いになるんで？」

「九時までかな――それがここの閉店時間だろう？　何か不都合でも？」

「いえ、そんなことはないんですがね、ただ、うちの車を出さなきゃならないんです。八時四十分の汽車で来るお客さんを迎えに行くことになってますんで。でも、まっすぐ行って一刻も無駄にしなけりゃ、問題ないでしょ？　車はいつでも出せるようにしてありますから」

「いいだろう。九時二十分前、いや、二十五分ぐらい前のほうがいいんだろう？　きみらが戻ってくる頃、われわれはまだここにいるかもしれんし、いないかもしれん。段取りはこれでいいな」

　所有者が奥の作業場に続くドアの向こうに引っ込むと、リーランドとパルトニーは干し草を積んだトラックの後ろに陣取った。それは二人が楽々身を隠せるほどの大きさだった。彼らがそうしている間にも、突然稲妻が閃いて、ガレージと外の道路の輪郭を照らし出した。続いて遥か彼方で雷鳴が轟いた。今では風も勢いを増し、建物の梁の間で不気味な唸り声を上げている。まるで戸外の納屋も同然のありさまだった。

「ここまでの首尾は上々ですな」老紳士が囁いた。「唯一残念なのは、この手に拳銃を持っていないことです。いや、武器の使い方など何ひとつ知りはしないのだが、もっと大胆不敵な気分になれるでしょうからな。それにしても口惜しい、今宵の出来事を来学期、生徒たちに話して聞かせたところで、どうせ信じやせんでしょう。こうした情報は、連中はすべて疑ってかかるのです。あなたにとってはこんなことは珍しくもないのでしょうが」

「いや、パルトニーさん、とんでもない。警官の日常など、銀行員同様、オフィスに座っての書類書きがほとんどですよ。拳銃は携帯していますが、発砲することなどまずありえませんね。わたしの印象からすると、ブリンクマンはその手のお得意さんとは思えませんし」

「わしは悪漢に組みついて、取り押さえるべきだろうか。いったい、どうすればお役に立つかな?」

リーランドは返事に困った。本音を言えば、彼はパルトニーをまったく信用していなかったのだ。そのために、自分のそばに置いておくのが一番だと考えたに過ぎない。「そうですね」彼は言った。「もし急な計画変更を迫られることになったとき、ひとりより二人いたほうがいい。しかし、われらが友を捕えるにあたっては、たいした苦労はいらんでしょう。もし彼が裏口から出て来たら、わたしの部下がつけてくるはずです。玄関から出て来たら、イームズさんがつけてきます。いずれにしても挟み撃ちというわけです」

「しかし、もしやつがすでに車に乗って運転していたら、イームズさんが捕まえるのは難しいのではないかな」

「ご心配なく、パルトニーさん。車はしっかり押さえてありますから、わたしがその気にならなければ、誰にも動かせやしません。それにしても、なんてひどい夜だろう。ブリンクマンが怖気づかなきゃいいんだが」

雷雨はそれほど近づいているわけではなかったが、彼らには自分たちがその真っ只中にいるように感じられた。数秒ごとに、思いもかけぬ方角の空で立て続けに二度、稲妻が走る。するとチルソープの家々の屋根という屋根が突如、影絵となって浮かび上がり、青白い光が白い道に降り注ぐのだった。二人の頭上の屋根には豪雨が叩きつけ、しばらくは樋から水が溢れ、瓦の継ぎ目からもぽとぽと滴が漏れた。やがて、なんの前触れもなく雨は小降りになった。時折、より近いところに稲妻が走る。大きなジグザグの線が素早く空を横切り、町の上の丘の頂に突き刺さったかに見えた。悪天候が一瞬おさまると、四方に不気味な静けさが広がった。犬も吠えなければ、ひと気のない通りを駆けてくる足音もしない。彼らはすっかり雷鳴に気を取られていたので、電話のベルが鳴ったときは、驚いて飛び上がりそうになった。リーランドがすかさず受話器を取ると、向こうで彼を呼ぶアンジェラの冷静な声が聞こえた。

「あなたなの、リーランドさん？　ブリンクマンがちょうど玄関から出て行ったところよ……ええ、玄関のほう。もちろん、わたしがこの目で見たわけじゃないけれど、夫の話では、たいそう落ち着いた様子で出て来たそうですわ。わたしたちの部屋の窓を、まるで自分が見張られているか確かめるように見上げながら出て行ったんですって。で、わたしはまっすぐ電話のところに来ましたの。ちょっと酒場《バー》の廊下を覗いたら、イームズさんはそこにはいらっしゃらなかったわ。だからすでに尾行していらしたのね。裏口にいるあなたの部下に何か伝えましょうか？　ええ、わかりました……。そう、彼は書類鞄を持っていたわ。まるで彼のほうがあなた方を逮捕しようとしているみたい……。わかりました、それじゃ、またあとで」

「順調のようですよ」リーランドは連れに向かって言った。「われわれもうまく隠れましょう。しかし、なんだってあの男は玄関のほうから出たんだろう――くそっ、ずうずうしいやつだ！　鞄を持って堂々と玄関から出て、ここまで悠々と車を取りに来るとはな！　ちゃんとトラックの後ろに隠れていてくださいよ、パルトニーさん。おいおい、なんの騒ぎだ？」

　作業場のドアが開き、ガレージの所有者が運転用の手袋をはめながら現れた。「すみません、旦那、二十五分前になったんで、お客さんを迎えに行かなきゃなりません。運転するには嫌な夜ですよ、フロントガラスには雨が吹きつけるし、ひっきりなしに稲妻が光って目が眩むし」

「だったら、さっさと出かけてくれ」リーランドはせっかちに言った。「やつはすぐにもやって来るんだ。戻って来たら、〈災厄の積み荷〉に停めておいてくれ。車が必要になるだろうから」

　大きな音を立て、タイヤを軋らせながら、タクシーは車道に飛び出した。リーランドとパルトニーはトラックの後ろに引っ込み、足音を待った。二人はタクシーが橋の手前で警笛を鳴らすのを聞いた。丘へさしかかる道で少し遅いギヤに切り替える耳障りな音も聞いた。それから音は徐々に止み、静寂が訪れた。稲妻が二つ光り、続けてすぐ雷鳴が轟いた。そして再び静寂に戻る。五分過ぎ、十分が過ぎたが、まだ二人は薄暗がりの中に座っていた。リーランドは気が気でなかった。見張りの目を逃れるため、ブリンクマンが回り道を取ったとしても、こうも時間を食うものだろうか。これだけあれば村中回れそうだが……突然、通りの向こうから駆けて来る足音が聞こえた。リーランドは拳銃を握りしめ、息を潜めて待ち受けた。

第二十章　その夜のブリードン

その夜、一番ましな過ごし方をしたのがブリードンであることは間違いなかった。彼は丸二日というものカードに触れずにいたので、喜び勇んでお気に入りの娯楽に戻っていった。ただし、状況は理想的とは言えなかった。リーランドが無情にも窓際に座るよう指示したからだ。窓辺には作り付けの椅子があるものの、カードを都合よく並べるには広さが足りない。列は平らに並ぶ代わりに、色褪せた更紗の掛け布の丘と谷とを乗り越えなければならず、その結果、度々雪崩を起こしては、彼を激しく苛立たせた。ブリードンが考える理想の世界では、ペイシェンスをやるために庭球場ぐらいの大きさの建物が用意され、人々は車椅子で列の間を行き来するのである。

戸口に柔らかな衣擦れの音がして、アンジェラが入って来た。「人目を忍ぶって、こういうことなのね」彼女は言った。「イームズさんとわたしは泥棒みたいにこっそり小径を戻って来たのよ。映画を見るよりよほど面白かったわ。イボタノキの生け垣を回り込んで、ミセス・デイヴィスの台所の裏口から入って来たの。裏階段ときたら、きいきい鳴りっ放しで。わたしが上がってくるの、聞こえた？」

「聞こえなかったと思うよ。しかし、ぼくは他の用事で忙しかったからね。ブリンクマンのように物音ひとつにも油断なく警戒している男からすれば、きみの足音はきっと騎兵隊の突撃のように聞こえただろうよ。ドアはちゃんと閉めてくれただろうね。言うまでもないが、突然、隙間風が吹いただけで、ぼくの成果は水の泡になるんだ。編み物でもして気を落ち着かせたらどうだい、アンジェラ」

「あまり喋るものじゃないわ。ブリンクマンが出て来て、あなたの口が動いているのを見たら、変に思うでしょ。あなたはこの部屋にひとりでいることになっているんですからね。どっちみち、彼も今ではあなたを取るに足らない人物と見ているでしょうから、独り言を言っているのを見ても驚かないでしょうけど。こんな怠け者の夫を持って、わたしがどれほど恥ずかしい思いをしているか、とても言葉では言い表せられないわ。ローマが燃えているっていうのに浮かれ騒いでいたネロってとこね！」

「ふん、それを言うなら、玉転がしのゲームが終わるまで戦は待てと命じたドレイクだよ。それとも、あれはウィリアム・テルだったかな。忘れちまった。いずれにしろ、これが古き良き英国精神さ。言葉がなんだ？　取り乱さず、落ち着いていること、そこが肝心なのさ。ロンドン警視庁《スコットランドヤード》の手下どもは外で右往左往している。偉大なる探偵は中でどっしり構えている。すべての糸を手にしてね。ぼくの網もきつく締まり始めたところだぞ、ワトソン君。おやおや、パルトニーにはがっかりだ。彼のもう二枚のスペードはどこだ？」

「わたし、意地悪なことは言いたくないけれど、あなたには見張りのお役目があるんだってこと、忘れないでくださいね。もしブリンキーが玄関から出て来たら、わたしにそう教えることになっているのよ。それなのに、そんなふうに椅子の下を探し回っていたら、どうやって彼に気がつくの？」

「だったら、ぼくが通りに目を光らせている間に、必ずきみが二枚のスペードを見つけてくれるんだろうね。それでこそ労働の公平な分担だ。夜警とはね、なんて夜だ。きっと物凄い雷雨になるぞ。あの稲妻が見えたかい？　もうすぐ遠くに雷鳴が聞こえるだろう。ところで、なんの話をしていたんだっけ？」

「生まれつきの怠け者でも」アンジェラは独り言のように呟いた。「自惚れ屋よりましだってこと。ほら、あなたのいまいましいスペードなら二枚ともここにあるわ。もうなくさないでね。紐をつけて首に結んでおきなさいよ。ねえ、わくわくしない？　ガレージで取り押さえられたら、ブリンキーは抵抗するかしら」

「ぼくを混乱させないでくれ、俗事に煩わされたくないんだ。ごらんのとおり、ぼくの前には、二百八枚のカードで表現される、極めて愉快な問題が並んでいる。そしてその奥の、ぼくの半覚醒状態の意識の薄暗い部分には、推理すべき厄介な課題が横たわっている。同時に両方こなせるのがぼくの自慢なんだ。しかし、横から絶えず女どもに話しかけられたら、その能力が発揮できないだろう？」

「乗客は運転者に話しかけるべからずというわけね。いいですとも、そのくだらないゲームをお続けなさい。わたしは編み物をするわ。そんなことをしても、とうてい女らしい気持ちにはなれないけど。あなたみたいな人とひとつ部屋にいるのではね」

しばらく沈黙が続いた。ブリードンは時折、下の通りに目を配りながら、カードに向かっていた。聞くところでは、中国語のタイプライターを発明した人物がいるそうだが、中国の言語にはそれぞれ決まった文字があるので——活字のことまで考えなかったのは孔子のミスだろう——そのタイプライターは形も大きさも巨大なオルガンほどになったということだ。タイピストはあちこち走り回っては栓を引き抜いたり、ペダルを踏んだりして、目の回るような忙しさらしい。ペイシェンスで有効な手を探すブリードンの姿も、それに近いものがあった。彼は解答を求めて思案にくれていた。眼下の道路は不気味な薄暗がりの中に沈んでいる。街灯は六月宵のこの時刻には本来必要ないのだが、空は分厚い雲で覆われ、わずかな残光すら認められなかった。あるのは仄暗い世界のみである。玄関から光の飛沫が漏れているのが見えた。さらにその先では、赤いブラインドを降ろした酒場《バー》の窓から、柔らかで落ち着いた光が射している。時折、突如として稲妻がきらめいて全景を照らし出し、人間世界の光を圧倒した。

「アンジェラ」ブリードンは不意に、振り返りもせずに口を開いた。「きみが興味を持つかはわからないけどね、今、怪しい人影が、月光の中に忍び出ていったぞ。いや、実際は月明かりなんてどこにもないんだが、それにしても──。あの癇にさわる曲がりくねった口髭、尊大な鼻眼鏡──ひょっとして、あれは──そうだ、われらが友、ブリンクマンだ。書類鞄を手にしているが、他には何も持っていない。曲がり角の方向に通りを歩いていくぞ。行き先はガレージかな。この窓のほうを見ている。やあ、いいぞ、ぼくに気づいたな。ともかく、電話をかけにいくのはきみに任せる」

アンジェラは見かけ以上に落ち着いていた。弾かれたように立ち上がると、編み物を放り出し、急いでドアに向かった。そして音を立てずに速やかにドアを開け、廊下に出るとまた同じように閉めた。だがその直前に取り返しのつかない事態が起きた。その夜は嵐に伴い、突風と気流が入り乱れていた。そのうちのひとつが、ドアが急に開いたのに合わせ、窓椅子から三枚のカードを掬い上げ、戸外へ吹き飛ばしたのだ。

ブリードンは激しく苛立ち、また自らの義務を思っていささか途方に暮れた。どれだったかは思い出せないが、その三枚のカードがなければゲームを続けるのは不可能だ。一方、リーランドの指示は絶対で、ブリードンは身じろぎひとつせず窓際に座っていることになっている。結局、彼は常識に照らして行動することにした。どうせブリンクマンの姿はもう視界から消えている。たとえ角に隠れてこちらを見ているとしても、二階の部屋の動きひとつで、身に危険が迫っていると察することはないだろう。そこで彼は深々と座り込んでいた椅子から立ち上がり、またも隙間風に泣かされることのないよう、細心の注意を払ってドアを開けた。そして三十秒後には、宿の前でさぼり屋のカードを探していた。

スペードのキング、しめた、あったぞ。こっちはダイヤの3だ。だが、もう一枚あったはずだ、間違いない。ちょうどそのとき稲妻が光り、ほんの一瞬、路上を照らし出した。ブリンクマンの姿はどこにもなく、もうひとつの人影、おそらくイームズがすでに曲がり角に向かっているところだった。しかし路にカードは落ちていなかった。それらしい紙切れすらない。彼はすっかり弱って周囲を見回した。そしてふと、一階の部屋の窓が開いているのに気づいた。それは例の応接間の窓だった。ひょっとして逃亡者はまた屋内に舞い戻ったのではあるまいか。ブリードンは窓から中に首を突っ込んだ。案の定、カードはそこにあった。アルバムの載った補助テーブルの近くに落ちていたのだ。彼は直ちに玄関のドアから入り、獲物を携えて二階に戻った。

「なんてことだ!」ブリードンは部屋にたどり着くと大声で言った。「果たしてそんなことがあるだろうか。ということは、むろん……ちくしょう、どういう意味だ? ああ! それならわかる」ブリードンの周りにはしばし忘れ去られたカードが散らばっていた。彼の目は生き生きと輝き、両手は椅子の腕をきつく握っていた。

電話をかけて戻って来たアンジェラは、夫の身に起こった変化に驚いた。彼は空の暖炉を背にして炉格子の上に立ち、身体を前後左右に振りながら、時代遅れのミュージカルの一節を歌っていたのだ。

〝娘たちはみな泣き出した、
ねえねえ、マッケイさん、
スカイ島に戻るなら、
わたしたちを一緒に連れてって〟

「マイルズったら」彼女は夫をたしなめた。「いったい、なんの騒ぎ？　あれはもう解けたの？」

「あれって、ペイシェンスのことかい？　いや、ペイシェンスはまだだ。しかし、ぼくはとても重要なことに気づいたんだ。このちょっとした事件も解決に向かいつつあるということにね。きみ、せっかくここに上がってきたのにすまないが、ミセス・デイヴィスのところへ行って、これまでブリンクマンにサンドイッチを作ったことがあるか訊いてみてくれないか？」

「まあまあ、何かと思えば！」アンジェラはあきれ声を出したが、言われたとおりにした。夫の奇矯な振る舞いに潜む、勝利のしるしを見知っていたからだ。彼女が使命を果たして戻って来たときも、彼はまだひとりで低く口ずさんでいた。

「ミセス・デイヴィスの記憶では、ブリンクマンさんにサンドイッチを作ったことは一度もないそうよ。パルトニーさんは釣りに行くとき、しょっちゅうおいしいサンドイッチを持っていくんですって。いつも彼女が自分で作るとは限りませんけどね。女中だって、お好みどおりのサンドイッチぐらい作れますもの。でもブリンクマンさんからサンドイッチの注文を受けたことは一度もないそうよ。今週もずっとね。彼女の話はこれで全部よ。少なくとも、そこまで聞いてわたしは切り上げてきたの」

「上等だ！　事件は進展している。サンドイッチをこしらえたのはミセス・デイヴィスではないということを心に留めておいてくれよ。アンジェラ、ぼくはちょうどこのいまいましい事件の手掛かりを得たところだ、邪魔をしないように頼むよ」

「本当にすべて解決するの？」

「いや、すべてというわけじゃない。しかしぼくは、いわゆる、偉大な探偵が『やれやれ、ぼくの目はなんて節穴だったんだ！』とのたまう段階にあるようだ。実際のところは、ぼくは自分の目が節穴だったとはまったく考えていないがね。それどころか、ここまで真相を摑むとは、我ながらたいしたものだと思っている。きみにはまだ想像もつかないだろうが」

「マイルズ、そんな憎らしいことを言うものじゃないわ。教えてちょうだいよ。そしたらあなたに意見が言えるから」

「他の連中が働いているときに、宿でペイシェンスをしているからと、ぼくを笑い物にしたのは誰だっけ？　いいや、きみには教えられないよ。そもそも、まだすべての謎が解決したわけじゃないんだ」

「いいわ、それでも、あの四十ポンドの賭けに勝ったか負けたかぐらいは教えてくれてもいいでしょう？」

「今はひと言もぼくの口からは聞き出せないよ」

「だったら、リーランドさんにお願いして、あなたを逮捕して拷問していただくわ。ところで、リーランドさんは何をしているのかしら？　ブリンキーはもうとっくにガレージに着いている頃よ。捕まえてまっすぐここへ連れ戻していてもいいはずなのに」

「ガレージ？　ああ、そうか。いや、ちょっと待ってくれ……。今、考えてみると、ブリンクマンが車で逃げ出すつもりだと考える根拠はどこにもないんだ」

第二十一章　その夜のイームズ

イームズは背後から射す光に自分の影が浮かび上がらないのを確かめたうえで、酒場《バー》に通じる廊下の窓辺に立った。間違いない、路上の薄明かりの中へ足を踏み出していったのはブリンクマンだ。片手に書類鞄を持ったブリンクマンが、今しも逃げ出そうとしているところだ。イームズは逃亡者の姿が角を曲がって消えるのを待つと、ソフト帽を目深にかぶり、尾行を開始した。こうした行為に通じているわけではないが、幸いにも、さほどの困難は感じなかった。ブリンクマンの行き先がガレージであることは確かだ。その開けっ放しのドアから彼が中へ入っていったら、後ろからこっそり忍び寄り、外で待ち伏せして、今度は逃げ道を塞げばいい。それにしても、いまいましいやつだ。どうしてあの男は裏の小径から出ていかなかったのだろう。

やがて、イームズは自分があまりにも楽観的だったことに気づいた。ブリンクマンは曲がり角まで来ていたが、結局、ガレージには向かわなかった。そちらへ背を向け、プルフォード街道、つまり谷間やロング・プールへ向かう道を選んだのだ。これはまったくの計算外だった。いったい、この男は何を企んでいるのだろう。乗ってきた車ばかりか、ガレージまで放棄していくとは。この地で車もなしにどうしようというのか。プルフォードまで歩くのは無理だ。ここから二十マイル近くもあるのだから。ローギル・ジャンクション駅まで行けば本線が通っているが、そこでさえ八マイルも離れている。夜もこう遅くとあっては、チルソープ駅に列車が来るとも思えない。あてになる文明の利器はなく、もしブリンクマンがこの道を進むとしたら、ただ引き返しに行くようなものだ。

だが、果たしてそう決めつけてしまってよいのだろうか。このままガレージに直行し、リーランドに成り行きを報告しても大丈夫だろうか。しかも、そのためにはブリンクマンから目を離さなければならない。そして彼の受けた指示は、ブリンクマンから目を離すなというものだ。イームズは指示には従う習慣だった。そこで彼は習慣に従った。それはかなりの用心を必要とする尾行だった。もしブリンクマンが途中で引き返して来たら、追手であるイームズの腕に真っ向から飛び込んでくることになりかねない。そこで彼は慎重の上にも慎重を期し、家々の戸口にはりついたり、道端のハリエニシダの茂みに身を隠したりしながら、三十ヤードほどの間隔をあけ、密かに獲物を追跡した。薄闇のもとでこなすには簡単な作業ではなかったが、例の稲妻が突如として光り、辺りを明るく照らし出すことを考えると、それ以上近づくのは危険だった。彼らは村外れの家並みを通り過ぎ、今は丘を少しのぼったところにある分かれ道に来ていた。もしブリンクマンが下の道を取るとすれば、行き先はローギル・ジャンクション駅に違いない。となると、追う側は楽になる。スピードを出せば車で追いつけるからだ。だが、まさかそんなことにはなるまい。あの自動車と千ポンドをみすみす置いていけるはずがないのだから！

いや、彼はローギルに向かっているのではない。代わりに丘を越えていく道を取った。鉄道の駅に出るか、荒れ野を渡ればプルフォードに通じる道である。どちらにしても、敵はひと足ごとに遠ざかっていく。「もし彼が最初の里程標まで行ったら」イームズは自らに語りかけた。「指示は無視して、一目散にガレージに向かおう。そうすれば車を出して彼を追跡することもできるだろう。いや、まいったな。今度は何をするつもりだ？」

ブリンクマンはそれまで歩いていた広い道から外れ、谷間へ通じる野原の小径をゆっくりと下っていた。状況はさらにまずいことになった。小径は険しく、ブリードンに借りて持ってきた懐中電灯があるものの、尾行が見破られるかもしれないと思うと、とても使う気にはなれない。イームズにはブリンクマンの行動の意味がわからなかった。この道を進んでも、また数百ヤードのぼり、谷間の突当りで同じ道を引き返して来る以外にないのだ。小径の始まるところで待っているほうが無難だろうか。それとも、広い道に沿って尾行し、上方から彼の動きに合わせて移動するべきか。イームズは再度、例の指示に頼らねばならなかった。敵から目を離さずにいる方法はひとつだけ、彼のあとにぴったりついて行くことだ。おそらく、薄暗がりの中でうんざりするほどよろめいたりつまずいたりすることになるだろうが、迷っている時間はない。少なくとも、モミの木やシダの葉は、相手から姿を見られずに尾行するのを助けてくれた。特にモミの木は、今や彼のコートに激しく打ちつけ、ズボンの膝を濡らしている雨からも多少は守ってくれた。気にするな。指示どおりにやればいいのだ。

いかなる光景も嵐の中では峻厳に見えるものだが、とりわけこの岩場の光景は、その取り合わせの見事さで抜きん出ていた。川を挟んで切り立った谷が凄まじい閃光に照らされたところなどは、巨大な蝶が、容赦なく羽に降りかかる滴を必死に振り払っている姿にも見えた。谷の開口部には、底まで達しなかった稲妻の光が斜めの影を作り、さながら地獄絵のようだ。丘の斜面に降る雨は、きらめく光を反射して、ダイヤモンドの滴に変化した。「火が地に向かって走った」イームズは思わず聖書の一節を呟いた。それは現在抱えている任務を忘れてしまいそうになる光景だった。もしその任務がこれほど緊急で不吉なものでさえなければ。

ブリンクマン自身は懐中電灯を持っていないか、持っているにしても使ってはいない。歩調は概ねゆったりとしているが、教会の鐘が八時半を打つと、やや足取りが早くなったように見えた。そのときには彼はすでに谷間の入り口まで来ていた。ここで彼の姿が見えなくなったので、イームズは、シダの暗い茂みに身を隠しながら、柔らかい草を踏んで走り、こっそりと近づいていった。谷間というものはいつ見ても不気味だが、こうした荒れ模様の空の下で目にすると、いっそう怖ろしく感じる。薄明かりのおかげで小径は見えるが、（周辺の地理に暗い者には）足場を踏み外す可能性がおおいにあり、不安は尽きない。閃光が走ると、怒り狂った奔流が気味悪いほどの鮮やかさで姿を現した。幸いにも、暴風雨の騒音が、固い岩に当たる足音を消してくれた。イームズは一瞬ためらったものの、谷へとのぼる狭い小径を進んでいった。

彼は自分の前を行くおぼろな人影が、谷の中間にある、他より広い足溜まりにたどり着くのを見た。それはブリンクマンとブリードンが世間話を中断して、岩の形について意見を述べ合った場所だった。人影はそこで立ち止まり、イームズも足を止めた。今や二人の距離は二十ヤードと離れていなかった。そしてイームズは絶対に相手から姿を見られない曲がり角にいた。彼がそこで止まったのは正解だった。その間に、谷の向こう側で巨大な稲妻が夜空を切り裂き、何秒かの間、周囲の全景が白日に晒されるかのように浮かび上がったからだ。

イームズの視線はある一点に釘付けになった。ブリンクマンのこの唐突で不可解な行動は何を意味しているのだろう。イームズが見たのは、閃光のもとで、小男が空中に跳び上がり、岩棚に右手を腕いっぱい伸ばしている姿だった。まるで岩棚の上か、あるいはその奥にある何かに触ろうとでもしているようだ。その岩棚は今朝、ブリンクマンが列車の網棚に例えたものだった。実際、ブリンクマンの姿は、降ろしたい荷物に手が届かず、そのために跳び上がらねばならない年少の旅行者に見えなくもなかった。ブリンクマンがなんのためにそんなことをしているのかは謎で、岩棚から何か降ろそうとしているのか、あるいは逆に載せようとしているのかさえ判然としなかった。しかし、嵐の中で一条のスポットライトが瞬間的に照らし出した奇怪な素振りは、決して見間違いなどではなかった。

稲妻のまぶしい光を受けて、イームズは一瞬、強力なヘッドライトを浴びたかのように目が眩んだ。視界が晴れたとき、岩棚の下の黒い人影は消えていた。ブリンクマンは危険を察知したのだろうか。あのばかばかしい跳躍のあと、彼は尾行に勘づきでもしたように後方を見ていた。いずれにしても、今は先を急がなければ。さもないと完全に敵を見失ってしまう……。イームズが岩棚にたどり着く前に、再び稲妻が光り、谷間の外れをブリンクマンが一目散に駆けていくのが見えた。こうなるともう隠れてなどいられない。こちらも歩調を速める必要があった。この狭い岩場にあって、それは懐中電灯をつけない限り不可能だった。懐中電灯をつけながら、イームズはブリンクマンが跳んでいた岩棚に目をやり、長身を生かして、彼の不可解な身振りの原因らしい一通の封筒を見つけた。そして難なくそれに手を伸ばすと、ポケットに突っ込み、駆け出した。駆けているうちに、上方の広い道から自動車の唸るようなエンジン音が聞こえてきた。

彼は懐中電灯をつけていたので、谷間の遥か向こうの土手を這い上がっていくのにも恐れていたほどの危険はなく、年齢を考えれば見事な速度だった。しかし、ようやく広い道に這い上がったまさにそのとき、一台の自動車が丘を越えていくのが見えた。乗せているのは紛れもなくブリンクマンだ。イームズは運転手に止まるように叫んだが、雷鳴の一斉射撃によりその声はかき消されてしまった。彼はなすすべなく踵を返し、丘を駆け下り始めた。この調子なら十分かそこらでガレージに着くはずだ。走りながら、彼はポケットから先程の封筒を取り出し、懐中電灯の光をあてて、宛名に目を凝らした。それには「プルフォード司教閣下御許へ　親展」と書かれていた。彼は戸惑いながらそれをポケットに戻した。息も絶え絶えに走っている男に謎解きをする趣味はない。〈災厄の積み荷〉に立ち寄り、誰かに伝言を託したところでなんになる？　説明に手間取り、貴重な時間を無駄にするだけではないか。

イームズはものも言えないほど息を切らせながらガレージにたどり着いた。そしてリーランドの誰何の声に応じて、自分の顔に懐中電灯を向けると、トラックの前部にぐったりと寄り掛かり、説明を始めた。「あいつは逃げてしまった――自動車で――プルフォードのほうへ――止められなかった――追いかけたほうがいい――スピードのある車には見えなかった――谷間で見失って――一緒に連れていってください、説明しますから」

「わかりました。しかし癪だな、やつはプルフォードに向かったのだろうか、それともローギルへ？　脇道を取るという手もある。われわれとしてはローギルへ行くしかないでしょう。そこからなら電報も打てるし、彼の逃走を阻止する手立てもある。やあ、お次は誰だ？」

アンジェラが帽子もかぶらずに駆け込んで来た。車についてのブリードンの謎めいた意見を知らせるためだった。彼女は夫のあまのじゃくな性格を熟知していたので、ここはリーランドのもとに直行するのが一番だと考えたのだ。彼女の車が町で一番スピードが出るとあっては尚更である。「よくわかりました」ざっと事情を聞いたところで彼女は言った。「わたくしの車でお二人をローギルまでお連れしますわ。早くお乗りになって」

「パルトニーさん」リーランドが言った。「あなたは宿の裏手の馬小屋まで行って、そこで見張りについているわたしの部下を見つけてくれませんか。彼に状況を説明して、必要とあらば郵便局に押し入ってでも電話を手に入れ、プルフォードとローギルの警察に連絡をつけるように言ってください。なんとか間に合うでしょう。ああ、ところで、部下にはあなたが誰だかわかりません。ブリンクマンと取り違えるかもしれない。馬小屋の外から大声で『やあ、また会えましたな』とおっしゃってください」

「そいつはめったにない経験になるでしょうな」パルトニー氏は答えた。

第二十二章　行き詰まって

アンジェラが宿に戻ったのは、かれこれ十一時になろうという頃だった。彼女はブリードンが自説を明かさない限り、こちらの行動についても何ひとつ漏らすまいと固く心に決めていたので、その夜はなんの説明もしなかった。「詮索しようってわけじゃないのよ」彼女は弁解するように言った。「ただ、あなたのその石頭をなおしてほしいの」

「やれやれ」ブリードンは言った。「きみがこの真夜中の遠征で、車どころか、ぼくの名前まで泥まみれにしようというのなら、もはや言うべき言葉はないよ」そして、それきり口をつぐんでしまった。

翌朝、二人が階下へ降りていくと、リーランドはすでに食卓に着いていた。彼が語ったところによれば、今朝は六時起きで、考え得る限りの方面に問い合わせをしていたらしい。「はっきり言っておくが」彼は付け加えた。「昨夜あの男を捕まえ損ねたのは奥方のせいじゃないよ」

「このご婦人、いつもの如く、さぞ向こう見ずなことだっただろうね」ブリードンが訊いた。

「あら、とんでもない」アンジェラは気色ばんだ。「ちょっと飛ばしただけよ」

「標識によるとローギルまでは八マイルだが」リーランドは言った。「実際にはもう少しある。奥さんはよくやってくれた――ほら、勾配はプルフォード街道よりずっときついだろう――そこを十二分で到着してくれたんだ。しかし、こっちには運がなかった。ローギル発の上り列車が――あの駅に停まる急行はその列車だけなんだが――われわれが着く直前に発ったところでね。むろん、ブリンクマンがそれに乗り込んだかどうかはわからない。彼を運んだ車とは、駅からほんの数百ヤード手前の路上ですれ違ったが、とても止まって問い質している余裕はなかった」

「やつはどんな車に乗っていたんだ？」

「そこがむかつく点なのさ――いや、失礼、奥さん」

「本当に頭にくるわ」アンジェラは落ち着いた様子で言い直した。「それはね、ガレージの車だったのよ。九時二十五分前に、リーランドさんの鼻先を悠々と出ていったの。パルトニーさんの探偵顔負けの頭脳でも、何が起きているか気づかなかったのね」

「いいかい」リーランドが説明した。「これは非常によく練られた計略だったんだ。ブリンクマンは午後早いうちにガレージに電話をかけ、チルソープ駅に八時四十分に着く列車の迎えを依頼した。彼はメリックと名乗った。ガレージでは当然、客にどこから電話をしているかなんて尋ねたりはしない。その時刻の列車に車を差し向けるのはいつものことだからだ。で、むろん、彼らはその列車で誰かが到着するのだと思い込んだ。その後、車が町外れに出て、ちょうど谷の真上にあたる路上を通ったとき、運転手は、書類鞄を携え、駅からチルソープの方角へ歩いているらしい男に呼び止められた。男は合図して車を止めると、メリック氏を迎えにいくのかと尋ねた。それから、自分は非常に急いでいる、なぜならローギルで急行列車を捕まえたいからだ、と説明した。それはまったく不自然に聞こえなかったし、時間もあまりない。そこで運転手は最善を尽くし、ちょうど急行を捕まえる時間に間に合わせた。彼はわれわれとすれ違ったときも、こちらのことがわからなかった。で、チルソープに戻ってきて初めて、自分のしたことを知ったんだ。一方、ブリンクマンがローギルに留まっているのか、それとも本当に列車に乗り込んだのかは、もはや知るすべもない」

「あるいは、それより遅い列車でプルフォードに戻ったか」ブリードンがそれとなく言った。

「いや、その線はない。十分、見張りを置いたからな。しかし、その他となると確かなことがなくて、おおいに弱っている。おれはロンドンに連絡して、ブリンクマンの人相を伝え、列車が到着したら見張るように命じた。だが、どうせ、なんの役にも立ちはしないだろう。三十分もしたら、ロンドンから電報で何も見つけられなかったと言ってくるに違いない」

「途中で列車を止められなかったのか？」

「できればそうしたかったさ。だが郵便列車だったものでね。そのうえ一等車は金持ち客でいっぱいだ。これが土曜の夜のローカル線なら、おれだって列車を止めて捜索しているところだ。乗客全員、二時間は足止めさ。それでいて、新聞社に抗議の手紙一通、行かないんだ。ところが、犯人逮捕が目的とは言え、あれだけ大きな急行列車を止めて、その挙句何も出なかったら、下院で吊し上げを食ってしまう。しかも見てのとおり、形勢は不利だ。おれにはブリンクマンが殺人犯であることを立証できないんだから。少なくとも、今のところはな。もしやつがモットラムの車で逃げたのなら、おれはやつを車両窃盗罪で逮捕できる。だが彼はそうしなかった。それどころか、ミセス・デイヴィスへの勘定まですませているんだ」

「昨日の午後、勘定書きを持ってくるように言いつけたのを、われわれが気づかなかったというのか？」

「いや、自分で正確に計算したのさ。女中に渡すチップの二シリングまで入れてね。そして出ていった。金は部屋の簞笥の上に置いてあったよ」

「彼のスーツケースは?」

「あれはやつのじゃない。モットラムのものだったんだ。私物はすべて書類鞄に入れて持ち去った。ガレージの連中に偽名を使った点はともかく、極めてまっとうなやり方で立ち去ったわけさ。そんな男を列車を止めてまで逮捕するわけにはいかない。そのうえローギルに潜伏している可能性だっておおいにあるわけだし」

パルトニー氏が部屋に入ってきたのはこのときだった。老紳士は両手をこすり合わせながら、回想の喜びに浸っていた。朝食をとる必要もほとんどなさそうだ。ひと晩の体験をたっぷり反芻していたからである。「なんという一日だったことか!」彼は叫んだ。「わしは持ち主の許しも得ずに自動車を調べ、機械の一部まで開けてみた。殺人の容疑をかけられたかと思えば、犯人に跳びかかるのを待ちながら、えらく隙間風の吹くガレージで張り込みをした。終いには、赤の他人に『また会いましたな』なんぞという合言葉を使って近づいた。実際、人生で、これ以上刺激的なことはありますまい。ところで、イームズさんはどちらに?」

「わたくしたちと一緒にローギルにお連れしたんですけど」アンジェラが説明した。「あちらに着いたら、どうしても遅い列車でプルフォードに戻るとおっしゃって。司教様とお話しすることがあるそうですの。かたとして、パジャマと歯ブラシを置いていかれました。それを取りに、今日のうちにこちらにいらっしゃるそうです。ですから、すぐまたお会いになれますわ」

「あれはたいしたお人です。人物の判断に長けている。わしのことを即座に思考型の人間と見抜いたのですからな。ほう、これは! このソーセージはミセス・デイヴィスからと考えてよろしいのかな?」

「すてきでしょう?」アンジェラは答えた。「きっと彼女も何かの形でお悔やみをしたかったんですわ。それにお勘定を支払ってもらったので、ご機嫌がいいんでしょう。わたし、ブリンキーって、結局、それほど不愉快な人じゃなかったと思いますわ」

「いいですか」リーランドが真剣な口調で言った。「犯罪者というものが人間らしい感情をいっさい失っていると思ったら大間違いです。ブリンクマンが主人を殺し、自分のものでもない車と千ポンドを奪って逃げる準備をしておきながら、一方で、ミセス・デイヴィスのような堅気の婦人に貧乏くじを引かせるのは忍びないと考えたとしても、なんの不思議もないんです。人間をひとつの型にはめて語るわけにはいかんということですよ」

「それにしても、よりによって谷間に寄っていくなんて、妙な人だこと! そりゃあ、とてもすばらしい所だとは聞いていますけど。主人の話では、ブリンクマンはその光景を絶賛していたそうですし。でも、南米に高飛びしようっていう人が、その前に悠長に名残を惜しんでいくなんて、やっぱり変じゃなくて?」

「確かに彼は谷に魅力を感じていたかもしれません」リーランドは認めた。「だが、わたしは、彼の行動は奥さんが思うよりはるかに合理的なものであったと考えます。結局、谷の向こう側に現れたからこそ、運転手は彼を見つけたとき、ごく自然に、チルソープに向かっていると思ったのです。それに、彼が尾行に気づいていたのはまず間違いありません。イームズ氏は非常に有能な人物だが、尾行にあたっては少しばかり注意を欠き、それで勘づかれてしまったのでしょう。ブリンクマンはおそらく、自分をつけているのはブリードンだと考えたでしょうが」

「それは主人がしくじったから、という意味ですの?」アンジェラが問いかけた。「マイルズ、食事中にパンを投げるのはやめて。無作法よ」

「そうじゃありません。ブリンクマンはイームズ氏が映画に出かけたものと思い込んでいたという意味です。一方、ブリードンに対しては、彼が宿に残るのを知っていたし、通りを見下ろす窓辺に座っているところも見ている。となれば当然、ブリードンこそ宿の正面側の見張り役だと思い、自分のあとをつけてきたのも彼だと考えたに違いないのです」

「実際は、もっとひどい話なんだ」ブリードンは言った。「言いにくいんだが、家内が部屋を出たとき、いつものがさつなやり方でドアを開けたものだから、カードが三枚、下の通りに飛んでいってしまったんだよ。ぼくはブリンクマンはすでに行ってしまったものと思った。まったく気配がなかったんだ。そこで階下へ降りていき、カードを回収した。何もまずいことはないと思ってね。しかし、それ以来、ずっと考えているんだ。やはりブリンクマンは陰からこっちを窺っていたのかもしれない。そしてぼくが窓からいなくなったのを見て、尾行に気づいたんじゃないだろうか。まったく面目ない」

「いや、それはたいした問題ではないと思う。やつは冷静沈着な男だからね、きみが窓辺に座っているのは罠で、実際に見張られているのは裏手だと考えたんじゃないかな。そこは当たらずといえども遠からずだったわけだが」

「うむ、そのとおり」パルトニーが同意した。「あんたは馬小屋に、またえらく目つきの鋭い紳士を配置しましたからな」

「やつはいよいよ腹をくくった。尾行には気づいたが、背後の男が距離を置いてつけてくる限り、また、これぞという瞬間に確実に車を拾えさえすれば、どうということはない。こっちはやることなすことうまくいかなかった。おれとしては、やつは必ずモットラムの車を取りに来ると確信していたんだ。あれだけ出発の準備を整えていたんだからね。この期に及んでも、やつがなぜこうもあっさりと車を残していったのか、理解できない。われわれがガレージで張り込んでいて、安全でないのを知っていたなら別だが。しかし、あの千ポンドがなければ金に困るだろうに」

「主人は」アンジェラはいたずらっぽく言った。「彼がモットラムの車で出かけないことをあらかじめ知っていたようですけど」

「ほう。それはまた」リーランドは尋ねた。「どうしたわけで?」

「すまない。もっと早く思いつくべきだったよ。口にして初めてはっきりしたんだが、むろん、そのときには手遅れだった。しかもそれは、あくまでぼくが頭の中で推理して導き出した結論に過ぎないんでね。ぼくはずっと、この事件を解き明かそうと頭を捻ってきた。しかしようやく、すべての事実に説明をつけられる段階に達したようだ。それによると、ブリンクマンが千ポンドと車を持ち逃げするという可能性は、まったく考えられないわけじゃないが、必ずしも必要ではないんだ」

「ようするに、きみはいまだに自殺説に未練があるんだな?」

「そうは言ってないよ」

「それにしても、いまいましい。何もかもはっきりしないことだらけだが、ブリンクマンが悪党だということだけは確かだ。やつがモットラムを殺していないとすると、この一連の仕業はなんのためだ? 夜になってから急に逃げ出したり、駅まで送らせる車を頼むのに偽名を使うような男を無実と結びつけて考えるのは、おれには無理だね」

「それでも、悪党だという漠然とした印象だけでは不十分だ。それを根拠に絞首刑にすることなどできない。きみはやつが殺人を犯した動機を見つけなければ。どうやって成功したのかという、その方法もだ。それを示す用意はできているのかい？」

「もちろんだとも」リーランドは答えた。「おれだってこの事件を隅から隅まで知り尽くしていると は言わない。だが、起きたことのひとつひとつに対して、おれなりに合理的だと思える説明は用意している。その説明に従うと、モットラムはどうしても殺されたことになるんだ」

第二十三章　リーランドの推理

「むろん、動機に関しては」リーランドは続けた。「これだと断言できるほどのものはない。しかし、いくつか強力なのが集まれば、それで十分だろう。全体から見て、まず挙げたいのが例の千ポンドだ。モットラムは、裕福なわりには秘書にたいした給料を払っていなかった。時には解雇を仄めかすこともあっただろう。ブリンクマンはモットラムが金を所持しているのを知っていた。銀行で小切手を換金したのは他ならぬ彼自身だからだ。それは彼らがここへやって来る一日二日前のことだった。一方で、ブリンクマンが金の在り処を知っていたかについては怪しいと思う。モットラムが彼を信用していなかったのは明らかだ。さもなきゃ、手間暇かけて金を車のクッションに縫い込んだりしないだろうからな。最初にあの金を見つけたとき、おれはてっきり、ブリンクマンがその存在を知っているものと思った。だからこそ、やつはまっすぐガレージに向かうと確信したんだ。今にして思えば、金はモットラムが身近に置いていたというのがやつの考えで、警察が呼ばれるまでの間に見つけ出すつもりだったに違いない」

「するときみは、結局、安楽死保険はこの事件には無関係だったと考えているのか？」

「そうは言わない。ブリンクマンが熱狂的な反教権主義者であったことは間違いない――イームズ氏から詳しく聞いたよ。やつのことだ、モットラムを自殺と見せかけて始末する機会があれば、決して逃すことはないだろう。自殺となれば、インディスクライブバブル社は断固として支払いを拒否するからな。しかし、いずれにしても、やつは自殺に見せかけたかったのさ。己の身の安全を図るためにね」

「では、彼の心には両方の動機が存在したと？」

「おそらく。やつがモットラムの健康に迫る危険と、それに伴う、プルフォードの司教区に金が行ってしまう危険――彼の立場からすればだが――について知っていたのは疑いの余地がない。だがおれはその動機だけでは不十分だと考える。やはり、例の千ポンドを持ち逃げする計画があればこそ、だよ」

「よし、殺人の動機はそれでいいとして」ブリードンは言った。「方法についてきみの説を聞かせてくれ」

「われわれのそもそもの誤りは、事実を受け容れなかった点にある。事実に導びかれて考えるのでなく、自分たちの考えついたことに事実をあてはめようとした。われわれの前には最初から大きな矛盾が立ちはだかっていた。ドアに鍵が掛かっていたことを考えれば、モットラムが死んだときひとりだったのは確かだ。一方、ガスの栓が閉まっていたことを考えれば、モットラムが死んだときひとりであったはずがない。自殺と他殺、両方にそう疑うだけの理由があった。難しいのは、両方の説に完全にあてはまる理屈を捻り出すことだった。繰り返すが、われわれは事実に従わずに考えるという誤りを犯した。ドアには鍵が掛かっていた、これは事実だ。ゆえに、ベッドに入ってから部屋のドアが押し破られるまでの間、モットラムはひとりだったはずだ。一方、ドアが押し破られたとき、ガス栓は閉まった状態だった。誰かが閉めたに違いない。それをするためには、その誰かは部屋の中にいなければならない。部屋にいたのはひとりだけ。モットラムだ。ゆえに、ガス栓を閉めたのはモットラムだということになる」

「死に際に閉めたということか？」

「いや、そんな話はばかげている。モットラムは明らかに、ランプを消したときにガス栓を閉めたんだ。従って、モットラムを死なせたのは、彼の部屋のガスではない」

「そいつはおかしい、もし彼の部屋のでなかったら――」

「おれが言っているのは、モットラムの部屋で開け閉めするガスじゃなかったという意味だ。そのガス栓は閉まっていたんだから。つまり、彼を死に至らしめたのは、別の場所から引いてきたガスだったんだよ」

「たとえば、どんな？」

「まだ閃かないか？　ほら、あの部屋はかなり天井が低かったじゃないか。そのうえ窓は高いところにあった。となれば、上のほうの外部からガスを送り込むのもできない相談じゃない」

「おいおい！　きみはまさか、あのブリンクマンが――」

「ブリンクマンは真上の部屋に泊まっていた。やつが逃げ出したんで、じっくり調べることができたよ。今朝早く、いくつか実験をしてみた結果、まず、ブリンクマンの部屋の窓から身を乗り出せば、ステッキを使ってモットラムの部屋の窓を開閉できることを発見した――あの窓はゆるいからね。ほとんど閉まった状態にするのも、逆にいっぱいに開けておくのも、思いのままだっただろうさ」

「ほう、なるほどね」

「さらに、ブリンクマンの部屋にはモットラムの部屋と同じく、二つのランプが設置されていることもわかった。ひとつは壁に張り出したランプ、ひとつは移動可能なスタンドランプだ。しかし、モットラムの部屋ではドア近くに元栓があり、そこからゴム管が伸びて書き物机の上のスタンドランプに繋がっているのに対し、ブリンクマンの部屋ではそれが逆だった。元栓は窓のそばにあり、ゴム管はベッドまで伸びて枕元のスタンドランプに繋がっていた。ブリンクマンの部屋の元栓は窓から一ヤードも離れていない。そしてスタンドランプのゴム管は四ヤードほどの長さがある。

モットラムが床に就くと、ブリンクマンは階上の自室に戻った。彼はモットラムが睡眠薬を服用すること、そうすると三十分かそこらで寝入ってしまい、何が起きても気づかないことを知っていた。そこで頃合いを見計らい、次のとおりに事を進めた。まず、スタンドランプの足の部分からゴム管をはずす。造作もない作業だ。次に窓際までゴム管を持って行く。ステッキを使って、階下のモットラムの部屋の窓をかすかに開ける——もともと少し開いていたんだ。こうして作った通り道から、先端がモットラムの部屋の中に入るまでゴム管を降ろしていく。それから再びステッキを使い、ゴム管を通すのに必要なわずかな隙間を残して窓を閉める。そしてスタンドランプ用のガス栓を開ける。ガスがゴム管を通じてモットラムの部屋に流れ込んでいく。このゴム管こそ、鍵の掛かった部屋の中で眠っていたモットラムを中毒に至らしめ、その恐ろしい仕事が終わるや、なんの痕跡も残さずに戻っていった毒蛇なのだ。

窓が開いたままになっていたのが、ブリンクマンの不注意によるものなのか、それとも風の仕業だったのか、おれにはわからない。どのみち、彼の計画にはたいした影響を与えなかった。彼は今や殺人を成し遂げるのに成功した。それも、誰にも容疑のかからない方法で。しかし、もうひとつ、乗り越えねばならない問題があった。他殺の疑いを取り除き、自殺の疑いを不可避とするには、モットラムの部屋のガス栓を開けておく必要があった。先程と違い、今度はそこまで届くような道具はない。そこで彼はひと芝居打つことにした。ドアに鍵が掛かっていて中に入れないとなれば、下男はきっと彼を呼びに来るだろう。彼は下男とともに部屋に押し入ることになる。そうしたらまっすぐガス栓のところに行き、栓を閉めるふりをするのだ。誰もが彼が閉めたと思うに違いない。部屋にはガスの臭いが充満している。下男より頭の回る人間でも、その臭いの原因は部屋のガスがついていたからだと思い込むはずだ。

ブリンクマンの計画は、準備段階では完璧だった。ところが、それを実行する段になって、予期せぬ邪魔が入った。ブリンクマンはきみに死体発見時の説明をしたとき、戸外にいるフェラーズ医師を見つけて中へ呼び入れようと提案したのは自分だと語った。だが、下男の話によると、実際にフェラーズ医師の姿に気づき、彼を呼ぶように勧めたのは下男のほうだったのだ。これは非常に重要な点でありながら、誰もその意味に気づかなかったらしく、検死審問でも見過ごされてしまった。ブリンクマンは本音ではフェラーズ医師に来てほしくなかった。しかし下男の言い分はもっともなので、拒むわけにもいかない。ブリンクマンはドアに屈み込み、錠の部分に肩をあてた。そしてフェラーズが蝶番の側に立って体重をかけた。壊れたのが錠だったら、ブリンクマンは真っ先に部屋に飛び込んで、誰にも怪しまれずにガス栓を閉める真似ができただろう。

あいにく、壊れたのは蝶番のほうだった。フェラーズ医師は何よりもまず、換気のためにガス栓を閉めなければならないと思っていたので、壊れたドアを跨いでまっすぐその場所に向かった。ブリンクマンは遅れを取ったわけだ。フェラーズはガス栓がすでに閉まっているのを見て、思わず驚きの声を上げた。下男が叫び声を聞いている。ブリンクマンの計画は失敗に終わった。こうなったら、ガス栓がもともとゆるかったので、フェラーズ医師が無意識のうちに閉めてしまったということにするしかない。ブリードン、これがやつがきみに聞かせた、見え透いた作り話だ」

「どうもよくわからないな」ブリードンは言った。「そういったことが車の中にあったサンドイッチやウィスキーとどうつながるのか。あれはどういう意味なんだ？」

「ブリンクマンのやつ、真っ先にガス栓に駆けつけるのに失敗したことで、足がつくんじゃないかと心配になったんだ。それで逃げる気になったのさ。食料を積み込んだり、ナンバープレートを黒く塗りつぶしたり――ああいう準備をしたのは、おれがここへ着く前のことだったに違いない。おれはこっちに着いてから、やつを厳しい監視下に置いた。だがそれは火曜の午後のことで、そのときには、もう準備は整っていたと見るべきだ」

「それじゃ、どうして逃げなかったんだ？」

「おれの到着で新たな不安が生じたんだろう。やつはしきりに自殺説を押しつけてきた。しかし、おれはなびかなかった。もしやつが逃げたりしたら、他殺だというおれの確信は深まるばかりだ。しかも、首尾よく逃げおおせたところで、そうなるといよいよ、きみのインディスクライバブル社はプルフォードの司教に保険金を支払わねばならない。やつはその考えには我慢がならなかった。それぐらいならと、ここに残ってきみに、この事件は自殺で、会社としては保険金を支払う義務はないと信じ込ませることにした。きみときたら、すでに半分信じているようなものだったからね」

「実際には、葬儀を待って、それから逃げようとしたのか？」

「いや、やつは監視が解けるのを待っていたんだ。奇妙な仕事だよ、人をつけるっていうのは。尾行しているのが誰かとか、どこにいるかについては、相手に知られたらまずい。それでいて、尾行されていることには気づかせたいって場合がよくあるんだ。相手が冷静さを失い、馬脚を現すのを狙ってね。ところでブリンクマンは、おれに疑われていることも、〈白鳥亭〉に二人の部下が張り込んでいることも知らなかったと思わせた。だがおれは、見張られていることには気づかせるようにして、ここで身を隠すのはかえって危険だと思わせた。よくある手さ、そういう印象を与えておいて、不意に解放する——ほんの束の間だがね。相手がチャンスを摑んだつもりで逃げようとするところを、まんまと捕まえるわけさ。昨日の夜、やつは本当に、玄関を見張っているのはきみひとりだと思っていたんだ。しかし、癪だが頭の回る男だから、ガレージはどうも危険だと判断した。そこで電話をかけ、チルソープ駅八時四十分着の列車の迎えの車を手配して、不敵にも途中からそれに乗り込む手筈を整えた。誰を責めるわけでもないが、おれは今、真剣に恐れている。殺人犯をみすみす取り逃がしたんじゃないかとな」

リーランドの言葉を裏付けるように、女中が電報を手に入って来た。彼はそれに目を走らせるなり、握りつぶした。「思ったとおりだ。連中は終着駅で列車を捜索したが、目当ての男は乗っていなかった。港も見張るだろうが、どうせ捕まえられやしない。不毛もいいところだ」

「まだきみが説明していないことがある」ブリードンは言った。「犯行後のブリンクマンの行動についてだよ。きみがすべてを説明しない理由はわかっている。すべてを知っているわけではないからだ。しかし、犯行当夜のブリンクマンの行動についてのきみの説明は、凡人には思いつけないものだ。ぼくとしてはそれが真実であることを祈るばかりだ。本当に、そう願っているんだよ。天才的な犯人と相まみえる機会など、一生に一度、あるかないかだからね。しかし、その理論にはひとつだけ、致命的な欠点がある。ガス栓には、モットラムがそれを開けたときの指紋はついているのに、なぜ閉めたときの指紋はついていないのか、きみはまだ説明していない」

「うむ、なるほど。その点が謎のままであることは認める。しかし、状況から想像すれば
「状況を想像することはできる。しかし状況を事実に当てはめることはできない。もしガス栓がモットラムのベッドにかなり近い位置にあり、そばにステッキでも置いてあったのなら、彼がそれを使ってガス栓を閉めたということも考えられる。横着者がよくやる手だ。だが、ガス栓はそんなことができるほど近くにはなかった。あるいは、もしモットラムが手袋をはめてベッドに入っていたのなら、その状態でガス栓を閉めたかもしれない。だが彼は手袋などはめていなかった。あの栓は固かった。きみが開けたときと、閉めたとき、二度ともね。もし素手で閉められたのなら、当然、かすかに指の跡が残っているはずだ。従って、栓は素手で閉められたのではないということになる。つまり、閉めたのがモットラムであれ誰であれ、その目的はガスを止めることではなかったんだ。それをすることに秘密の目的を持った者により閉められたのさ」

「犯行の目的か？」

「そうは言わない。ぼくは秘密の目的と言ったんだ。きみの見解ではそこのところの説明がない。その説明がない限り、いかによくできた話でも、四十ポンドには値しないね……おやおや！　どうやらお客さんのようだぞ」

ガレージのタクシーが宿の玄関先で客を降ろしていた。明らかにプルフォードからの早朝の列車で来た客だ。彼らの正体はすぐにわかった。喫茶室のドアが開き、いかにも「どうぞ、そのままで」という顔をしながら、プルフォードの司教が入って来た。イームズがそれに続く。

「おはようございます、ブリードンさん。このようにあなたやお仲間方の朝食の席に押しかけて、大

変申し訳なく思います。しかし、ここにいるイームズから昨夜のみなさんの大捕物について聞きましてね。お疲れではありましょうが、ブリンクマン氏が急に発たれたとのことで、わたしの知っていることをすべてお話しするべきだと思ったのです」

ブリードンは必要な紹介を手短にすませた。「では、やはりあなたは何かご存知なのですね」

「ああ、わたしがあなたを騙していたとお考えになってはいけませんよ、ブリードンさん。わたしがお話ししようとしている証拠は、昨夜手に入ったばかりなのです。とは言え、決め手になるものです。これは、お気の毒なモットラムさんの死が、自殺であったことを証明するものなのです」

第二十四章　秘密の手紙

「発想の転換なるものは」パルトニー氏が口を開いた。「非常によい頭の運動になります。とりわけ、わしのような齢の者には。だが白状すれば、途中までくると、こんがらがってしまうのですよ。ようするに、ブリンクマン氏は殺人犯どころか、夜間ドライブが趣味なだけの、無害な男だったというわけですか。それについてはむろん、満足のいく説明をいただけるのでしょうが、どうも、どなたかに正直さが欠けていたようですな」

「おそらくイームズにでしょう」司教が言った。「当人のために打ち明けねばなりませんが、彼はあることを隠していました。しかし彼の行動に非難するべきところがあるとしたら、その責めを負うのは無条件にこのわたしでなければなりません。とは申せ、これより早く明らかにしたところで、どれだけ正義の役に立ったかはわかりませんが。ともかく、時を移さず、こうしてあなた方の前にお持ちした次第です」

「あなたがおっしゃっているのは、谷間に残されていたあの手紙のことですか?」ブリードンが先回りした。「プルフォードの司教宛ての、自殺の告白を記した?」

「これは驚きました、ブリードンさん。あなたはわたしに負けず劣らずこの件についてご存知のようですな！　ようするに、こういうことなのです。リーランドさん、昨夜、イームズはあなたにこう言いましたね。谷に沿ってブリンクマンをつけたが、ブリンクマンは車に乗って姿を消した、と。しかし、谷の中ほどまで来たとき、彼が岩棚の下で、まるでそこに何かを載せるか、あるいは降ろそうとでもするように、跳び上がっているのを見たことは話しませんでした。その、彼が載せるか、あるいは降ろそうとしていたものこそ、紛れもなく、今わたしが手にしているこの文書なのです。イームズはブリンクマンが去ったあとにこれを見つけました。そして、わたし宛てに親展と書いてあるのを見て、あなたには知らせず、まっすぐわたしのところに持ってくるのが最善であると考えたのです。ブリードンさん、彼はあなたにもお話ししていないと思うのですが」

「そのとおりです」イームズが横から言った。

「なんて痛快なんでしょう、イームズさん」アンジェラは言った。「わたくしども、主人にはほとほと手を焼いておりますの。この人ときたら、自分ではこの謎について何もかも知っているつもりでいるのですが、まったく教えてくれようとしません。癪にさわりませんこと？　ですから、あなたがまんまと主人に隠し事をなさったと考えると、愉快でたまりませんわ」

「あながち、そういうわけでもないんだよ」ブリードンが異を唱えた。「ちょっとこれに目を通していただけませんか、イームズさん」一枚の紙切れがイームズに手渡され、次々と他の者たちに回された。それを読むと、確かにイームズの用心も無意味だったと思われた。それは悪路を時速三十五マイルで走る、スプリングの効かない車に乗った男が鉛筆で殴り書きしたもので、文面はこれだけだった。

イームズに谷間で見つけたものを見せろと言え。あれはきみだと思っていた。

F・ブリンクマン

「ああ！」司教が声を上げた。「どうやらブリンクマンは、カトリック当局の手に渡った文書の運命に疑念を抱いていたようですね。哀れなお人だ。彼はわれわれには常に辛辣でした。しかしながら、ブリードンさん、われわれはこのとおり、善良な少年のように真実を申し上げます。わたしが今朝参ったのは、まさにこの文書をあなたの手にゆだねるためです。しかし、わたしはイームズがこれを保持していたのは極めて正しい行為であると考えます。このような上書きがあった以上、第三者にはその存在さえ知らせず、直接わたしの手元に届けるのが順当というものです」

「わたし個人としては」リーランドが口をはさんだ。「イームズさんは、よくぞなさったと思います。そもそもわたしは、こういった、死後になってわらわら出てくる新事実というものを信用しないのです。それよりも死者の秘密を尊重するべきだと思います。しかし、結局、司教様はその手紙の中身をわれわれに見せてくださるおつもりだと考えてよろしいのですね」

「もちろんですとも。お気の毒なモットラムさんの最期の意志がどうなるかは、この問題を託されたわたしの気持ちひとつで決まるようです。わたし自身はこれを公にすることについていささかのためらいもありません。今、この場で読み上げましょうか？」

　みなが口々に同意するのに応えて、司教は封筒から中身を取り出した。「前もって申し上げておくべきですが」彼は説明した。「わたしは亡くなったモットラムさんの筆跡をよく存じております。そしてこれはまさに彼の自筆であり、偽物ではないことを心から確信しております。なぜこのようなことを申し上げるかは、のちほどおわかりになるでしょう。内容は次のとおりです。

親愛なる司教閣下
去る木曜夜の語らいののち、わたくしが、人は与えられた状況次第では——ことに当人が痛みを伴う不治の病に侵されている場合には——自ら命を絶つことも是であると主張いたしましたこと、今も閣下のご記憶のうちにあると存じます。あの折、わたくしが唱えましたこの主張を改めてご説明しますなら、それすなわち、目的は手段を正当化する——よしんばその手段が悪であれ、目的が善なれば——というものであります。司教閣下には、反対のご意見であられることは十分承知しております。すなわち、目的は手段を正当化するものではない、と。しかしながら、わたくしが今現在抱えておりますような具体的な事例におきましては、必ずや閣下のご理解を得られるものと信じて疑いません。なぜならば、わたくしは、常々閣下が仰せのとおり、人が苦境にあるときに為し得るすべてのことを、知力の限りを尽くして実行しているからであります。
遺憾ながら、閣下にお伝えすべき儀がございます。先頃、ロンドンにて専門医の診断を受けましたところ、不治の病との宣告が下されました。その病名はわたくしには理解しがたく、ここに詳しく記しますことは控えさせていただきます。が、専門医の確たる意見によれば、わたくしの余命はあと二年前後であり、しかもその間、ひとかたならぬ痛みが伴うであろうとのことであります。それゆえわたくしは、すでに言葉を尽くして閣下にご説明申し上げました議論の線に従い、自らの手で命を絶つ所存であります。この書状が閣下のお手元に届きます頃には、わが死の状況も、十分に衆人の知るところとなっているでありましょう。
閣下もご承知のとおり、わたくしは宗教上のいかなる信念も持ち合わせておりません。しかしながら、ある種の来世の存在を信じ、われらはみな、現世で己に与えられた機会をいかに活用したかに従い、裁きを受けるものと信じております。また、神は慈悲深く、何を為すべきかを知ることの難しさ、さらにそれを為すことの難しさを、ご斟酌くださるものと信じます。わたくしにも艱難辛苦の時代はございましたが、その間、常に最善を尽くしていたとは申せません。それゆえ、わたくしは神との和解を願い、所有財産のいくばくかをプルフォード司教区のためにご活用いただくよう、司教閣下に遺贈のお許しを賜りたいと存じます。前記の遺産は、わたくしが加入いたしておりますインディスクライバブル保険会社の安楽死保険から生じる利益で構成されるもので、過日作成いたしました遺書にて、遺贈の旨、顧問弁護士に指示いたしております。

閣下は聖者であられます。プルフォード市民のために、必ずやご尽力くださるでしょう。閣下の教えには背きますが、金は善なる目的のために役立ってくれるものと信じます。この書状を内密に保管され、また、わたくしが自ら命を絶ったことは口外なさらぬほうが望ましいことは、閣下もおわかりくださることと存じます。もしわたくしが自らの手で死んだということになれば、保険会社は規定により支払いを拒むでありましょう。故人が精神に異常をきたしていた場合はこの限りではないものの、わたくしの場合、完全に正常な状態にありますので該当いたしません。ですが、もしわたくしが整えました準備が首尾よく効果をあげましたなら、検死陪審が自殺と判断することはなく、因りて保険金も支払われることとなりましょう。閣下にはこのこと、ひたすら公正なるをご理解いただけるものと存じます。その理由は、第一に、わたくしが自らの命を絶ちますのは、天寿に先駆けることほんの数ヶ月に過ぎぬこと、第二に、遺贈の目的は、数人の利己的な享楽のためではなく、多くの、おもに貧しい人々の精神的利益のためだからであります。わたくしがこの書状をしたためますのは、ただ閣下にお目を通していただくためのみにて、公表は御無用に願います。わたくしは己の行動を、仮にまったくの誤りだとしても、痛みに苦しむのを恐れ、財産を善なる目的のために遺そうと尽力するを以って、神が許し給うことを固く信じております。同じ宗教を持たぬ身でありながら、日頃より大聖堂で賜りましたご厚情の数々に心よりの感謝を捧げつつ。

閣下の忠実なる僕
J・モットラム

読み上げる間、司教の声は所々で震えを帯びた。文面はたどたどしいが、手紙の主が友情溢れる決意を伝えようと懸命に筆を運んでいる様子に、心動かされずにいられなかったのだ。「哀れな友を思うと、残念でなりません」彼は言った。「わたしどもは年を重ねるほどに、人間の良心が持つ奇妙な気まぐれに用心しなければなりません。これは頭の狂った人間の書いた手紙ではありません。それなのに、何が良心をこうも妙な形に歪めてしまうのでしょうか。しかしながら、わたしがこちらに参りましたのは、そうしたことをいちいちお話しするためではありません。あなた方もご承知のとおり、手紙の主はわたしに、これを世間に伏せておくように勧めておりますが、義務は負わせておりません。もしそうでしたら、わたしは尋常でなく困った立場に置かれていたことでしょう。わたしとしては、これをあなた方に読んでお聞かせすることになんのためらいもありませんでした。また必要とあらば、いつでも法廷に提出する用意があります。結局、わたしどもへの遺産はただの幻想に終わったようですな」

「お気の毒に！」アンジェラは言った。「それにあなたも運が悪かったわね、リーランドさん。お聞きくださいませ、司教様、リーランドさんはつい先程、ブリンクマンさんが上のお部屋からガスを送り込んでモットラムさんを殺したと、わたくしたちを言いくるめたところでしたのよ」

「そのようなひどい話でなくて、幸いでした」司教は言った。「少なくとも、この手紙のおかげで、彼に対してもっと穏やか見方ができるわけです」

「これはまったく」パルトニー氏が言った。「他に例を見ない、いや、危うく面白いと口をすべらせてしまいそうな状況ですな。もし二つの事柄が同時に起こり得たとしたら――、モットラムが階下でガス自殺を企てている、まさにその瞬間に、ブリンクマンがそんなこととは露知らず、余分なガスを階上から彼に与えていたとしたら。その場合、これを自殺と呼ぶべきか、はたまた他殺と呼ぶべきなのか、いささか複雑な問題となるでしょう。いや、失礼」彼は司教に軽く頭を下げて付け加えた。「ここにはうってつけの権威がおられましたな」

「とんでもない、わたしにお尋ねにならないでください」司教は抗議した。「わたしにしても教誨師の意見を聞かねばなりませんが、彼なら、この事件においては、殺人という行為が自殺という行為の中に流れ込んだのだと言うかもしれません。あまり役に立つ答えだとも思えませんが」

「おそらく」イームズが仄めかした。「ブリードンさんなら、インディスクライバブル社がこうした場合、どのような見解を示すか、教えてくださるでしょう」

「社としても悩むところでしょうね」ブリードンは答えた。「ですが幸いにも、今度の件ではそのような疑いの入り込む余地はありません。リーランドの他殺説の拠り所は、ガス栓が閉まっていたのだから自殺はありえないという理屈のみだからです。一方、パルトニーさんの独創的な示唆は、リーランドが回避しようとしている矛盾と同じ問題を抱えている」

「何が何やらさっぱりわからないよ」リーランドはこぼした。「まるで悪夢だ、この事件は。ようやく確たる根拠が得られたと思うたびに、足下で崩れてしまうんだから。じきに幽霊の存在だって信じるようになるだろうさ。ところで、この手紙だが、どう解釈すればいいんだろう。ちょっと封筒をお見せ願えますか、司教様……ありがとうございます。うむ、ブリンクマンがこれを岩棚に載せようとしていたのでないことは明らかだ。彼は取ろうとしていたんだ。雨風でかなり変色しているところを見ると、ゆうに一週間はあそこに置かれていたに違いない。それにしても、ブリンクマンはいったいなぜ、そんなに必死になって手紙を持ち去ろうとしたのだろう。手紙は事件が自殺であることを証明するもので、それこそまさに、彼が望んでいたことなのに」

「ブリンクマンは手紙の内容を知らなかったのかもしれませんよ」イームズが指摘した。

「その中に例の千ポンドが入っていると考えたのかもしれん」パルトニーが言った。「司教さんへの思いがけない贈り物としてね。わしは軽業師ではないが、それだけの大金をもらえるとあらば、かなり高くまで跳び上がれると思いますぞ」

「ブリンクマンは知っていたのだろうか」リーランドは言った。「むろん、もし知っていたなら、彼はモットラムの自殺の事前共犯だったということになる。それで自分の立場が不安になったのかもしれない——しかし、この考えはどうも現実味がないな」

「手紙の中身を拝見してもよろしいですか？」ブリードンは尋ねた。「失礼なのは承知していますが、ちょっと文字の書きようを見たいものですから……恐れ入ります、司教様……なるほど、これはかなり示唆に富む事実ですね、この手紙が写しだったというのは」

「写しですと？」司教が聞き咎めた。「いったいなぜ、そのようなことがわかるのです？」

「わたしはこれを心の目で、モットラムの部屋に書きかけのまま置いてあった手紙と比べてみたのです。モットラムは書き物をするとき、考えがうまく筆に乗らず、苦労するたちでした。従って、《プルフォード・エグザミナー》への投書では、ページの下のほうの、最後の文章にのみ、吸取紙が使われています。ページの他の部分は、次の文句を考えている間に、自然に乾く時間があったのです。しかし、司教様宛てのこの手紙は、すらすらと書かれていて、先に進むにつれて、吸取紙を使った跡が顕著になります。これから察するに、モットラムは前もってざっと下書きを書いておき、それから腰を据えて紙に向かい、一気に写していったのではないでしょうか」

「ブリンクマンが口述したのを書き取ったとは考えられないかな」リーランドが訊いた。「むろん、そうなるといくつか興味深い可能性が開けてくるんだが」

「いや、そういうことはないと思う。ただ、これから自殺しようとする人間が書く最後の手紙にしては、事務的なやり方だと思ってね。だが、こんなことは些細な点だ」

「一方、きみは」リーランドは言った。「おれが例の四十ポンドを渋々差し出すのを待っているわけだな」

「なんと」司教が言った。「あなたはこの件に関して個人的な利害をお持ちなのですな、ブリードンさん。いや、いずれにしても、あなたは会社に多額の保険金を支払わせずにすんだ。おそらく会社に手紙を書き、この件は自殺であるから、支払いを請求されることはないと報告なさるのでしょうね」

「その逆です、司教様」ブリードンはパイプの灰を暖炉に叩き落としながら言った。「わたしは社にこう報告するつもりです。保険金は支払わねばならない、なぜならモットラム氏は事故により亡くなったのだから、と」

第二十五章　ブリードンの説明

「信じられません！」司教が叫んだ。「あなたはまさか、この件をもみ消すおつもりではないでしょうね。それではあなたの倫理神学も、哀れなモットラム氏と同じぐらい間違っているということになりますよ」

「これは神学の問題ではありません」ブリードンは答えた。「事実の問題です。わたしはインディスクライバブル社に、モットラム氏は事故死だったと報告するつもりです。たまたまとは言え、それが真実だからです」

「あら、まあ！」アンジェラが言った。

「本当ですか？」とイームズ氏。

「また、発想の転換がどうのとおっしゃるのではないでしょうな！」パルトニー氏がうなった。

「それがまさにそのとおりなのです。正直、ぼくは椅子に座ったままで事件の謎解きをやってのけるようなタイプの探偵ではありません。何事に対しても、世間の人々が見るのと同じように見て、同じように頭を悩ませます。ところが、まったく別のことを考えているとき、たとえばペイシェンスなどをしているときに突然、それまでとは異なる事件の全貌が脳裏に浮かんでくるのです。言ってみれば、反転する立方体の錯覚のようなもので――ほら、立方体の図で、ある面が最初はへっこんで見えるのに、気持ちを切り替えることで不意にでっぱって見えるようになる、あの現象ですよ。何がその変化をもたらすのかと言えば、それはつまり、新しい光があたったことで別の特殊な角度が見つかり、そこから新しい心象を得るためです。それと同じように今回の事件でも、突然、新しい光の中でひとつの事実を目にすることにより、発想の転換が促され、その結果、おのずと事件全体の姿が見えてきたわけです」

「明快な説明をいただき、お礼を申し上げるが」パルトニー氏は言った。「それでもなお、この一週間に起きた出来事が、わしには釈然とせんのです」

「マイルズ、御託を並べるのはいいかげんにして」アンジェラが抗議した。「最初から全部説明してちょうだい、もったいぶらずに」

「わかったよ。このほうが話が面白くなるんだがな。さて、みなさんはまず、モットラム氏の人となりから知りたいことと思います。そこのところはぼくも当て推量に頼るしかありませんが、とりあえず、こう言えると思います。彼には莫大な資産があった。が、気に入った相続人はいなかった。抜け目のない、はっきり言えばけちな男で、やがて誰も彼もが自分の財産を狙っていると考えるようになった。金持ちにはありがちなことです――ある種のコンプレックスと呼ぶべきでしょうか。ここまでは合っていますか?」

「的を射ています」司教は言った。

「さらに、彼は秘密のために秘密を作ったり、人に不意打ちを食わせたり、たちの悪いいたずらを仕掛けるのが好きだった。そのうえ、ある意味、虚栄心の強い男で、自分が他人からどう思われているかを非常に気にかけ、異常なまでに知りたがっていた。一方では、カトリック教会に、少なくともプルフォードのカトリック教会の代表者たちには、高い敬意を抱いていました」

「すべて、おっしゃるとおりです」イームズが言った。

「さて、ぼくの考えでは、モットラムは本気でプルフォード司教区にいくらかの金を遺すつもりだったと思います。いや、反論はしばしお待ちください。今から詳しくご説明しますので。彼は本当に司教区に寄付をするつもりで、その意向をブリンクマンに漏らしました。ブリンクマンは言うまでもなく、筋金入りの反教権主義者ですから、猛烈に反対しました。彼の言い分はこうです。カトリック教徒というものは、世界中どこでも同じで、どんなに司教様が正直に見えても、それは上辺だけの目眩ましに過ぎない、実際のところは、カトリック教徒、とりわけカトリックの僧らは、常に金儲けに血道を上げている、金を手にするためなら、なんでもやるだろう——どんなことでも。とうとうモットラムは自分自身でこの問題に片を付ける決心をしました。まず手始めに、彼は大聖堂に出向き、善なる目的のためであれば、悪を行っても罰せられるべきではないと主張してみせました。その抽象的な意見になんらかの支持が得られるか、確かめたかったのです。しかし期待は裏切られました。そこで今度はブリンクマンに協力させて、実際にテストをしてみることにした。司教様の正直さを試そうとしたのです。

彼はロンドンに赴き、顧問弁護士に会って遺言補足書を作成し、安楽死保険の保険金をプルフォードの司教に贈ることとしました。この補足書ですが、残念ながら、彼がこれに効力を持たせる気で作ったのでないことは確かです。これも彼の秘密の一部だったのです。そののち、彼は安楽死保険の件でわが社を訪れ、専門医から余命二年との宣告を受けたと話しました。実際には、彼は頑健そのものでした。彼がこの話をでっち上げてインディスクライバブル社の人間に聞かせたのは、いざというときに、彼の死が自殺だったのではと思わせるためです（結局、そんな必要はなかったわけですが）。それから家へ戻り、休暇の準備をしました。彼はチルソープで休暇を過ごすつもりでした——より正確に言えば、チルソープで休暇をスタートさせるつもりでした。そして司教様に、チルソープまで来て休暇を一緒に過ごしてくださるようにと懇願しました。それは彼の計画にとっては必要不可欠なことだったのです」

「なるほど、それで」司教は言った。「あんなにも熱心にわたしを誘ったのですね」

「おっしゃるとおりです。彼は抜かりなく計算して、当日の朝、司教様が彼を訪ねて宿に来るように、そして、デイヴィス夫人の口から、彼がロング・プールへ釣りに出かけたと聞くように、同時に、あとから追いかけてきてほしいという伝言を受け取るように、手配しました。これで、司教様が彼の失踪の最初の証人となることが確実になります」

「彼の、なんですと？」

「失踪です。モットラムは失踪するつもりだったのです。これはわたしの想像ですが、彼の目的は司教様を試すことだけではありませんでした。自分がいなくなったあと、周囲がどんな反応を示すか、それが見たさに面白半分で身を隠す気になったのです。彼は新聞に載るような有名人になりたかった。自らの一代記を読みたいという欲もあった。《プルフォード・エグザミナー》に偽名で散々自分を中傷する手紙を書いた、いや、正確にはブリンクマンに書かせたのも、そうした心の表れでしょう。きみもそれは知っているだろう、リーランド？」

「ああ、いまいましいことに、朝方、『ブルータス』の正体が実はブリンクマンだったと聞かされたばかりだ。だが肝心な点を見抜けなかった」

「それから彼は腰を据え、これらの非難に抗議する手紙を途中まで書きました。むろん、その手紙は彼が失踪したあとで発見され、《プルフォード・エグザミナー》が大見出しで公表するはずです。どこもかしこも彼の話で持ち切りになる。死亡記事はさぞ読み応えのあるものになるでしょう。彼はそれらを自分の目で読みたかった。しかしそのためにはまず、彼が失踪しなければなりません。

チルソープの谷は、消息を絶つにはうってつけの場所でした。谷外れに帽子でも置いて、あとはその場を離れ、身を隠す――翌朝には悲劇的な事故として報道されるでしょう。モットラムは事前にあらゆる手筈を整えていました。どこか別の場所で、変名を使って休暇を過ごす予定だったのです。ぼくはアイルランドではないかと思いますが、あるいは大陸だったかもしれません。彼はブリンクマンも同行させるつもりでした。むろん、失踪時に使うのは自分の車です。そこでプルフォードを発つ前に車に食料を積み込み、チルソープに着くと真っ先に、ナンバープレートをペンキで黒く塗りつぶしました。それから車のクッションにいくばくかの紙幣を隠したわけですが――思うにこれは、彼の持ち前の秘密主義がさせたことでしょう。そんなことをする必要はなかったのですから。

その後の計画はこうです。火曜日の朝早く、モットラムが谷に向かって出発します。間を置かずに、ブリンクマンがプルフォードに戻るようなふりをして車を出す。途中でモットラムを拾い、海岸に向けて一目散に車を走らせます。その間、モットラムは座席の下に隠れているか、変装するか、ともかくなんらかの方法で人目を欺きます。そのあとで、司教様、あなたが〈災厄の積み荷〉にいらして、ロング・プールで落ち合ってほしいというモットラムの伝言を受け取ります。ぼくの想像するところでは、あなたは谷間を通り抜けながら、そこにいくつかの痕跡を発見なさることでしょう――たとえば、モットラムの帽子、あるいは釣竿などを。まずあなたの頭に浮かぶのは、気の毒な友が足をすべらせたのではないかということです。それから辺りを見回して、高い岩棚の奥に、半分隠れた状態のこの手紙を見つけます。それを読んだあなたは、モットラムは自ら命を絶ったとお考えになるでしょう。

そうなると次に――あなたはこの手紙の内容を公にするか、あるいは、しないかの選択を迫られることになります。もしあなたがブリンクマンの邪推したとおりの人物であれば、手紙の存在を秘密にしておくでしょう。まもなくモットラムの死亡が認定され、インディスクライバブル社が今にも五十万ポンドを支払おうというまさにそのとき――モットラムが再び姿を現せばどうなるでしょう。司教様はたちまち微妙な立場に置かれてしまいます。一方、あなたのお人柄に対するモットラムの見る目が正しければ、あなたは手紙を公表なさるはずです。モットラムの死は自殺と見なされ、インディスクライバブル社はいかなる支払いも拒否するでしょう。ここで再びモットラムが姿を現し、プルフォード司教区が、その司教の正直さゆえに報われるよう、取り計らってみせるというわけです。

残念ながら、モットラムという男は、策謀家としての腕は完璧とは言えませんでした。のちに証明されたように、彼は三つの過ちを犯したのです。もっとも、それらは、あるいはそれらのうち二つまでは、謀《はかりごと》が予定どおりに進行してさえいれば、たいした問題にはならなかったのですが。

第一に、彼は到着して早々、宿の感想帳に自分の名前を書き込みました。月曜の夜、〈災厄の積み荷〉に到着したのが紛れもなくジェフサ・モットラムその人である証を残しておきたかったのです。記者たちにここまで押しかけさせ、偉大な男の署名を拝ませたかったのです。むろん現実には、到着した夜にそんなことをする人間はいません。妻が証人になってくれるでしょうが、それが当初からぼくが疑念を抱くきっかけとなったのです。

第二に、彼は念のために新しい遺書を作成しておきながら、前夜のうちにそれに署名するのを怠りました。多分、ブリンクマンがモットラムに、もし何か致命的な事故が発生した場合は――たとえば自動車事故とか――五十万ポンドを司教に遺すという補足書が法的な効力を発揮することを指摘したのだと思います。この危険を回避するためには、新しい遺書を作成しておかなければなりません。もしモットラムが前夜のうちにこれに署名していたら、彼の死後、こちらが有効になっていたでしょう。しかし実際のところは、なんらかの理由で――おそらくブリンクマン自身が月曜の夜遅くに書いたので（筆跡はブリンクマンのものだと思われます）――モットラムが署名することはなく、結局、無駄なものとなってしまいました。

第三に、彼は翌朝に残しておくべき仕事まで前夜のうちに片付けてしまったのです。司教様宛ての手紙を書いたのはいいとして、ブリンクマンとともに谷間に出かけて、そこに置いてきてしまった――つまり、翌朝、司教様の目にふれそうな岩棚の上に載せてきたのです。彼には翌朝、谷まで行く気はさらさらありませんでした。ただ、八時に宿を出て、その方向に歩いていくことになっていました。そして八時十分にブリンクマンが車で出発し、途中で彼を拾います。彼らには道端からモットラムの帽子を投げ捨て、釣竿を岩場にすべり落とすこともできました。いかにも彼がそこにいたように見せかけるために。こうすれば、ブリンクマンにはアリバイができます。彼が谷間でモットラムを殺せるはずがありませんから。しかし、手紙までそんな雑なやり方で落とすのは危険です。そのため、前の夜のうちに置いてこなければならなかった。予定より早く発見される心配はまずありませんでした。どのみちモットラムが手紙を置いたのは、背の高い男の目にしか入らないような高い岩棚の上で、それも注意して見回して初めて気づくようなわかりづらい場所だったからです。

これがこの事件の複雑な部分ですが、残りは二つの単純な偶然によって引き起こされました。モットラムは早めに床に就きました。極度に興奮していたので、睡眠薬で静めることにした。腕時計だのカフスボタンだのは、大きな冒険を控えた前夜に誰もが覚える高揚感の表れに過ぎません。彼は部屋の灯りをつけるため、ブリンクマンからマッチを借りたのだと思います。しかし当夜は月の明るい晩でした。結局、就寝の用意をするための灯りはいらなかったはずです。だが最後の最後に——彼にとっては運命の瞬間となったわけですが——ガスに火をつけてしまったのです。多分、寝る前に少し本でも読みたかったのでしょう。

この話の続きは二階でしたほうが、ご説明しやすいのですが。みなさん、事件の起きた部屋までご足労願えますでしょうか。状況を思い浮かべるには、現場のほうが適当ですから」

一同はこぞってこの案を支持した。

「これぞ、若者の教育における、いわゆる実地訓練というやつですな」パルトニーが言った。「若い連中はこれが好きなのです。教師が背を向けたとたん、互いのむこうずねを蹴り合うことができますのでね」

一同が部屋に着くと、ブリードンは自分がいつの間にか講師然とした態度を取っていることに気づいた。「まるでガイドさんね」アンジェラが呟いた。「観光客のグループに古い地下牢を案内しているところみたいだわ。こちらが身の毛もよだつ犯罪の舞台となった現場でございます、とくとご覧ください、紳士方」

「ここで見れば、この部屋のガスがどのような仕組みになっていたか、おわかりになるでしょう」ブリードンが続けた。「ここに元栓がありますが、これを仮にAと呼びましょう。ガスはここから部屋

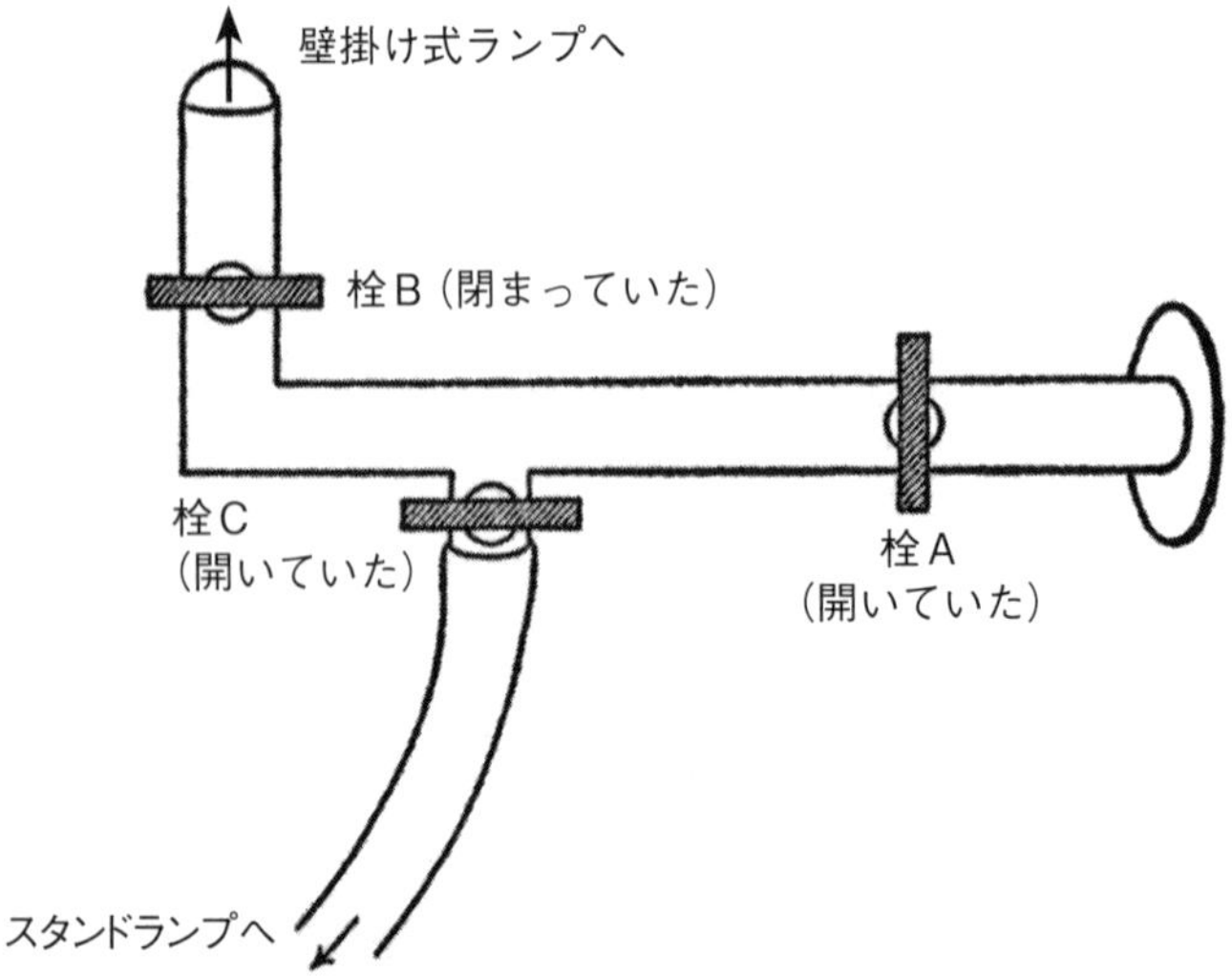

ブリンクマンが発見したときのガス栓の状態

に送られます。壁掛け式ランプ用の栓がB、ゴム管を通じてスタンドランプにガスを送るための栓がCです。栓Bと栓Cが開いていても、栓Aが閉まっている限り、問題はありません。

モットラムが部屋に寝に戻ったとき、栓Bと栓Cは両方とも開いていました。しかし栓Aはきちんと閉まっていたのです。彼は栓の配置には特に気を留めず、でたらめにそのうちのひとつを開けました。栓Aです。それからマッチを擦り、壁掛け式ランプに火をつけると、当然、灯りがともります。マッチはすぐに捨てました。それはわれわれが発見したマッチがほとんど先端しか燃えていなかったことからわかります。むろん、その一方では、ゴム管を通ってスタンドランプにガスが漏れていたわけですが、彼にはそちらの灯りをつける気はまったくなかったので、放っておかれました。スタンドランプが置かれていたのは部屋の向こう端で、すぐそばにある窓は開いていました。不幸にも、かすかなガス漏れぐらいでは、その臭

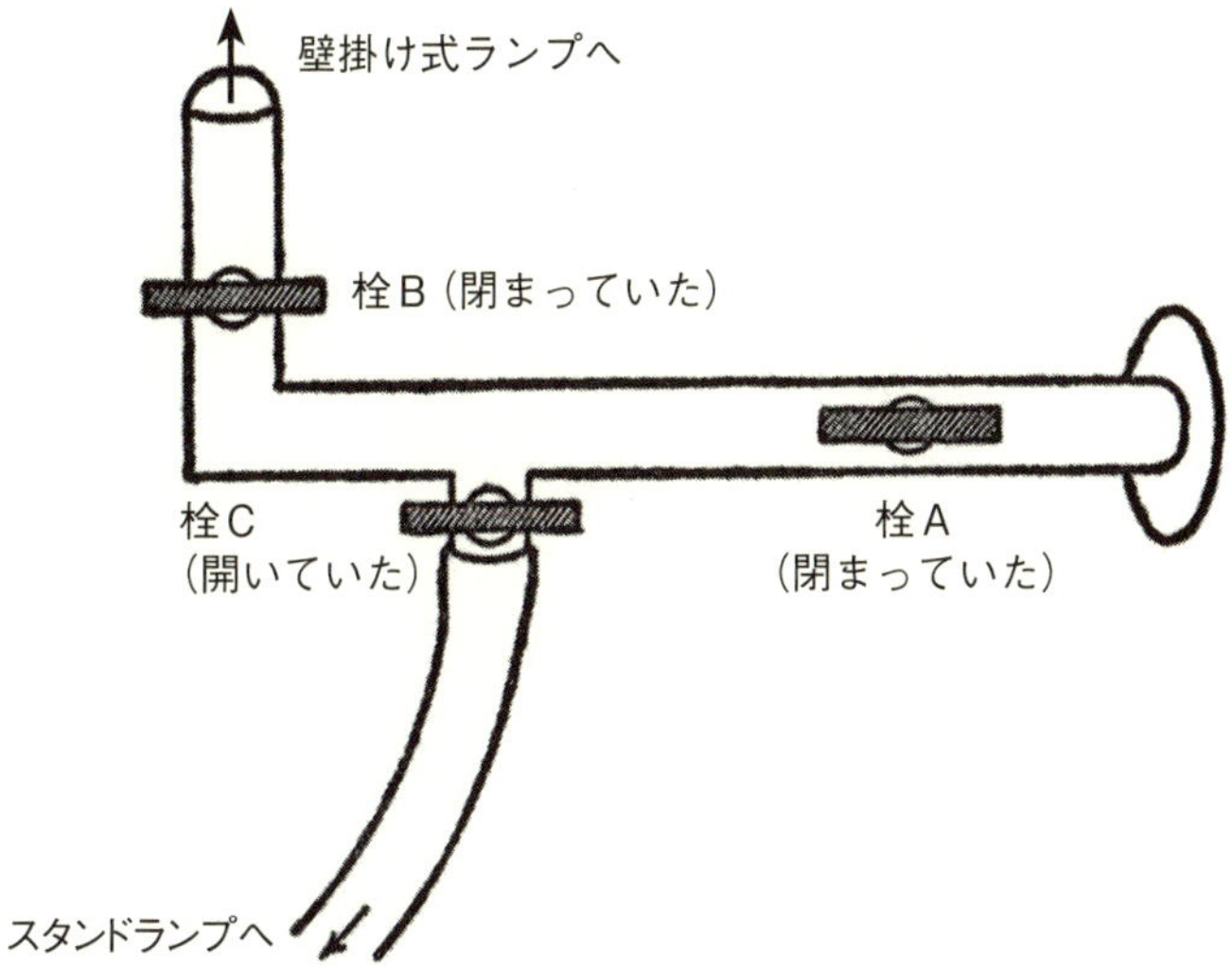

朝、死体が発見されたときのガス栓の状態

いは彼の鼻に届かなかったのです。ブリンクマンから聞いた話では、モットラムの嗅覚はあまり鋭くなかったようですし。一、二分して、睡眠薬が効き、眠気を覚えた彼は、再びガス栓のところに行きました。ところがここで、先程の手順を逆に踏むのを忘れてしまった。迂闊にも、元栓Aを閉める代わりに、栓Bを閉めてしまったのです。当然の如く、壁掛け式ランプの火は消えました。

　これが謎の指紋の種明かしです。Aの栓は固いので、モットラムが開けたとき、指紋がしっかり残りました。もし彼がそれを閉めていたら、もうひとつ、指紋が残ったはずです。しかし残らなかった。彼が閉めたのは栓Bだったのです。こちらは軽く触れただけで動くので、指紋はひとつも残りませんでした。それから、モットラムは横になりました。睡眠薬はすでに効いている。風が強くなって、その勢いで窓が閉まる。栓Aはまだ開いている。栓Cもまだ開いている。そしてスタンドランプの火口《バーナー》からは、アセチレンガスが着々と部屋に流れ出てくる。

ブリンクマンは朝寝をするたちではありませんでした。この宿で一番の早起きである下男の話では、彼が靴を磨きにいく時間にはたいてい起きていたそうです。火曜日の朝も、ブリンクマンは早く目覚めたはずです。そして、たちまちガスの臭いに気づいた。臭気は彼の部屋の窓から忍び込んだのかもしれないし、床からも這い上がってきたかもしれない。ここの床はどこもかしこも隙間だらけですからね。ガス漏れが自分の部屋で起きているのではないことを確認してひとまず安心した彼は、今度は階下の部屋のことを考えたに違いありません。階下の廊下まで来ると、ガスの臭いはますますひどくなり、もはや疑いの余地はなくなりました。彼はモットラムの部屋のドアをノックしましたが、返事がないので、室内に駆け込み、まっすぐ横切って、新鮮な空気が入るように窓を開けました。そこでようやく踵を返し、ベッドの中の様子を覗いてみたのです。もはや手遅れだということは一目瞭然でした」

「彼は事故だと知っていたのですか？」イームズが尋ねた。「それとも、自殺と考えたのでしょうか」

「ぼくは、彼には事故だとわかったと思います。さあ、彼の立場を考えてみてください。ここに事故で死体となったモットラムがいる。ロンドンには、モットラムの遺言補足書がある。五十万ポンドをプルフォード司教区に遺贈するという内容だが、それはもともと効力を発することを意図して作られたものではない。司教様を試す目的のみに作られたものです。それが今、不慮の事故により、決してモットラムの真の願いを表しているわけではない補足書が、突如、効力を持つようになった。それは確実に法的に有効であると見なされるでしょう——モットラムの死が自殺と判定され、支払い請求が却下されない限りは。ブリンクマンが善良な男であるか否かは別として、優秀な秘書であったことは間違いありません。彼の身になって考えてみれば、おわかりでしょう、イームズさん。亡き主人の本当の願いをかなえてやるには、主人の死を自殺にみせかけるしかなかったのです。

『真面目が肝心』（オスカー・ワイルド作の戯曲）の中に、〝片親を失うのは不運かもしれないが、両親ともに失うのは不注意に見える〟という言葉がありますね。モットラムとガス栓についても似たようなことが言えます。開いていた栓が二つなら、誰もが事故だと思うでしょう。しかし、三つの栓すべてが開いているとなれば、逆に自殺に見えるはずです。ブリンクマンはとっさに次の行動に出ました。彼は非常に焦っていました。部屋にはいまだに致死量のガスが充満していたからです。彼は指紋が残らないように、指にハンカチを巻きました。ところがすっかり混乱していたために、間違った栓をひねってしまったのです。彼は栓Bを開けるつもりでした。それなのに、栓Aを閉めてしまったのです。ありえない話に聞こえるでしょう。しかし、みなさんも見ればお気づきになるでしょうが、栓Aと栓Bは閉まっているとき水平になっているのに対して、栓Cは閉まっているとき垂直になっているのです。慌てふためいたブリンクマンが、三つの栓のうち、BとCの二つが水平、Aが垂直になっているのを見て、もし三つの栓すべてが同じ向きに、つまり水平になれば、全部開いていたことになると思い込んだのも、無理からぬことです。そして彼は本能的に栓Aを垂直から水平にひねりました。こうして、ガスはどこからも漏れなくなったのです。ブリンクマンの行動は、自殺説の裏付けにはならず、まったく別の新たな説を招いてしまった——他殺説です。半分窒息しかけながら、彼は部屋を飛び出し、外側からドアに鍵を掛け、その鍵を持って二階の自室に戻りました」

「ちょっと待って」アンジェラが口をはさんだ。「なぜ彼はドアに鍵なんか掛けたの？」

「単に、頭を整理するまで誰も部屋に入れたくなかっただけかもしれないし、下男が予想より早い時間に来るのを用心したのかもしれない。あるいは、自殺説を強めるための工夫のひとつとも受け取れる。ともかく、それから先の彼の行動にはそつがなかった。ドアを押し破るのを助け、フェラーズ医師がガス栓を調べ、下男がマッチを擦っている隙に、ドアの内側から鍵をさし込んだ。ここまでやり遂げ、これで自殺説が確実になったとひと息ついたとたん、彼は自分が間違った栓をひねるという恐ろしいミスを犯したことに気づいた。彼にとっては悪夢の瞬間だったが、幸い、取り乱しても不自然とは思われない状況だった」

「彼は自分が殺人罪で逮捕されると思っただろうか？」リーランドが問いかけた。

「必ずしもそうではないだろう。しかしきみがここへ来たことでかなり不安は感じただろうな。きみは当初から他殺説に固執していたから」

「だったら、なぜ彼はすぐ逃げなかったんだ？　車もあるし、食料の備えも十分にあったのに」

「ブリンクマンが彼なりの信条に従って正直な男だったからだろう。しかも彼は安楽死保険の金が司教様のもとに行くのが我慢ならなかった。彼にとってぼくは天からの賜り物だったと思うよ。間抜けなお人好しがのこのこやって来て、自殺説を擁護するというんだからね。彼はぼくが到着するやいなや、散歩に誘い、谷間に連れ出そうとした」

「どうして谷間などに？」司教が尋ねた。

「例の手紙を発見させるためですよ。昨日、彼はなんとかぼくを谷間に連れて行くことに成功し、岩棚に注意を引きつけました。ところが、ぼくは確かに一枚の紙を目にしたものの、それがなんだろうとは考えてもみませんでした。気の毒なブリンクマン！　さぞ心の中でぼくを罵ったことでしょう！」

「しかし、なんだってやつは自分で手紙を取って、われわれのところに持って来なかったんだろう」

リーランドが言った。「あるいは、いっそ置いたままにしておくとか」

「それがまったくどうしようもない理由でね。あの哀れな小男はそこまで手が届かなかったんだ。月曜の夜の風が少し奥へ吹き飛ばしてしまったんだろう。むろん、梯子を持って行くことも、石を転がしていってそれに乗ることもできただろう。しかし、ほら、きみが見張っていたじゃないか。彼はきみに見張られていることを百も承知だった。困った彼はぼくたちを、とりわけこのぼくをおびき出して、じかに封筒を発見させるのが一番だと考えた。だが、わざわざ谷間の小径を歩いてぼくを引っぱっていったのに、ぼくがそれに気づかなかったので、たいそうがっかりした。そして結局、大急ぎで逃げ出すしかないと決意した。監視されながらここに留まり、今にも逮捕されるのではと怯えているなんて、とても耐えられなかったんだろう。もし彼が逮捕されたら、どうなると思う？　嘘をついて自らを疑われる立場に追いやるか、真実を話して安楽死保険の金がカトリック教徒の手に落ちるのを見るかのいずれかだ。


彼は八時四十分チルソープ着の列車を出迎える車をガレージに手配した。駅に向かう途中の道でそれをつかまえる算段だったのだ。ガレージに置いてあるモットラムの車や、積み込んであるサンドイッチやウィスキーのことなどは一瞬たりとも思い出さなかっただろう。根は正直な男だからね。彼は車をつかまえる前に、谷間を抜けて行くつもりだった。尾行されているのを確かめ、相手の注意を封筒に引きつけてから、姿を消したかったのだ。荷物らしい荷物はなく、数枚の書類を――おもにモットラムのものだが――処分するだけだ。その中には、月曜の夜書き上げて、モットラムの署名を待つばかりになっていた遺書もあった。彼はこの遺書を焼却した。今となっては誰の役にも立たないからだ。窓際に立ってこれを燃やし、最後に、燃え残った紙切れが彼の指をすり抜け、二階の窓から階下の部屋――モットラムが泊まっていたこの部屋の中へ舞い落ちていった。それがきみの発見したものの正体だよ、リーランド。そして、奇妙にも、ぼくが事件解決の糸口を摑んだのは、この愚にもつかない事柄からだったんだ。と言うのは、ぼくがペイシェンスをやっていったとき、カードのうちの一枚が、一階の部屋の窓を通って室内に舞い落ちていってね。それを取って二階に戻ってきたとき、例の紙片もこんなふうにしてモットラムの部屋に落ちていることになったのだと思いついたんだ。それからぼくは考え始めた。果たしてそれはどんな遺書だったのか、なぜブリンクマンはそれを燃やさなければならなかったのか。そして突然、ぼくの頭の中ですべての真実が形になった。ちょうど今、こうしてきみたちに話しているように。

ブリンクマンは最後まで運が悪かった。ぼくが例のカードを落としたのは、彼が書類鞄を持って玄関を出た直後だった。彼はぼくの姿が窓辺から消えたのを見て、尾行者はぼくだと早合点し、大喜びした。言うまでもなく、ぼくこそが自殺説を証明したがっている唯一の人間だからだ。彼は谷間にある封筒の隠し場所へと歩いて行った。道中ずっと、ぼく（彼はそう思い込んでいる）を誘導しながら。それから稲妻が光るのを待ち、封筒に注意を引くために跳び上がってみせた。そして再び谷を下ると、彼は振り向き、稲妻の残光の中で、自分をつけてきたのがぼくではなく、イームズ氏だと知った。イームズ氏――彼の手に渡ったら、あの貴重な手紙は確実に持ち去られてしまう！　しかし、ぐずぐずしている暇はない。もう一刻も猶予はないのだ。すでにタクシーが丘にさしかかっている音が聞こえる。彼は道路に駆け込み、タクシーに飛び乗った。そしてやけくそになりながら、イームズ氏の見つけたものを見せろと言えという、ぼくあてのメモを運転手に託した。ブリンクマンが今どこにいるのかは知らない。でも、ぼくはむしろ逃げのびてほしいと思う」

「同感だね」リーランドが言った。「彼を見つけたところで、こちらも持て余すだけだ。いったい、どんな罪状で告発できるんだ？　誤って違うガス栓をひねったからといって、ひとを死刑にはできない」

「かわいそうなシモンズさんもこの話を聞いたら安心するでしょうね」アンジェラは言った。

「ところで」司教が言った。「モットラム氏は結局、行き先を決めていない財産をいくらか遺したそうです。それは、シモンズさんのものになると思いますよ。たいした額ではないが、所帯を持つには十分でしょう」

この瞬間、アンジェラはその耳ではっきりと聞いた。ドアの向こうで、衣擦れの音に続き、廊下をばたばたと走り去っていく足音を。女中のこうした悪癖というものは、どうあっても治らないということだろうか。

「わたし自身も困った立場になりました」司教が続けた。「道義上、このお金を請求できるとは思えません。どうも故人が効力を生じさせるつもりのなかった遺書により、わたしに遺されたようですし」

「それは逆です。あなたこそ、これを受けるにふさわしい方なのです、司教様」ブリードンは言った。「結局、不運なモットラムが何より望んでいたのは、あなたが正直な人かどうかを示してくださることだったのですから。ぼくはあなたが立派に試練を乗り越えられたと思います。そもそも、司教様には遺産を辞退することなどできませんよ。これは教区のために託されたものだからです。これでプルフォードではカトリックの活動が盛んになることでしょう」

「教会の献金はすぐにも減り始めるでしょうがね」イームズ氏が浮かない顔で言った。

「あの車のクッションをもっとよく調べておくんだった」パルトニー氏がこぼした。「どうやら、わしはこの一件からは何も得られんようですな」

「それで思い出したが」リーランドが言った。「賭けはお流れらしいな」

「そしてブリードンさんは」司教が付け加えた。「ご自分の会社からまったく感謝してもらえないでしょう。わざわざお越しになったのに、何も収穫がなかったとは、お気の毒なことです」

ブリードンは答えた。「さあ、それはどうでしょうか」

訳者あとがき

ある片田舎の宿家の一室で発見された資産家の死体。死因がガス中毒であることは確かなものの、部屋の状況は謎に包まれており、自殺なのか事故なのか、はたまた他殺か、判断がつきません。被害者の生前の行動には不可解な点が多く、自殺の動機もないとは言えないのです。一方で、資産家の死によって得をする人物もいます。部屋にはガスを供給するために〝三つの栓〟がありました。手掛かりであるはずの三つの栓が事件をさらに複雑にしていきます。

この謎に挑むのが、本作の主人公であるマイルズ・ブリードンです。彼の職業は保険会社の調査員です。死んだ資産家は自らに巨額の保険をかけていました。その名も〈安楽死保険〉。ちょっと、不思議な名称です。いわゆる安楽死とはなんの関係もなく、その意味は、〝心安らかに死を迎えるための保険〟、といったところのようです。この安楽死保険、保険料は高額ですが、六十五歳になるまで払い込めば、あとはかなりの額の年金を死ぬまで受け取ることができます。一方、もしその齢に達する前に死亡した場合は、五十万ポンドという多額の保険金が相続人に支払われます。ただし、自殺の場合は一ポンドたりとも支払われないという条件がついています。ここでわれらがブリードンの登場となるわけですが……。

本書は一九二七年に刊行された、ロナルド・A・ノックスによる長編 *The Three Taps* の全訳で、ブリードンを主役とするシリーズ五作の第一作にあたります。古くは『密室の億万長者』として〈別冊宝石〉一〇四号（昭和三十六年）に丸本聡明訳が掲載され、その後、『三つの栓』として東都書房の〈世界推理小説大系〉第十六巻（昭和三十九年）に稲葉由紀訳が収録されました。

The Three Taps
(1927,Methuen)

ブリードンという男は、直観力にすぐれ、能力にも恵まれているのですが、若いわりにどうも無気力なところがあり、何かと理屈をつけては、調査より大好きなペイシェンス《独りトランプ》に夢中になってしまうので困ります。そんな彼の手綱を引き締めるのが妻のアンジェラです。夫とは正反対に陽気で行動的な性格の持ち主で、持ち前の社交性を活かし、なかなかの活躍を見せます。この二人、始終口喧嘩をしながらも、いざとなったら息の合うところなどは、おしどり探偵という古めかしい言葉がぴったりです。捜査にあたるのはブリードンの戦友だったロンドン警視庁《スコットランドヤード》のリーランド警部で、事故に見せかけた自殺説を主張するブリードンに対して、自殺に見せかけた他殺説を唱えます。風光明媚でのどかな田舎町を舞台に、資産家の秘書、宿の泊り客の老教師、女中、資産家の甥、カトリック教会の司教とその秘書など、多彩な人物が次々に登場しながら話は進んでいきます。その後も不審な出来事が続いたり、新たな事実が発覚するのですが、ブリードンとリーランドの推理比べの行方はどうなるのでしょうか。

事件は意外な結末を迎えますが、真相が明らかになってみると、驚きと同時に、ある種の切なさや人生の皮肉を感じずにいられません。カトリックの大僧正であった作者ならではの、普遍的な問題も重要なテーマとなっています。しかし全体から見れば、おおらかなユーモアに包まれた、明るい、温かみに満ちた物語です。ブリードン夫妻の活躍とともに、〝三つの栓〟の謎をお楽しみいただければ幸いです。

ノックス流本格探偵小説の第一作

真田啓介（探偵小説研究家）

1　ノックス小伝

ロナルド・アーバスノット・ノックス（Ronald Arbuthnott Knox）は、一八八八年、英国レスターシャー州ニブワースで、英国国教会のマンチェスター主教の父のもとに生れた。両方の祖父も僧職という聖職者の家系だった。兄にユーモア雑誌「パンチ」の編集者となったE・V・ノックスがいる。十歳にしてラテン語とギリシア語の諷刺詩を書くほどの早熟ぶりを見せたロナルドは、イートン校からオックスフォード大学ベイリオル・カレッジを通じてすばらしい学業成績を修め、大学では学生会長もつとめた。首席で卒業後、同大学トリニティ・カレッジで研究・講義を続ける間に、国教会の牧師に任命された。第一次大戦中は、軍の情報部に勤務した。

一九一七年、ローマン・カトリックに改宗（G・K・チェスタトンの著作から影響を受けた部分もあったが、後には逆にノックスの影響によりチェスタトンもカトリックに入信した）。二年後には司祭となり、セント・エドマンズ・カレッジで教えた後、一九二六年からはオックスフォード大学の礼拝堂付司祭に任ぜられ、三六年には国内最高位に次ぐ大司教の位階にまでのぼりつめた。三九年に大学を退いてからは、ラテン語のウルガタ聖書の新訳に専心し、五十年までに完成した。これは「ノックス聖書」と呼ばれ、清新最上の英訳聖書として高い評価を受けた。一九五七年、肝臓がんのため六十九歳の生涯を閉じた。

ノックスは、カトリックの護教者としての立場からの宗教論や説教集のほか、一般文学の方面でも諷刺とユーモアのきいたエッセイや小説など数多くの著作を刊行した。BBCのラジオ番組のブロードキャスターをつとめたこともある。探偵小説はまったくの余技で、残された作品の数も多くはないが、ノックスの名は黄金時代の英国探偵小説の歴史のうちに確たる存在感を示している。

すでに一九一二年にはシャーロック・ホームズに関する研究論文を書いてコナン・ドイルを驚かせ、その後隆盛となったホームズ学に先鞭をつけていたが、探偵作家としての主な活動期間は、一九二〇年代後半から三〇年代後半にかけての十数年間である。この間、六冊の長篇（『陸橋殺人事件』及び保険調査員マイルズ・ブリードンと妻アンジェラを探偵役とする五作の本格探偵小説のシリーズ）と若干の短篇を書いたほか、一九三〇年にアントニイ・バークリーらによって設立されたディテクション・クラブの創立メンバーの一人として、同クラブのリレー長篇の制作にも参加している。一九二九年と三〇年には、それぞれ前年度に発表された短篇探偵小説の傑作集を編んでおり（ヘンリー・ハリントンとの共編）、一九二八年度版傑作集の序文中に探偵ゲームの競技ルールとして掲げた十箇条は〈探偵小説十戒〉として有名になった。

イヴリン・ウォーによる伝記 *Ronald Knox* の中に、『陸橋殺人事件』以下の探偵小説についてコメントした一節があるので、拙訳により紹介しておこう。

「ロナルドはこれらの本を、文字謎詩《アクロスティック》と同じように知性の体操とみなしていた。問題は正確に述べられるが精巧な偽装が行われる、作者と読者の間のゲームであると。彼は小説文学を書こうとはしていなかった。殺人者の情熱とか、犠牲者の恐怖、犯罪の道徳的異常性などには関心がなかった。心理学や暴力、オカルトや猟奇は避けて通った。彼は少数の熱烈な愛好者のために、純粋な知的パズルの精粋を提供したのだ。」

2　ノックス受容史

§昭和戦前期

ノックス作品の本邦初訳は、昭和十一年（一九三六年）三月に柳香書院から刊行された井上良夫訳『陸橋殺人事件』である。一九二五年刊のデビュー作 *The Viaduct Murder* が十一年後に紹介されたものだが、当時の海外ミステリの翻訳出版状況においては、よほどの話題作でもない限りその程度のタイムラグがあるのはあたりまえだった。

ディクスン・カーの『夜歩く』の邦訳が原書刊行と同じ年（一九三〇年）に出たりしたのは例外中の例外で、ヴァン・ダインやエラリイ・クイーンの初期作が数年のうちに翻訳されたのもごく早い部類。F・W・クロフツ『樽』の初訳は原書刊行の十二年後、アガサ・クリスティーの『スタイルズの怪事件』は十七年後、ドロシイ・L・セイヤーズの『ピーター卿乗り出す（誰の死体？）』となるとずっと遅れて三十二年後、アントニイ・バークリーの『レイトン・コートの謎』にいたっては実に七十七年後という具合である。『陸橋』の十一年後というのは英国勢の中ではむしろ早い方だったし、その紹介のされ方も恵まれたものだった。

同書は、柳香書院の〈世界探偵名作全集〉の一冊として出版されている。昭和十年代初めのこの時期、翻訳探偵小説全集の出版が盛んになり、春秋社、黒白書房、日本公論社、柳香書院等が競い合うようにして全集叢書を企画・刊行したが、柳香書院のものはその内容的水準において一頭地を抜いていた。この全集は、江戸川乱歩の「監輯者の言葉」に「これは探偵小説にそれほどと思われるくらい大真面目な企てである。従って翻訳も出来るだけ抄訳をさけ原文に忠実にしたいと思っているし、たとえ通俗的には面白くても、場当りだけで情熱のない二流作品は入れたくないと考えている」（引用は光文社文庫版〈江戸川乱歩全集〉第28巻『探偵小説四十年（上）』による）というほどの意気込みで企画されたもので、営業上の問題から予告された三十冊のうち五冊を出しただけで中絶してしまったが、この全集に収録されたことは作品にとって幸運であったといえる。だが、それ以上の幸運は訳者に最適の人材を得られたことだ。

その業績が『探偵小説のプロフィル』（国書刊行会）にまとめられている井上良夫は、戦前における最もすぐれた探偵小説評論家で、原書も広く渉猟し、英米作品に対する理解は他の追随を許さぬものがあった。自ら翻訳もこなし、イーデン・フィルポッツ『赤毛のレドメイン一家』やクイーン（バーナビイ・ロス名義）『Yの悲劇』の初訳をはじめ多くの作品を紹介している。

『陸橋殺人事件』については、すでに昭和八年、当時井上が「ぷろふいる」誌に連載していた「英米探偵小説のプロフィル」で取り上げ（同稿中での題名は「陸橋上の殺人」）、「作中に横溢するのんびりした気分と、かなりなユーモア」に着目して「普通の探偵小説では味わえない面白味がある」と述べていた。これも柳香書院の全集で出た『赤毛のレドメイン一家』（昭和十年十月）に続けて翻訳の筆をとったのは、この作品に強く惹かれるところがあったものと思われる。

井上訳は八割程度の抄訳ではあったが、原作の精神をよく捉え、細部への配慮も行き届いたていねいな仕上がりで、当時から名訳との評を得ていた。「訳者の序」では本書の特質を明快に説き、「これは最早部分的のユーモアでなくプロット全体のユーモアであって、しかも探偵小説の面白味とユーモアとが奇蹟のように融け合っている。面白いことには探偵小説の厳粛さがそのままここではユーモアになっている」と述べている。さらに、これも抄訳ながら、「ノックスの探偵小説論」として『一九二八年版探偵小説傑作集』（*The Best Detective Stories of the Year 1928*、ノックスとヘンリー・ハリントン共編のアンソロジー）の序文――〈探偵小説十戒〉を含む――を併録しているのは、読者に親切な本造りの見本というべきだろう（この序文はやや先行して甲賀三郎も翻訳しており、「探偵小説入門」として「月刊探偵」誌の昭和十年十二月号、十一年一月号及び四月号に掲載されている）。

こうして当時としては理想的な形で行われたノックス初紹介だが、これが読者にどのように受け止められたかはよく分からない。その後のわが国での翻訳状況を見ても、大評判になったというようなことはまずなさそうだが、一つだけその辺の事情をうかがうに足る材料があって、「新青年」昭和十二年新春増刊号に掲載された「海外探偵小説十傑」のアンケート結果がそれだ。作家、翻訳家など二十六人が回答を寄せている中で、ベストテンのうちに『陸橋』を挙げたのは二人だけ――渡辺啓助（第六位）と角田喜久雄（第八位）で、やや意外な顔ぶれである。そもそも『陸橋』の性格からしてベストテンに入れるような作品ではないともいえるが、それ以前に、この作の very British な味が当時はよく理解されていなかったというのが実際のところであろう。

それでも少数ながら理解者はいたようで、その一人が音楽評論家の大田黒元雄である。大田黒は西洋探偵小説通としても有名で、井上と同様に英米作品の原書を読んで紹介のエッセイを書いたりしていた。春秋社発行の雑誌「探偵春秋」の昭和十一年十一月号に掲載された同社の近刊予告（その前後の号にも掲載されていた可能性があるが、いま確認できない）を見ると、「ノックス／大田黒元雄・**駈落ごっこ**（三月）」とある。大田黒によるノックスの翻訳が企画されていた——仮題から推して原作は *The Body in the Silo*（1933）と思われる——わけだが、「この予告には必ず出版されるもののみを掲げました」という注書きにもかかわらず、これは実現せずに終わった。

結局、戦前におけるノックスの翻訳は、『陸橋殺人事件』のほかは短篇一つにとどまった。短篇の原作は、Solved by Inspection（1931）。黒沼健訳「**体育館殺人事件**」（「探偵春秋」昭和十一年十月号）と原圭二訳「**密室の行者**」（「新青年」昭和十四年五月増刊号）の二種の訳が出ている。

§幕間——探偵小説論争

この後、歴史は探偵小説が敵国の読み物として禁止される暗い時代へと移っていくが、精神的にも物質的にも圧迫された戦時下の生活を送りながら、胸の内に探偵小説への情熱をたぎらせている二人の男があった。江戸川乱歩と井上良夫である。彼らは「英米探偵小説の読後感や探偵小説本質論について、非常識なほど長い手紙のやりとりをつづけ」（乱歩『幻影城』扉）ていたが、その書簡論争の中でノックス論も闘わされた。

『陸橋殺人事件』について、乱歩が

「之は面白くない。こういうものも一つ位あって差支えないという程度の興味のみ。アーマチュア達がいくら尤もらしい推理をやって見ても、真相はそうではないという事が読者には分っているので、一向迫って来るものがない。それも一つ一つが、大してユニックな推理があるわけでもないので、論理の為の論理としてもさして面白くない。作者の教養は敬服するし、訳文は実に名訳だと感じました。が、夫以上には別に」（昭和十八年一月二十二日付）

と冷淡な態度を示したのに対して、井上は

「これがそんなに不評とは少しおどろきました。無論探偵小説としての純粋な面白味につき吟味すれば、大変下位に落ちるでしょうけれど、私はこれを大変高く買っていますから、これは別格の傑作としてのけておきたく思います。愛読探小十篇の中に入れる作品です。読んでいておかしくてたまらぬという作品、作者の教養と探偵小説的教養とにより十分な貫禄を持っていると思うのですが」

と弁護につとめている（引用は講談社版〈江戸川乱歩推理文庫〉第64巻『書簡 対談 座談』による）。

探偵小説の魅力の第一を不可能興味に求めていた乱歩にとって、ユーモアを基調とした『陸橋』が面白くなかったというのはよく分かる話だが、その影響力の大きさから乱歩の好みがその後の翻訳の動向をも左右するようになり、ノックスやバークリー、セイヤーズといったvery Britishな作家たちの紹介は著しく立ち遅れることとなった。

昭和二十年四月、終戦を前に井上良夫が肺炎のため亡くなり、ノックスはわが国における最大の理解者を失った。

§昭和戦後期——三十年代まで

敗戦後の混乱の中で翻訳権の問題等の整理に時間がかかり、探偵小説の翻訳出版が息を吹き返し始めたのは昭和二十五年頃からのことである。

新樹社の〈ぶらっく選書〉、雄鶏社の〈雄鶏ミステリーズ〉などが先鞭をつけ、それらの叢書の中で井上良夫の旧訳書も次々に再刊されたが、『陸橋殺人事件』はやや遅れて、昭和二十九年六月に〈ハヤカワ・ポケット・ミステリ〉の百四十五番として出た。柳香書院版にあったノックスの「探偵小説論」も再録されたが「訳者の序」は省かれ、代わって解説として江戸川乱歩の「ノックス略伝」が付けられている。この本は同年中に三版まで印刷され、二年後には四版も出ているから、それなりに売れたようだ。

短篇の方はこれに先立ち、黒沼健訳「体育館殺人事件」が「トリック」誌の昭和二十七年十二月号に再録されていた（同訳は「密室の予言者」と改題のうえ、「宝石」昭和三十年十月号の乱歩選世界短篇ベストテン特集にも掲載された）。この作品はなかなか人気があり、昭和三十二年には中村能三による新訳「密室の行者」が、乱歩編『世界短篇傑作集（二）』（東京創元社〈世界推理小説全集〉第五十巻）に収録された（同訳はその後も再録が繰り返されることになる）。

密室における餓死をもたらした奇想天外なトリックはインパクト大で、探偵作家ノックスのイメージは『陸橋殺人事件』などよりもこの作品に支えられている部分が大きいかもしれない。ちなみに、このトリックは島田荘司の某長篇で（仮説の一つとして）使用されているので、若い読者の中にはオリジナルの物語を知らずにトリックのみ承知している人もいるようだ。

「密室の行者」と並ぶノックスの短篇代表作に「動機」（The Motive, 1937）があるが、妹尾韶夫によるその初訳が「宝石」昭和三十二年八月号に掲載されている。この号は、経営不振が続いていた「宝石」の立て直しのため江戸川乱歩が編集に乗り出した最初の号で、「わたしが編集するからには、翻訳ものにも大いに力を入れたい」として海外名作五篇を並べたうちの筆頭がノックスの「動機」だったのである。ここでこの作品を取り上げたのは、ディクスン・カーのセレクトに示唆を受けてのことだったと思われる。

カーは、エラリイ・クイーンの編集する「EQMM」誌の企画〈有名探偵作家のお気に入りの探偵小説〉コーナーにノックスの「動機」を選んだ（同誌一九四八年十一月号掲載）。クイーンのエッセイ集 *In the Queens' Parlor* にはその経緯を紹介する一篇が含まれており、同書は一九五七年（昭和三十二年）に初版が出ている。おそらく乱歩はそれを読んで「宝石」の翻訳企画を立てたものと思われるが、平成六年に同書の邦訳『クイーン談話室』（国書刊行会）が出るまで、わが国の読者には「動機」とカーのつながりは見えていなかったのである。

日本の読者が「動機」を読んでいた頃、昭和三十二年八月二十四日に英国でノックスが亡くなった。そのニュースが彼の旧作に目を向けさせることになったのであろう、翌年、『陸橋』以来初めて長篇の翻訳が出た。原作は、マイルズ・ブリードン物の第四作 *Still Dead*（1934）。ところが、この企画が競合してしまったのだ。昭和三十三年二月、〈ポケミス〉から橋本福夫訳『まだ死んでいる』が、同年五月には東京創元社の前記全集で瀬沼茂樹訳『消えた死体』が出たが、同じ作品である。

この年にはもう一件競合事件があり、アントニイ・バークリーの *Trial and Error*（1937）の翻訳として、鮎川信夫訳『試行錯誤』（東京創元社・同全集）と中桐雅夫訳『試行錯誤』（ポケミス）の二者が、同じ七月中に出版された。この時期、年とともに隆盛の度を加えていた戦後の翻訳ミステリ出版がピークを迎えており、翻訳権を取得する必要のない作品であれば、企画がかちあう可能性は十分にあった。同一作品の翻訳が複数出ること自体は無駄ではないし、選択の幅が広がるぶん読者の立場からは歓迎できるが、営業的には望ましくない事態であろう。特にノックスのように翻訳の機会に恵まれない作家の場合は、もったいないという気分が先に立つ。

それでも、この時期の翻訳出版の勢いに乗って長篇の紹介が続き、昭和三十六年、丸本聡明訳『密室の百万長者』が〈別冊宝石・世界探偵小説全集〉第四十五巻「H・H・ホームズ&R・A・ノックス篇」に掲載された。原作は、ブリードン物第一作 *The Three Taps* (1927)。三年後、東都書房の〈世界推理小説大系〉第十六巻「コール／ノックス」に稲葉由紀訳『三つの栓』が収録されたが、『密室の百万長者』と基本的に同じ訳文である。

この東都書房の〈大系〉あたりを境に、全集叢書を中心に展開してきた翻訳出版の盛況は一段落し、空白期を迎える。以後しばらくは、ディクスン・カーのような人気作家の本ですら軒並み絶版・品切れとなり、容易に入手できないという状態が続いた。

昭和四十年の江戸川乱歩の死をもって、一つの時代が終焉したかのようだった。ノックス紹介に関しても、四十年代はほとんど見るべきこともなく経過してしまった。

§昭和五十年代以降

昭和五十年代にはいると、新しい風が吹き始めた。ミステリ読者の間に「推理小説」的なものより「探偵小説」的なものを求める動きが見られるようになり、それとともに過去の作品に目が向けられる機会が増えてきたのである。国産の作品が対象ではあったが、昭和五十年に〈探偵小説専門誌〉と銘打って雑誌「幻影城」が創刊されたのは象徴的な出来事だった。角川文庫の横溝正史リバイバルが進行していたのもこの頃である。

そんな中、ノックス「動機」の新訳が「ミステリマガジン」昭和五十一年三月号に載った。訳者の風見潤は「『陸橋殺人事件』や『まだ死んでいる』を古書店でも見かけなくなってから、ずいぶんたちます。短篇も「密室の行者」が入手可能（創元推理文庫『世界短編傑作集』に収録）なだけですから、ノックスを見直すいい機会だと思い、訳してみました」というコメントを添えているが、これも新しい風に吹かれてのことだったようだ。

引き続いて同年の「ミステリマガジン」七月号には、深町真理子訳「一等車の秘密」（The Adventure of the First-Class Carriage, 1947）が掲載された。これは、シャーロック・ホームズ物のパスティーシュで、作者のシャーロッキアンとしての側面が初めて紹介されたことになる。この面では四年後に、シャーロッキアーナの草分けたる論文「「ホームズ物語」についての文学的研究」（Studies in the Literature of Sherlock Holmes, 1912）も翻訳されている（J・E・ホルロイド編、小林司・東山あかね訳『シャーロック・ホームズ17の愉しみ』（講談社、昭和五十五年／河出文庫、昭和六十三年）所収）。

昭和五十一年にはまた、「探偵小説十戒」（Detective Story Decalogue, 1929）の新訳も現れた。ハワード・ヘイクラフト編のミステリ論集に基づく鈴木幸夫編『推理小説の詩学』（研究社）に、前田絢子訳で収録されている（これに対応する旧訳は『陸橋殺人事件』併録の井上良夫訳「（ノックスの）探偵小説論」であり、同訳は鈴木幸夫編『殺人芸術』（荒地出版社、昭和三十四年）にも「探偵小説十戒」として再録されていた）。

昭和五十年代後半には、ノックスの名がけっこう頻繁に目につくようになる。

まず、五十五年七月号〜九月号の「ミステリマガジン」に中村保男訳『漂う提督』（*The Floating*

Admiral, 1931）が連載され、翌年文庫化（ハヤカワ・ミステリ文庫）された。これはディテクション・クラブのメンバー十三人によるリレー長篇で、ノックスはその第八章を受け持ち「39の疑問点」を列挙してみせている。

五十七年には、『陸橋殺人事件』の新訳（宇野利泰訳、創元推理文庫）が刊行された。ポケミス版はとうの昔に入手困難になっていたから、オビには「幻の名作、待望の完訳！」と謳われている。井上良夫の訳も名訳だったが、抄訳でもありさすがに賞味期限を過ぎていたから、実績のある訳者による完訳が出たのは大いに歓迎すべきことだった。だが、その内容が本格ミステリの埋れた傑作としてマニアの間で神格化されていたイメージとは合致しなかったためか、読者の反応は今一つであったようだ。この作品はノックスの代表作とされながら、今にいたるまで適切な読み方がされていないように思われる。

五十八年には、ディテクション・クラブの『屛風のかげに』（*Behind the Screen*, 1930）が翻訳され（飛田茂雄訳）、中央公論社刊『ザ・スクープ』に表題作と併せて収録された。これも六人の作家によるリレー小説で、参加者の間で事前の打合せは何もなされなかったらしいが、ノックスは最後の章を担当して見事な結末をつけている。「この上なくいびつな性格のなかにも人間らしい善意は宿っているものだ」と始まる文章が、いかにもノックスらしい味を出している。

五十八年十一月号の「ＥＱ」誌の表紙と背には、「特集：ノックスの十戒」の文字が大きく印刷されていて人目を引く。ノックス、ハリントン共編の『一九二八年版探偵小説傑作集』収録の二十篇のうちから三篇を紹介するとともに、「探偵小説十戒」の新訳「序文／ノックスの十戒」（宇野利泰訳）も載せている。

五年後の「ＥＱ」六十三年十一月号では、一八八八年生れのノックスの生誕百年を記念して、「特集：ノックスのストップ・ゲーム」として右の続きの特集が組まれている。「ストップ・ゲーム」というのは、傑作集所収の各篇について、ここまでで読者は犯人を知るに足るだけのデータを得ていると考えられる箇所に「中断」の指定が付されているからだ（エラリイ・クイーンの「読者への挑戦状」と同様の趣向）。この特集では傑作集の未紹介作のうちから四篇が訳出され、併せて（傑作集とは無関係だが）ノックス「動機」の新訳（深町真理子訳）が掲載されている。

「ＥＱ」の二度の特集を元に、平成元年（一九八九年）には、晶文社〈幻の探偵小説コレクション〉の一冊としてノックス編『探偵小説十戒』が刊行された。その内容は、前記傑作集のうちの十三篇と「序文」、併せて「動機」を収録したものである。〈十戒〉は以前から知られてはいたが、「ノックスといえば十戒」という観念連合が多くの読者に刷り込まれたのはこの時期ではなかったろうか。

平成三年に出たヨゼフ・シュクヴォレツキー『ノックス師に捧げる10の犯罪』（宮脇孝雄・宮脇裕子訳、早川書房）は、その刷り込みをさらに強固なものにしたのではないかと思われる。同書は冒頭にノックスの〈十戒〉を掲げ、続く十の短篇でそれを一つずつ破っていくという趣向の本である。作者の犯した罪は、〈十戒〉の各条を破ったことではなく、改めてノックスを〈十戒〉にしばりつけてしまったことであろう。

§この四半世紀

以下、本書の刊行に至るまでの平成時代の動きについては、読者の記憶に新しいであろうから簡単に述べるにとどめよう。

平成六年末、国書刊行会〈世界探偵小説全集〉の第一回配本として、アントニイ・バークリー『第二の銃声』が刊行された。この全集は読者の支持を得て巻を重ね、これに追随する他社の動きも加わって、一躍クラシック・ミステリの発掘ブームが現出した。ひと頃の盛んな勢いはやがて減速したが、この流れは現在も途絶えてはいない。

同全集の第三期のラインナップにノックスも入り、平成十二年に『サイロの死体』（澄木柚訳、同全集第二十七巻）が刊行された。ブリードン物の長篇第三作 *The Body in the Silo*（1933）の翻訳である。かつて頓挫した、大田黒元雄訳で予定された企画が六十四年後に実現したわけである。次いで平成十六年には、第二作 *The Footsteps at the Lock*（1928）が『閘門の足跡』（門野集訳、新樹社）として翻訳された。これら二長篇はある程度好評をもって迎えられ、本格ミステリ作家としてのノックスを再認識させる力になったのではないかと思われる。

短篇の方では、平成十年十月号の「ミステリマガジン」に、ノックスと元ロンドン警視庁警視コーニッシュとの合作「落ちた偶像」（小林令子訳）が掲載された。ディテクション・クラブのメンバーによる作品集 *Six Against the Yard*（1936）に収録された一篇 The Fallen Idol の翻訳である。これで短篇の未訳作品はなくなった。

人気作「密室の行者」（中村訳）と「動機」（深町訳）の再録も続き、前者は綾辻行人編のアンソロジー『贈る物語 Mystery』（光文社、平成十四年／光文社文庫、平成十八年）に、後者は『法月綸太郎の本格ミステリ・アンソロジー』（角川文庫、平成十七年）に収められた。

ホームズ贋作の「一等車の秘密」の新訳も、北原尚彦編訳『シャーロック・ホームズの栄冠』（論創社、平成十九年）に収録された。

「十戒」もまた新訳が出て、松井百合子訳「探偵小説十戒」がハワード・ヘイクラフト／仁賀克雄編『ミステリの美学』（成甲書房、平成十五年）に収録された（同書の目次に「犯罪小説十戒」とあるのは誤りであろう）。

最後に、ノックス自身の作品ではないが、平成日本におけるこの作家を語るうえで逸することができないのが、法月綸太郎のSF中篇「ノックス・マシン」（「野性時代」平成二十年五月号）である。〈探偵小説十戒〉の第五条、「中国人を登場させてはならない」という奇妙な条項の謎をSF仕立てで解明するという特異な小説。これにその続篇等を加えた中短篇集『ノックス・マシン』（角川書店、平成二十五年）は、「このミス」第一位をはじめ年末の各種ランキングで上位を占めた。日本中のミステリ・ファンが改めてノックスの名を意識する機会となったわけで、ノックス受容への貢献度は絶大なものがあった。一方では、これがさらに「十戒のノックス」というイメージを強固なものにしたという副作用もあったのだけれども。

3　本書について

『三つの栓』は、ノックスのマイルズ・ブリードン物の探偵小説第一作 *The Three Taps*（1927）の翻訳である。前述のとおり昭和三十六年・三十九年に旧訳が出ており、本書は五十三年ぶりの新訳ということになる。

通常ノックスの探偵小説処女作とされる『陸橋殺人事件』（一九二五）は、筆者の考えでは〈探偵小説風ユーモア小説〉として読むのが適当な作品であり（この点、詳しくは『サイロの死体』の解説を参照されたい)、ノックス流本格探偵小説はこの『三つの栓』をもって始まる。

まず、ブリードン物の作品リストを掲げておく(3のみ短篇、他は長篇)。

1 *The Three Taps: A Detective Story Without a Moral*(1927) 本書
2 *The Footsteps at the Lock*(1928)『閘門の足跡』
3 Solved by Inspection(1931)「密室の行者」
4 *The Body in the Silo*(1933)〔米題 *Settled Out of Court*〕『サイロの死体』
5 *Still Dead*(1934)『まだ死んでいる』/『消えた死体』
6 *Double Cross Purposes*(1937)

本書で初登場したインディスクライバブル保険会社の調査員マイルズ・ブリードンは、当時においてまったく新しいタイプの探偵役だった。その経歴や人柄のことをいうのではない。彼がユニークなのは、探偵仕事にいやいや手を染めている〈不本意ながらの探偵〉であることだ。

この点において、ブリードンは『陸橋殺人事件』に登場したモーダント・リーヴズと著しい対照をなしている。リーヴズは、とにかく探偵をやってみたくてたまらなかった人物である。ヒマを持て余した高等遊民の彼は、「秘密情報収集」の仕事を志願するがそんな職にはありつけず、代わりに身辺に降ってわいた殺人事件に嬉々として首をつっこむ。しろうと探偵気取りで事件を嗅ぎまわるが、ひねり出す推理は的を外してばかり。あげくの果てに友人の一人を殺人犯として告発するが……。

はなはだお節介でハタ迷惑な男なのだが、彼はある意味、病気だったともいえるだろう。「探偵熱」

に浮かされていたのだから。

「みぞおちのあたりに、いやな熱をお感じになりませんか？　それから、頭のてっぺんがガンガン鳴るような感じは？　ああ、まだでございますか！　でも、フランクリンさま、コブズホールにいらっしゃると、あなたさまもそいつにとりつかれますよ。私はそれを探偵熱と呼んでおりますが」

右はウィルキー・コリンズの『月長石』（一八六八、創元推理文庫）からの引用だが、この作品によって明確な表現を与えられた「探偵熱」（detective fever）は、不可解な犯罪の謎を解きたいという欲望が全国的熱狂へと高まった現実の社会現象をふまえていた。

『月長石』は、一八六〇年に発生して英国中にセンセーションを巻き起こしたロード・ヒル・ハウス殺人事件（コンスタンス・ケント事件）に一部を取材している。中流家庭の屋敷内で幼児が惨殺されたこの事件をめぐって、当時の英国社会は探偵気取りの熱狂に包まれ、スコットランド・ヤードへは謎解きを提言する一般人からの手紙が殺到した。その騒然たるありさまは、同事件を扱ったノンフィクション、ケイト・サマースケイルの『最初の刑事』（二〇〇八、早川書房）に詳述され、一方でプライバシー尊重が強く要請されたヴィクトリア朝社会における探偵への情熱が、形を変えたのぞき趣味でもあった事情が示されている。

同書の次の一節は、「のぞき魔」としての探偵の出自を明らかにしている。

「『detect（看破する、探偵をする）』という語は、ラテン語の『de-tegere』つまり「おおいをはがす（unroof）」に由来し、探偵（detective）のもともとの姿はユダヤの悪神アスモデ、家々の屋根をはがしてその中の生活をひそかにさぐる跛行の魔神だった。（中略）ロード・ヒル殺人事件に関する著書のなかでステイプルトンは、ケント一家が暮らす家の「プライバシーをのぞき込む」アスモデの姿に模して、この事件への世間の熱中ぶりを表現した。」

先に引いた『月長石』の一節は、楽しげな筆致で書かれているが、作者は探偵熱を肯定的に捉えていたわけではないようだ。終盤における某人物の死体発見の場でのカッフ部長刑事や探偵少年グーズベリーの描写などには、探偵熱の忌わしき情熱としての側面が表現されている。

その後、多くの探偵小説が書かれ、多くの探偵たちが登場した。彼らも多かれ少なかれ魔神アスモデの血を引いていたはずだが、そのことに自覚的な人物はほとんどいなかったように思われる。そんな中で、マイルズ・ブリードンは探偵の本質が卑劣なスパイであることを十分に認識し、それでも生計のために〈不本意ながらの探偵〉を務めていたのだ。

この探偵の消極性は、作品の構造とも対応しており、ブリードン物の探偵小説はプロット中心の小説となっている。犯罪構成のプロットが非常に複雑であるとともに、実に巧妙に組み立てられているのがその特色であるが、裏を返せば、探偵は入り組んだプロットの解説者にすぎず、解明の論理が必ずしも十分でないということでもある。

しかし、そうした弱点は抱えながらも、ブリードン物は本格探偵小説として十分な面白さを備えている。井上良夫は、『探偵小説のプロフィル』所収の評論「探偵小説の本格的興味」において、探偵小説の論理的な面白味には「犯罪構成」から来るもの（探偵小説のプロットそのものから我々が感じさせられる面白味）と「探偵（デテクション）」の方から来るもの（作中探偵の推理の面白味）の二つがあるが、それらが一つの作品に共々充分に盛られていることは比較的少なく、「多くの場合が一方のみの面白味に傾いているものであって、そこで同じように本格的探偵小説と云われていても、各作品の持つ興味が異っているし、作家の持味などが判然と別れて来るわけでもある」と述べている。考え抜かれたプロットの面白さとその物語としての魅力がノックスの持味であり、その点にかけては黄金時代のどの作家と比べてもひけをとらないだろう。

キャラクターとしては、ブリードンのほか、シリーズを通じて彼と行動を共にする妻のアンジェラの存在が目を引く。快活で機転の利くアンジェラは、時にブリードンの手足となって調査を手伝い、時にワトソン役を買って出て夫の思考を助ける（彼女の潑溂とした魅力が十分に表現されているのは、新訳の手柄の一つであろう）。まことに息の合った〈おしどり探偵〉ぶりがほほえましいが、これはまた探偵の消極性を補完する作者の戦略でもあったろうか。

ウィットに富む彼らの会話を楽しみつつ、高額の〈安楽死保険〉と田舎の宿屋の三つのガス栓にまつわる謎にじっくりとお取り組みいただきたい。

※

作品の理解に資するよう、若干の事項に注釈を加えておこう。

○インディスクライバブル社

英国の大保険会社ロイズをモデルにしたとおぼしき架空の会社に付された名前だが、「Indescribable」とは

「名状しがたい、言語に絶する」といった意味であり、保険がらみの記述には冗談めかした色合いが強いことからしても、パロディの意図が濃厚である。〈安楽死保険〉というのも不思議なネーミングで、いわゆる安楽死とは無関係、むしろ〈長寿安楽保険〉とでも称すべき内容のものだが、あまりに高額の保険金といい、まさにIndescribableな保険である。マイルズ・ブリードンは同社お抱えの私立探偵ということだが、今でいう保険調査員であり、扱う事件の性格はかなり異なるものの、浦沢直樹描くところの「マスターキートン」の先達にあたる。

○〈災厄の積み荷〉

アンジェラが「古風な屋号」と言っているように、「Load of Mischief」ないしこれに類する名前の宿屋やパブは古くから英国各地に実在している。十八世紀の諷刺画家ウィリアム・ホガースは「A Man Loaded with Mischief」というパブの看板絵を残していて、そこには「酔っぱらいの女房と、いたずらものの猿と不吉の兆しであるワタリガラスを背負って、首に結婚生活という鎖つきの首輪をはめられて苦しそうに歩いている男の姿が描かれている」(櫻庭信之『英国パブ・サイン物語』研究社出版)という。ちなみに、マーサ・グライムズのパブ・シリーズ第一作『「禍いの荷を負う男」亭の殺人』(一九八一、文春文庫)の舞台となる店の名前も「The Man with a Load of Mischief」だった。

○賭け

ブリードンとリーランドは事件の解決をめぐって賭けをし、さらに金額を倍々にと引き上げていく。我々の感覚からするといささか不謹慎な振る舞いのようにも見えるが、英国ではこれはノー・プロブレムである。競馬に王室が熱心に保護を与え、私的馬券屋が公認されているお国柄、やり方が公正なら賭けそのものは悪ではないという考えに立っているのだ。そういうわけで何でも賭けの対象にしてしまうが、「スポーツ試合の勝負などは、ごく日常的なもので、日本人なら（ことにアマチュア・スポーツの場合には）神聖なスポーツマンシップへの冒瀆だと怒り心頭に発してしまいそうだが、彼らは平気である。（中略）総選挙でどの党が多数を取るか、いや、それどころか、皇太子妃が妊娠すると、未来の国王が男か女かが大っぴらな賭けの対象となり、国民が投票して、そのオッズが新聞面を賑わすこともある。王室尊崇の人も別に腹を立てることがない。」（小池滋『英国らしさを知る事典』東京堂出版）

○ワトソン役

「ワトソン役というのは、アンジェラが慎重に愚か者を装いながら、夫に新しい見方を示唆することを意味している」と本文五十六頁で解説されている。職業探偵の妻たるアンジェラの内助の功の一環というべきものだが、彼女くらい頭の良い女性でなければうまく果たせない役割でもある。なぜか途中でハドソン夫人に変わってしまうこともあるが、その時は相手はレストレードさんと呼ばれている。作者にはワトソンが「愚か」であるという思い込みがあったようで——筆者は決してそんなことはないと思うのだが——、〈探偵小説十戒〉の第九条においても「探偵の愚かな友人であるワトソン役は、自分の頭に浮かぶ思考を隠してはいけない。その知性は、わずかだけ、ごくわずかだけ、平均的な読者の知性を下回っていなければならない」とされている。

○ペイシェンス

イームズも汽車の旅の間カードに熱中していたというし、パルトニーもカードを二組持ち歩いていたというから、当時はトランプの独り遊びが流行していたらしい。もっとも、ブリードンの場合は自分で考案したやり方で、カードを四組も使う大がかりなものだから、どこでも気軽に楽しめるというものではないが、五十組ものカードを使う〈ビルマ式一人遊び〉（ロバート・L・フィッシュ『お熱い殺人』参照）のようないかがわしいものではなく、高度に知的な頭脳ゲームであったようだ。事件捜査の機が熟してくると、ブリードンは一人静かにペイシェンスに取りかかる。ゲームをやりながら得られる直観的洞察が彼を解決に導くのだが、その霊妙なからくりが読者に明かされることはなく、推理の過程がブラックボックス化している感は否めない。

〇三つの栓

モットラムの部屋の三つのガス栓が一夜のうちにたどった経過は複雑で理解しにくいと思うので、老婆心からブリードンの説明を箇条書きに整理しておく。

①モットラムが火をつける前の状態

［栓A：水平（閉）　栓B：垂直（開）　栓C：水平（開）］

②モットラムが火をつけるため栓Aをひねった状態

［**栓A：垂直（開）**　栓B：垂直（開）　栓C：水平（開）］

この状態で壁掛け式ランプ（B）に火がつけられ、スタンドランプ（C）はガス漏れのまま放置される。

③モットラムが火を消すため栓Bをひねった状態

［栓A：垂直（開）　**栓B：水平（閉）**　栓C：水平（開）］

壁掛け式ランプは消えたが、スタンドランプからガスが漏れ続けてモットラムを死に至らしめる。

④モットラムの事故死を発見したブリンクマンが自殺偽装の工作として栓Aをひねった状態

［**栓A：水平（閉）**　栓B：水平（閉）　栓C：水平（開）］

この状態で早朝モットラムの部屋のドアが破られたわけである。

本文中に掲げられた二つの図のうち前者は③に、後者は④に対応する。

ちなみに、東都書房版の旧訳では、ガス栓に関わる記述と図版の一部に手が加えられ、原作とは異なるものとなっていた。三つの栓問題の分かりにくさを解消しようとした意図は推測できるものの、結果的に成功しているとはいえないし、そもそものような原作の改変は許されるべきではあるまい。

〔著者〕
ロナルド・A・ノックス
1888年、英国レスターシャー州生れ。オックスフォード大学卒業後、英国国教会の牧師となったが、第一次大戦中にカトリックへ改宗。大学の礼拝堂付司祭をつとめ、大司教の高位にまで任ぜられた。退職後はラテン語聖書の改訳に専念し、その業績は「ノックス聖書」として称えられている。余技に探偵小説の執筆も行ない、「陸橋殺人事件」(1925)や「サイロの死体」(33)などを発表した他、探偵小説を書く際のルールとして「探偵小説十戒」を提唱した。1957年死去。

〔訳者〕
中川美帆子(なかがわ・みほこ)
神奈川県出身。訳書にマーガレット・ミラー『雪の墓標』、リリアン・デ・ラ・トーレ『探偵サミュエル・ジョンソン博士』(ともに論創社)。他名義による邦訳書あり。

三《みっ》つの栓《せん》
——論創海外ミステリ 199

2017年11月20日　初版第1刷印刷
2017年11月30日　初版第1刷発行

著　者　ロナルド・A・ノックス
訳　者　中川美帆子
装　画　佐久間真人
装　丁　宗利淳一
発行所　論 創 社
〒101-0051 東京都千代田区神田神保町2-23 北井ビル
電話 03-3264-5254　振替口座 00160-1-155266

印刷・製本　中央精版印刷
組版　フレックスアート

ISBN978-4-8460-1655-5
落丁・乱丁本はお取り替えいたします

論　創　社

代診医の死◉ジョン・ロード

論創海外ミステリ 191　資産家の最期を看取った代診医の不可解な死。プリーストリー博士が解き明かす意外な真相とは……。筋金入りの本格ミステリファン必読、ジョン・ロードの知られざる傑作！　本体 2200 円

鮎川哲也翻訳セレクション 鉄路のオベリスト◉C・デイリー・キング他

論創海外ミステリ 192　巨匠・鮎川哲也が翻訳した鉄道ミステリの傑作『鉄路のオベリスト』が完訳で復刊！ボーナストラックとして、鮎川哲也が訳した海外ミステリ短編４作を収録。　本体 4200 円

霧の島のかがり火◉メアリー・スチュアート

論創海外ミステリ 193　神秘的な霧の島に展開する血腥い連続殺人。霧の島にかがり火が燃えあがるとき、山の恐怖と人の狂気が牙を剝く。ホテル宿泊客の中に潜む殺人鬼は誰だ？　本体 2200 円

死者はふたたび◉アメリア・レイノルズ・ロング

論創海外ミステリ 194　生ける死者か、死せる生者か。私立探偵レックス・ダヴェンポートを悩ませる「死んだ男」の秘密とは？　アメリア・レイノルズ・ロングの長編ミステリ邦訳第２弾。　本体 2200 円

〈サーカス・クイーン号〉事件◉クリフォード・ナイト

論創海外ミステリ 195　航海中に惨殺されたサーカス団長。血塗られたサーカス巡業の幕が静かに開く。英米ミステリ黄金時代末期に登場した鬼才クリフォード・ナイトの未訳長編！　本体 2400 円

素性を明かさぬ死◉マイルズ・バートン

論創海外ミステリ 196　密室の浴室で死んでいた青年の死を巡る謎。検証派ミステリの雄ジョン・ロードが別名義で発表した、〈犯罪研究家メリオン＆アーノルド警部〉シリーズ番外編！　本体 2200 円

ピカデリーパズル◉ファーガス・ヒューム

論創海外ミステリ 197　19 世紀末の英国で大ベストセラーを記録した長編ミステリ「二輪馬車の秘密」の作者ファーガス・ヒュームの未訳作品を独自編纂。表題作のほか、中短編４作を収録。　本体 3200 円

好評発売中